IHRE PARTNER, DIE VIKEN

INTERSTELLARE BRÄUTE® PROGRAMM, BAND 11

GRACE GOODWIN

WILLKOMMENSGESCHENK!

TRAGE DICH FÜR MEINEN NEWSLETTER EIN, UM LESEPROBEN, VORSCHAUEN UND EIN WILLKOMMENSGESCHENK ZU ERHALTEN!

http://kostenlosescifiromantik.com

INTERSTELLARE BRÄUTE®
PROGRAMM

DEIN Partner ist irgendwo da draußen. Mach noch heute den Test und finde deinen perfekten Partner. Bist du bereit für einen sexy Alienpartner (oder zwei)?

Melde dich jetzt freiwillig!
interstellarebraut.com

Rager, Planet Viken, Nördliche Aufstellung, Medizinhangar 1

Ich hatte meine Augen geschlossenen und konzentrierte mich ganz auf meine übrigen Sinne, als ich von Empfindungen nur so bombardiert wurde. Meine Hände befühlten ihre weiche, seidige Haut. Das kraftvolle Pochen meines Pulsschlags donnerte durch meinen Schwanz. Ich war vom sanften Duft femininer Hitze umgeben, das herbe Aroma der heißen, nassen Muschi meiner Partnerin befand sich nur Zentimeter von meinem gierigen Mund entfernt. Ich atmete tief ein und genoss ihr Verlangen, die berauschende Vorahnung ihres Körpers, als ich sie auf die eine Sache warten ließ, die nur ich ihr geben konnte.

Sie gehörte *mir*. Ihre Schenkel zitterten unter meinen mächtigen Handflächen und ihr bedürftiges Wimmern hallte wie ein Beckenschlag in meinem Körper wider, dessen Echo in qualvollen Wellen direkt in meinen stein-harten Schwanz wanderte. Ich wollte sie verzweifelt und begrüßte die liebliche Qual. Dieses Bedürfnis, mein

Verlangen für sie war wie eine Droge, überwältigend und berauschend. Ich wollte, dass dieses Gefühl nie mehr aufhörte. Ich hatte so lange auf sie gewartet. Meine Partnerin.

Irgendwo in den finsteren Tiefen meines Verstandes wusste ich, dass das hier nicht wirklich war. Ich wusste, dass ich bewusstlos auf einem Untersuchungsstuhl lag, auf Viken. Meine Hände hielten nicht ihre Muschi offengespreizt, um sie zu kosten, zu lecken und an ihr zu saugen—und sie irgendwann zu ficken, sondern sie waren an einem Paar unnachgiebiger Armlehnen festgeschnallt. Ich wusste, dass die verführerischen Kurven und die einladende Hitze ihres Körpers, ihr Verlangen und ihr Vertrauen nicht wirklich mir gehörten und dass ich verstört und allein aufwachen würde.

Ich war immer allein.

Aber das war egal. Ich konnte nicht aufhören, wollte auch gar nicht aufhören, denn es war so verdammt geil. Ich war dabei, die Gedanken und Sinneseindrücke eines anderen Kriegers zu durchleben, eines Mannes, der bereits verpartnert wurde und diese Frau gehörte ihm. Er war es, der ihren Körper beherrschen, erobern und mit endlosem Vergnügen peinigen durfte.

Mir.

Nein, nicht mir, aber der Drang, diejenige zu finden, die ganz und gar mir gehörte trieb mich weiter an. Die Vorstellung war eher instinktiv als rational und ich überließ mich ganz den Trieben des anderen Kriegers, denn in diesem Augenblick wollte ich seine Frau kosten, ich wollte ihr Vergnügen bereiten und hören, wie sie meinen Namen schrie.

Ich öffnete die Augen und voller Staunen erblickte ich sie vor mir. Sie lag auf einem Tisch festgeschnallt. Dicke Lederbände um ihre Schultern, Taille und Hüften stellten sicher, dass sie nicht entkommen konnte. Ihre Hände waren über ihrem Kopf fixiert und ihre Beine, die Götter mögen mir beistehen, ihre Beine waren angewinkelt und weit auseinandergespreizt. Lederriemen an ihren Oberschenkeln und Sprunggelenken zogen sie regelrecht auseinander und entblößten ihre Muschi für mich.

Ich kniete zwischen ihren Beinen und meine Position erlaubte mir nicht ihr Gesicht zu sehen, aber das war angesichts des Festmahls, das vor mir ausgebreitet war auch nur eine Kleinigkeit. Ihre großen Brüste hoben sich ruckartig, als sie nach Luft schnappte. Ihre harten Nippel waren steil aufgestellt und bebten jedes Mal, wenn sie vor Verlangen keuchte. Ihre Beine zitterten, ihr gesamter Leib war dermaßen angespannt, dass die zarteste Berührung meiner Fingerspitzen oder ein flüchtiger Lufthauch an ihrer Spalte ihren ganzen Körper zum Beben brachte. Ihre Muschi glitzerte vor Erregung, ihre äußeren Lippen waren prall und angeschwollen, ein grelles, heißes Pink und insgeheim wusste ich, dass sie eben kreuz und quer über meiner Zunge gekommen war. Das Aroma ihres wüsten Verlangens lag immer noch auf meinen Geschmacksknospen.

Sie war dabei durchzudrehen, ihr Kopf schleuderte wie wild von Seite zu Seite, als ich mich nach vorne neigte und einen warmen Lufthauch über ihr zartes Fleisch pustete. Götter, ich liebte Muschis. Ich liebte die komplexe Art, mit der Frauen ihr Vergnügen fanden. Für mich gab es nichts Verführerisches, als ihren Körper zu bearbeiten und dabei zuzusehen, wie sie sich auflöste. Ich wollte herausfinden, was genau ihr am besten gefiel, wo ich sie berühren, streicheln, ablecken musste.

Eine Muschi war wie ein Musikinstrument; wenn man sie zupfte und auf die richtige Art spielte, dann würde die Frau wunderschöne Töne von sich geben, wie das leise Wimmern, das soeben den Lippen dieser Frau hier entwich.

Sie buckelte und die Muskeln in ihrer Muschi taten sich auf und zogen sich zusammen, während ich fasziniert zusah. Wie besessen. Besitzergreifend. Sie wollte einen Schwanz in sich haben, wollte geöffnet, gefüllt werden. Genommen werden.

In diesem Traum gehörte diese Muschi mir. Nur meine Zunge, mein Schwanz, meine Finger würden sie ausfüllen.

"Bitte." Ihre Stimme strömte über mich, durch mich hindurch und meiner Kehle entwich ein düsteres Knurren. Ich hatte gewartet. Gewartet, bis sie betteln würde.

Mit einem Grinsen ließ ich zwei Finger in ihre Scheide hineingleiten. Mit dem Zeigefinger umkreiste ich die verborgene, feste Öffnung ihrer Gebärmutter. Sie stöhnte und wollte sich mir entgegen schieben, konnte es aber nicht aufgrund der Fesseln. Ich krümmte den zweiten Finger und suchte nach der geheimen Stelle in ihrer Mitte, die, so wusste ich, ihr das exquisiteste Vergnügen bereiten würde.

Sie wollte flüchten, denn was ich ihrem Körper da abverlangte war beinahe zu heftig. Ihr Rücken wölbte sich von der gepolsterten Oberfläche empor, aber die Fesseln hielten sie an Ort und Stelle und ich erstarrte. Es war intensiv, vielleicht zu intensiv. Ich wollte ihr keine Angst einjagen. Im Gegenteil, ich konnte stundenlang zwischen ihren gespreizten Beinen verweilen und sie verwöhnen. "Soll ich aufhören, Liebes?"

"Nein," hauchte sie. "Hör nicht auf, bitte."

"Zu wem gehörst du?" Die Antwort darauf kannte ich bereits, aber meine primitive, bestialische Seite wollte sie noch einmal von ihr hören. Und noch einmal. "Sag mir zu wem du gehörst und ich werde deine süße Muschi lecken bis du schreist."

"Dir." Ihre Muschi zog sich um meine Finger herum zusammen und mein Schwanz antwortete mit einem schmerzhaften Zucken. Schon bald würde ich mich in ihrer feuchten Hitze vergraben und in sie hineinstoßen, bis sie nicht mehr konnte. Ich würde sie mit meinem Samen füllen und die Macht meines Samens würde sie vor lauter Verlangen in den Wahnsinn treiben und sie kreischend und sich hin und her windend kommen lassen. Ich würde sie ausfüllen, sie ficken und sie kommen lassen, bis sie vor Erschöpfung zusammenklappen würde. Bis sie genau wissen würde, zu wem sie gehörte. Bis sie sich an nichts anderes als an meinen Namen erinnern würde.

"Mir." Ich ging sicher, dass sie mich auch hörte, bevor ich die Lippen auf ihren Kitzler senkte—er war dick angeschwollen und das kleine Häubchen war zurückge-zogen—und ihn in meinen Mund sog, ihn mit der Zunge schnippte. Ihr Geschmack explodierte förmlich in meinem Mund und das liebliche Aroma ihres Nektars brachte mich zum Stöhnen. Sie schmeckte süß und würzig. Perfekt. Und sie gehörte mir. Mir allein.

Ich bearbeitete sie mit Zunge und Fingern, brachte sie an ihre Grenze und stoppte. Ich wartete. Dann saugte und leckte ich sie erneut. Fester. Schneller.

Als sie kurz davor war zu kommen, wurde ich lang-samer und zog meine Finger aus ihr heraus, sodass sie leer und sehnsüchtig zurückblieb. Verzweifelt.

"Bitte!" Sie wollte sich rühren, die Fesseln aber hielten sie weiterhin für mich geöffnet. Ihre Muskeln zitterten und bebten. Sie konnte nicht widerstehen. Konnte nicht entkommen.

Mein Schwanz war bereit. Ich blickte an mir herunter und stellte fest, dass ich nackt war und dass sich an der Spitze meiner harten Länge bereits ein Sehnsuchtstropfen angesammelt hatte.

Grinsend wischte ich die Flüssigkeit von meinem Schwanz und stand auf.

"Bist du bereit, Liebes?"

"Ja! Götter, beeil dich. Fick mich. Tu es!"

Ich musste kichern. Sie war so ungeduldig, meine kleine Partnerin.

Der Nachgeschmack ihrer reichhaltigen Essenz lag noch auf meiner Zunge, als ich mit einem mühelosen Stoß nach vorne glitt und sie mit meinem Schwanz ausfüllte. Sie stöhnte und ihre Muschi zog sich wie eine heiße Faust um mich herum zusammen.

Aber das war noch nicht genug. Sie musste kreuz und quer auf meinem Schwanz kommen. Ich wollte die unkontrollierten Spasmen ihrer Muschi spüren, wenn die Wonne sie überkam. Ich wollte ihre Säfte spüren, während sie mich tiefer in sich hineinzog und meinen Schwanz ausquetschte.

Als ich tief in ihrem Inneren steckte, nahm ich meinen Finger und rieb meinen Vorsaft über ihren perfekten kleinen Kitzler und beobachtete, was als Nächstes kam. Ich wartete.

Sekunden später fing sie an zu schreien. Ihre Muschiwände fingen an sich zu kräuseln und pulsierten, als der Orgasmus sie überrollte. Ihre Nippel waren steinharte, steil aufgestellte Spitzen und ich begann, sanft daran zu ziehen und sie behutsam zwischen meinen Fingern zu rollen, während ich weiter meine Hüften bewegte und immer fester und tiefer in sie hineinstieß, bis ihr Körper regelrecht explodierte.

Mir. Sie gehörte mir. Nur ich war imstande, sie dermaßen anzutörnen. Nur ich konnte ihr derartiges Vergnügen bereiten.

Mit einem Brüllen stieß ich in sie hinein, ich zog ihren Orgasmus in die Länge, während mehr und mehr meines Sehnsuchtstropfens die Innenwände ihrer Muschi bedeckte und sie ein weiteres Mal an den Abgrund trieb, sie an mich kettete, sie mein machte.

Mein Körper reagierte auf sie, als ob sie diejenige war, die die gesamte Macht hielt. Fast besinnungslos stieß ich in sie hinein und ihr Aroma befeuerte mein instinktives Bedürfnis sie zu unterwerfen, zu erobern. Sie mit meinem Samen zu füllen. Mein Kind in ihrem Leibe. Meine Wichse. Meine Partnerin.

Mein Blut begann zu brodeln, es sammelte sich in meinen Eiern und die Spannung stieg immer weiter, bis ich förmlich explodierte. Ich brüllte laut und füllte sie mit meinem Samen, markierte sie gleich einem wilden Tier.

Ich fühlte mich wie ein Tier. Stumpfsinnig. Wild. Außer mir.

Nur sie konnte mich in diesen Zustand versetzen. Und ich wollte mehr. Brauchte mehr. Nur mit ihr fühlte ich mich ganz und nicht kastriert.

Schmerz und Vergnügen. Lust und Liebe. Obsession und Geborgenheit. Ein Dutzend Emotionen bekriegten sich in meinem Körper, als ich sie ausfüllte, sie eroberte.

Ich senkte meine Lippen auf ihren schweißnassen Körper und wollte sie küssen, sie erkunden. Sie trösten und anbeten. Ich wollte ihre Haut schmecken. Sie verhätscheln. Sie liebkosen. Mit derselben Inbrunst, mit der ich Momente zuvor wie ein wildes Tier in sie hineinrammte, brauchte ich jetzt Zärtlichkeit.

Es war ein fast schmerzhaftes Verlangen, mein Herz zog sich in meiner Brust zusammen und meine Augäpfel schmerzten, als ob mir ein Paar glühend heiße Klingen in den Schädel gerammt wurden.

Sie war so nah. Nur Millimeter entfernt. Nur ein paar Millimeter bis zum Paradies …

"Rager?"

Die Stimme war schroff und kaltherzig, eine Männerstimme. Nicht das, was ich jetzt hören wollte. Ich wollte sie. Ihre Haut. Ihren Duft. Ihre Berührungen …

"Im Namen der Götter, Rager. Ich wusste, dass du mir auf den Sack gegen würdest."

Ich spürte einen unsanften Stich im Nacken und das Frauenbild verdünnisierte sich augenblicklich. Ich fauchte vor Schmerz und öffnete die Augen, um zu sehen, wer gewagt hatte mich zu stören. Der Gegensatz zu dem, was ich eben noch erfahren hatte, war schon fast grausam. Ich lag auf einem kalten, harten Untersuchungsstuhl auf der Krankenstation festgeschnallt. Der stechende, bittere Geschmack von was auch immer mir gerade in die Blutbahn injiziert worden war machte sich in meinem Mund breit.

Mit dem Geschmack kamen die Erinnerungen. Die Realität.

"Verdammt nochmal, Doktor. Das ist abartig." Ich war zornig, ja wutentbrannt. Der fremdartige Chemikaliengeschmack vertrieb das süße Muschiaroma endgültig aus meiner Realität. Egal wie sehr ich mich auch bemühte, ich konnte ihren lieblichen Nektar einfach nicht zurück auf meine Zunge bekommen.

Die Tür ging auf und ich hörte, wie zwei Paar schwerer Stiefel in den Raum traten.

Ich wusste, und zwar ohne mich umzuschauen, dass diese Stiefel Evon und Liam gehörten. Meinen Kumpel und Waffenbrüdern. Jenen Idioten, denen ich das hier zu verdanken hatte. Diesen verfluchten Stuhl. Den Traum.

Der Doktor knuffte mir den Arm, als wären wir alte Freunde, dann drückte er einen Knopf, damit die Fesseln wieder eingefahren wurden und verschwand. "Schön, dass du wieder da bist, Rager."

Ich rollte mit dem Kopf und meine Nackenwirbel knacksten, als die Fesseln an meinen Händen und Fußgelenken gelöst wurden. Ich streckte mich und versuchte, wieder einen einigermaßen klaren Kopf zu bekommen, konnte aber an nichts anderes als an ihre Muschi denken. Sie war heiß. Feucht. Ein himmlisches Gefühl, sowohl auf meiner Zunge wie auch um meinen Schwanz herum. "Ich wollte gar nicht zurück."

Der Doktor lachte nur. "Das möchte niemand."

Ich richtete mich auf und Evon und Liam kamen angelaufen. Sie türmten sich regelrecht vor mir auf, sodass ich aufblicken musste. Ich war größer als die beiden, in dem Untersuchungsstuhl aber kam ich mir ganz klein vor, ich fühlte mich verfickt nochmal wehrlos.

"Und?" fragte Evon. Seine Familie hatte seit Generationen in der Koalitionsflotte gedient. Selbst jetzt dienten er und seine Schwester Thalia im IQC hier im Norden.

Evons schwarze Uniform und sein kurzes blondes Haar
wiesen darauf hin, dass er dem Sektor 2 verpflichtet war.
Aber das rote Band an seinem Bizeps, welches wir alle
trugen, bedeutete, dass wir den royalen Garden angehör-
ten. Wir gehörten jetzt zu ganz Viken, nicht nur zu
unseren Heimatsektoren. Und wie andere Krieger unseres
Planeten, die gegen die Hive gekämpft und aus dem
Krieg zurückgekehrt waren, standen wir jetzt über der
Sektorenpolitik. Diese beiden waren meine engsten
Verbündeten. Wir hatten gemeinsam gegen die Hive
gekämpft und überlebt. Wir waren heil zurückgekehrt. Sie
waren knallharte Typen, Hardcore-Killer. Und beide
waren sie liebeskranke Narren.

"Bei den Göttern, am liebsten würde ich dir die Fresse
polieren," murrte ich und wischte mir mit der Hand den
Schweiß aus dem Gesicht. Verdammt, es hatte sich
dermaßen echt angefühlt. Ihre Haut. Ihre zaghaften
Laute, als sie sich mir unterwarf.

Bei den Göttern, vielleicht war ich ein ebenso hoff-
nungsloser Narr wie die beiden.

Ich blickte kurz an meiner stahlgrauen Uniform
herunter und stellte erleichtert fest, dass keine Feuchtfle-
cken die Dimension meines Vergnügens zu verraten schie-
nen; ein Vergnügen, das mir für immer verwehrt bleiben
würde. Als ich den Traum hatte, war ich gekommen, an
meinen Hosen aber klebte kein Samen, wie bei einem
Teenager, der seinen ersten feuchten Traum erlebte. Ich
hatte keine Ahnung, wie das möglich war, aber ich war
mehr als froh, dass ich mich vor dem Doktor und meinen
Kumpels nicht total lächerlich gemacht hatte. Hatten die
beiden Ähnliches erlebt, als sie fürs interstellare Bräute-
Programm abgefertigt wurden? Man hatte uns gesagt,
dass es sich um eine harmlose Erfahrung handeln würde,
ein vager Traum, an den wir uns womöglich nicht einmal
erinnern würden.

Warum also hatte ich meine Fäuste zusammengeballt,
um die zarte Haut unter mir festzuhalten? Waren Liam

und Evon ebenso heftig abgegangen? Oder war ich mit meiner verzweifelten Sehnsucht nach einer Partnerin und meiner Bereitschaft, für sie mit unserer jahrhundertealten Tradition zu brechen und mir wie unsere drei Könige eine Braut zu teilen einfach nur ein Freak? Evon meinte, dass wir zu dritt eine viel höhere Chance hatten, eine Partnerin zu finden. Vielleicht war das auch so. Aber wir drei waren verschieden. Und ich konnte mir nicht vorstellen, dass eine Frau uns alle drei akzeptieren würde. Es war ein bisschen mehr als die gestörte Fantasie eines kleinen Jungen.

Eine Partnerin? Die besitzergreifende Freude, die ein fremder Krieger verspürt hatte, als er seine Frau betrachtet hatte, sie erobert hatte, sie gefickt hatte? Das würde niemals mir gehören. Und jetzt wusste ich genau, was mir fehlte. "Evon, du bist so ein Arsch. Ich hätte diesem Scheiß niemals zustimmen sollen."

Ich erwartete, dass der Doktor uns alleine lassen würde, aber er schien mit der Steuerkonsole beschäftigt zu sein, also ignorierten wir ihn, während Evon mir antwortete. "Warum?"

Mein Blick wanderte von seinen hellblauen, eisigen Augen zu Liams dunkelblauen Augen und ich schüttelte den Kopf. "Das wird niemals funktionieren. Keine Frau wird sich mit allen dreien von uns verpartnern lassen."

Es war schlicht und einfach unmöglich. Liam kam vom Sektor 1, wo Frauen in der Öffentlichkeit von ihrem Partner beansprucht wurden. Die Männer vom Sektor 1 waren wie besessen davon, es öffentlich zu treiben und ihre Frau zu erobern und verwöhnen, indem sie sie vor den Augen aller in den Arsch fickten. In ihrem Sektor galt diese Art der Eroberung als die ultimative Geste der Unterwerfung. Eine Ehre, die nur einem würdigen Krieger zuteil wurde. Ein Geschenk, das vollkommenes Vertrauen voraussetzte, pures Einverständnis. Liebe.

Und dann war da noch Evon, der immer das Sagen haben musste. In seinem Sektor wurde die totale Unterwerfung der Frau großgeschrieben, wenngleich nur im Privaten. Hörigkeit. Unterwerfung. Die Krieger dort lebten für nichts anderes als die totale und umfassende Kontrolle. Evon würde sich eine unterwürfige Frau wünschen, eine, die ihm vollstens vertraute und jeden seiner Wünsche erfüllte. Eine, die ihre Stärke, ihr Leben und ihr Vergnügen in seine Hände legte und sich vollkommen darauf verließ, dass er sich auf alle erdenklichen Arten um sie kümmerte.

Und ich? Keine dieser Macken war für mich von Bedeutung. Wie fast alle Krieger vom Sektor 3 wollte ich einfach nur die süße Muschi der Frau ausschlecken, bevor ich sie mit meinem Samen füllte. Ich wollte ihre vollen Lippen um meinen Schwanz herum spüren, während sie mich mit ihrer Zunge liebkoste, mich verwöhnte und mir gestattete, ihren Mund zu ficken, was mich genauso beglückte, wie mich am süßen Nektar ihrer femininen Hitze zu ergötzen. Ich war geduldig, konnte stundenlang den Körper einer Frau mit meinem Mund bearbeiten, dabei über ihrem köstlichen Duft verweilen und sie mit meiner Zunge wieder und wieder zur Ekstase bringen, bevor ich sie durchfickte und für mich beanspruchte.

"Bei den Königen hat es doch funktioniert." Evons kalten, analytischen Tonfall hatte ich schon viele Male gehört, üblicherweise dann, wenn wir uns für den Kampf bereit machten. Und genauso fühlte es sich auch an. Es stand Einiges auf dem Spiel. Eine ausgewählte Partnerin? Das Ende unserer einsamen Existenz? In der Tat, es ging um Einiges.

"Wir sind keine Könige. Wir sind nicht auf Viken United. Wir sitzen auf diesem eisbedeckten Alptraum von einer Arbeitsstation fest. Welche verdammte Frau würde denn schon hier herkommen wollen?" Liam kam zu mir herübergelaufen und lehnte sich mit den Hüften an den Untersuchungsstuhl, sodass er dem Doktor gegenüber stand. Er verschränkte die Arme. "Rager hat recht, Evon. Es war eine Schnapsidee."

Ja, er hatte recht. Die nördliche Station war hunderte Meilen weit von nichts als eisiger Tundra umgeben. Aber der Planet benötigte die Kommunikationszentrale, um Transporte und Nachrichten von der Koalitionsflotte und anderen Planeten zu übermitteln. Die technische Bezeichnung für die Zentrale lautete interstellares Quantenkommunikationsfeld, oder IQC. Wir waren royale Garden, IQC-Offiziere und diese Station war Vikens Verbindung zum Rest des Universums. Ohne die Station wären wir verloren im schwarzen Ozean des Universums und ohne Möglichkeit, andere zu kontaktieren oder unsere Krieger in den Kampf gegen die Hive zu entsenden, oder Bräute zu empfangen. Kein Transport. Keine Nachrichten. Nichts als leerer, nichtssagender Raum.

Wir könnten aber überleben, theoretisch zumindest. Der Planet würde uns ernähren, das war nicht das Problem, denn wir hatten Jahrtausende lang überlebt bis die Hive zur Bedrohung wurden und die Planeten sich hinter den Kriegern von Prillon Prime vereinigten. Es waren die Prillonischen Krieger, die sich als erste den Hive gegenüber gestellt hatten und sie hatten sie am längsten bekämpft. Die Hive waren eine Bedrohung und das IQC-Feld mit unseren Kommunikations- und Transportmitteln war von ausschlaggebender Bedeutung, um sie uns vom Leib zu halten.

Wir hatten eine wichtige Aufgabe hier und alle Krieger im IQC waren ausgewählt worden, weil wir genau wussten, was auf dem Spiel stand. Wir alle hatten im Krieg gedient und die Hive und deren Gräuel mit eigenen Augen gesehen. Zu hören, wie Liam mir zustimmte, hob meine Stimmung jedoch nicht. Und Evons wurde scheinbar auch nicht besser.

"Wenn ich doch richtig liege, dann werdet ihr beide noch darum betteln sie berühren zu dürfen." Evons lusterfüllte Augen brachten mich zum Schmunzeln.

"Soll das eine Drohung sein, Evon? So wie du drauf bist, hatte ich mir schon gedacht, dass es sowieso so laufen wird." Ich musste lachen, denn meine Worte hatten sogar Liam ein Schmunzeln entlockt und er lächelte so gut wie nie.

"Er hat recht." Liams Miene wandelte sich zu einem Grinsen, aber seine Augen blieben durch und durch ernst. Und da, an diesem eindringlichen Blick, konnte ich Liams wahres Wesen erkennen. Evon war der Stratege, aber Liam war einfach realistisch. Er hatte seine gesamte Familie verloren und war unter schwierigen Umständen groß geworden. Der Sohn eines VSS-Anführers. Der verdammte VSS. Unser eigener, interner Feind. In gewisser Weise waren sie schlimmer als die Hive, schließlich waren sie auch Viken—Verräter—und wünschten sich einen neuen Bürgerkrieg, um den Planeten, der jetzt unter den drei Königen vereint war wieder zu spalten. Sie hatten bereits einen Mordversuch auf die Thronfolgerin, Prinzessin Allayna, verübt, um Viken erneut ins Chaos zu stürzen.

Liams Vater war ein Anführer der Separatistengruppen auf Viken, einer der Männer, die hinter dem Anschlag auf die junge Prinzessin steckten. Liam war zu diesem Zeitpunkt längst nicht mehr vom VSS beeinflusst. Als er als Teenager im Gefängnis landete und dann freiwillig zur Koalitionsflotte ging, um gegen die Hive zu kämpfen, hatte seine Familie ihn direkt verstoßen. Er hatte zu ihnen keinerlei Verbindung mehr und selbst seine Mutter hatte seit Jahren nicht mehr mit ihm geredet. Und im Sektor 1 stand die Familie über allem. Wir waren jetzt seine Familie. Seine einzige Familie.

Liam legte eine Hand auf Evons Schulter. "Evon, wir kennen dich doch. Du brauchst eine Frau auch nur anzuschauen und wirst sofort anfangen, uns Befehle zuzuraunen, als wären wir zurück auf Noerzen 5 mit den übergeschnappten Hive."

In diesem Kampf wären wir fast alle draufgegangen, aber Evon hatte die Truppe zusammengehalten. Wir hatten wie Atlanische Bestien gekämpft, weil er es uns befohlen hatte und weil er uns angeführt hatte, hatten wir auch überlebt.

"Ich werde mich der Situation anpassen. Wir alle werden uns anpassen." Das war ein schwaches Argument und wir alle wussten es. Ich grunzte unzufrieden, als Liam die Stimme erhob.

"Nein. Das werden wir nicht." Liam schüttelte den Kopf und sein langes Haar fiel wie ein Vorhang über seine Schultern, sodass ich sein Gesicht nicht länger sehen konnte. Aber ich hörte das Verlangen in seiner Stimme, und die Verzweiflung. "Wir sind zu verschieden, Kumpel. Wenn du wirklich eine Partnerin haben willst, dann musst dir ein paar Leute suchen, die eher so drauf sind wie du. Verdammt, wir haben total unterschiedliche Bedürfnisse. Mein Schwanz wird steif, wenn ich an den hochgestreckten Arsch meiner Partnerin denke, wenn ich zusehe, wie er sich auseinander zieht und ich Stück für Stück in sie hinein gleite. Ich mag es, wenn ich meinen rosa Handabdruck auf ihren kessen Arschbacken bewundern kann."

Liam stieß mir den Ellbogen in die Rippen und ich nahm an, dass er meine Zustimmung suchte, aber ich ignorierte ihn. Ich war einen halben Kopf größer als die beiden und sehr viel kräftiger. In unserer Einheit hatten sie mich aufgrund meiner Größe und wegen meines dunklen, bronzefarbenen Haares immer Bronzebiest genannt. Ich war groß für einen Viken, und impulsiv. Manchmal verlor ich die Kontrolle, wie eine Bestie im Paarungsfieber. Ein massiver, mit Waffen beladener Krieger, der auch noch schlechte Laune hatte? Keine besonders gute Kombination. Als ich jünger war, als frischer Rekrut, hatte ich mir eine Menge Ärger eingebrockt. Jetzt aber verließ ich mich auf Liam und Evon, um mich, wenn nötig, zurückzupfeifen. In den seltenen Fällen, an denen man es zu weit mit mir trieb und ich am Durchdrehen war, ging einer der beiden immer dazwischen, um mich vor Schlimmerem zu bewahren.

"Warum rempelst du mich an? Ich weiß doch, was

15

dich heiß macht. Einen willigen Arsch würde ich zwar auch nicht verschmähen, meine Geschmäcker sind aber verschieden."

Evon lachte und klatschte mir auf die Schulter. "Genau. Geschmäcker. Du könntest morgens, mittags und abends Muschis ausessen."

Ich musste grinsen. "Verdammt richtig." Ich dachte zurück an den Traum, an die Frau, die erst unter meinen Lippen gekommen war und danach mit meinem Schwanz. Scheiße. Sie war gefesselt gewesen, aber ich würde meine Partnerin nicht erst festbinden müssen, um ihre Beine zu spreizen, es sei denn Evon würde sie zuerst verwöhnen. Ich wurde wieder steif und musste mich und meine Uniformhose zurechtrücken. "Du wirst sie ans Bett fesseln, wehrlos."

Evon schüttelte den Kopf. "Sie wird mir vertrauen. Das wertvollste Geschenk."

"Das wird niemals funktionieren," Liam murrte. "Für einen von uns die Richtige zu finden wird schon schwierig werden. Aber eine für uns alle drei? Unmöglich."

Seufzend stand ich auf. Wir hatten die Tests absolviert. Ich war der letzte von uns dreien. Jetzt würden wir abwarten. Und weiter warten, denn nie und nimmer würde es auf Viken oder irgendeinem anderen Planeten eine Frau geben, die es liebte gefickt und abgeleckt, beherrscht und herumkommandiert zu werden, übers Knie gelegt und von allen Seiten in der Öffentlichkeit genommen zu werden. Keine Frau würde mit meinem impulsiven Temperament klar kommen, oder mit Liams verstörendem, grüblerischem Schweigen, oder Evons Bedürfnis nach Macht, wenn er alles und jeden und jede Begegnung befehlen musste. Er war gnadenlos, wie die Wüstensonne um zwölf Uhr. Er ließ niemals locker. Kannte keine Auszeit.

Selbst wenn eine Frau uns sexuell befriedigen konnte, dann würde es schon einem wahren Wunder gleichen, wenn sie uns außerdem als Männer akzeptieren konnte, uns als ihre wahren Partner annehmen würde. Keine Frau würde uns alle drei lieben können. Wir hatten uns falsche Hoffnungen gemacht. Das wurde mir jetzt klar.

"Dann lasst uns zurück an die Arbeit gehen," sprach ich. Ich wollte in mein Privatquartier verschwinden und an meinem harten Schwanz Hand anlegen, mich von der Spannung befreien. Ich musste diesen Traum wieder vergessen, aber das würde wohl nichts werden.

"Genau, wir wurden zwar getestet, aber ein Match? Das ist verfickt nochmal unmöglich. Ich hätte euch beiden sagen sollen, dass ihr euch einen anderen Dritten sucht. Ich werde euch beiden die Chancen vermiesen." Evons Worte stimmten mich hoffnungslos. Da er es wirklich liebte, das Sagen zu haben war er vielleicht derjenige, der sich am meisten dieses Match wünschte. Es war ein logischer Schritt für einen Mann seines Alters. Eine Partnerin. Babys machen. Wie es sich gehört. Hier im Norden war das Ganze nicht so einfach und schon gar nicht für ein paar Viken, die sich als Trio verpartnern wollten. Aber Liam und ich waren im gleichen Alter. Sicher, wir wollten auch eine Partnerin, eine, die wir uns zu dritt teilen würden, die dem Auswahlprogramm des Programms für interstellare Bräute nach perfekt zu uns passen würde, aber wir waren nicht ganz so desillusioniert wie er. Oder doch? Der Traum verblasste zusehends, genau wie der Traum von einem echten Match.

"Verdammt," brummte ich.

"Unmöglich?" fragte der Doktor. "Ich denke nicht." Wir hatten ihn schon total vergessen. Mit leuchtenden Augen wandte er sich uns zu. "Es gibt keine Frau im Universum, die jedes einzelne eurer sexuellen Bedürfnisse erfüllen kann? Falsch. Da ist eine." Er blickte zu Liam. "Eine, die annehmen kann, was ein Mann aus dem Sektor 1 ihr zu bieten hat." Dann blickte er zu Evon. "Eine Frau, die willig ist, sich Ansprüchen zu unterwerfen, die nur ein Mann aus dem Sektor 2 stellen kann." Dann blickte er in meine Richtung. "Eine, die sich mit

Freude zurücklehnt und deine Art der Zuwendungen genießt, Rager, vom Sektor 3."

Mein Herz schlug schneller und ich versuchte, das, was er da sagte zu verarbeiten. "Doktor?" Schockiert stellte ich fest, dass meine Hände zitterten.

Er lächelte. "Ich gratuliere, Krieger. Ihr Match wurde gefunden."

2

Isabella Martinez, Planet Viken, IQC-Feld, Transportzentrum

Aufseherin Egara hatte gesagt, es würde sich wie ein Nickerchen anfühlen, die Sache mit dem Transport durchs halbe Universum. Sie hatte gefragt, ob mir die Weisheitszähne gezogen worden waren und ich hatte mit "ja" geantwortet. Als ich fünfzehn war, hatten sie mir eine Narkose verabreicht und ich war mit einer Mullbinde um die Wangen gewickelt wieder aufgewacht; ohne jede Erinnerung an die zwei Stunden, die es gedauert hatte die betroffenen Backenzähne aus mir herauszuholen. Gott sei Dank.

Als ich blinzelnd die Augen aufmachte und versuchte herauszufinden, wo ich jetzt war, erinnerte ich mich an diese Unterhaltung. Ich hatte keine komischen Medikamente im Blut. Kein Kieferchirurg, der sich mit einer Lampe an der Stirn über mich drüber lehnte oder Blutgeschmack im Mund.

Nein. Als ich nach meinem Abtransport vom Bräuteabfertigungszentrum in Miami aufwachte, erblickte ich

19

drei große Typen, die mich allesamt auf eine Art anstarrten, dass ich mich fast hin und her winden wollte.

Aliens. Es waren Aliens.

Und ich war in einem Land, das sich weit, weit weg von der Erde befand.

Es mussten Aliens sein, oder hatten sie mir eine echt krasse Droge reingepfiffen, denn diese drei hier? Sie waren rattenscharf. Brandheiß. Magazin-Titelseiten-Supermodel-gepaart-mit-Holzfäller-heiß. Und sie waren groß, so groß, dass sie mich überragten, obwohl sie mich in Hockstellung umzingelten. Ich befand mich nicht auf einem Zahnarztsessel, sondern lag auf dem Boden ausgestreckt. Als ich mich von der harten, unbequemen Oberfläche nach oben drückte, wuselten sie hastig herum und halfen mir dabei, mich aufzusetzen.

Der unerwartete Körperkontakt ließ mich zurückschrecken, ich war überwältigt. Sie waren mir so nahe. So intensiv. Eine Sekunde lang fühlte ich mich wie eine Made unterm Mikroskop. Das erste Mal in meinem Leben hatte ich Mitleid mit einem Insekt.

Ich blickte kurz an mir herunter, denn ich fürchtete, dass ich voller Blut oder schlimmer noch, vollkommen nackt war. Als ich aber das schlichte weiße Kleid erblickte, dass mir vom Hals bis zu den Knöcheln reichte, seufzte ich erleichtert. Wie eine zweite Haut schmiegte es sich an meine Kurven, sexy und unschuldig zugleich.

Ich schaute nochmal auf das hinreißende Kleid und atmete tief durch, dann nahm ich meinen gesamten Mut zusammen und blickte auf. Mich zu zieren oder die Schüchterne zu spielen würde mir nicht helfen. Nicht hier. Eben war ich quer durchs Universum gereist, um einen Fremden zu heiraten, um mit ihm zu schlafen und "Ich will, auf immer und ewig" zu einem Mann zu sagen, den ich noch nie vorher getroffen hatte. Aufseherin Egara hatte auch etwas Komisches über meine *Partner* verlauten lassen. Als ginge es um mehr als einen Mann. Aber ich hatte einfach nur genickt und angenommen, dass ich mich verhört hatte.

Vielleicht hatten sie mich ja wirklich unter Drogen gesetzt, denn diese drei Typen waren dabei, mich wie ihre liebste Zuckerschnecke zu beäugen, so als ob jeder von ihnen mich gleich ablecken wollte. Bei der Vorstellung leckte ich *mir* die Lippen, woraufhin ihre Blicke auf meinen Mund wanderten. Ich schwöre, einer der drei machte ein knurrendes Geräusch in der Brust. Ihre Hände lagen auf mir, sie stützten mich behutsam, als ob ich von alleine nicht sitzen konnte und die Hitze ihrer Handflächen ließ mich erschaudern, als sich wie ein Tropensturm in mir das Verlangen aufbaute. Mein gesamtes Leben lang war ich von Dunkelheit gepeinigt worden, hatte ich mich nach dem verzehrt, was ich nicht haben konnte. Aber das war mein altes Leben, richtig? Ich hatte eine Broschüre vom Programm für interstellare Bräute gelesen und in dieser hatte gestanden, dass die Übereinstimmungsrate bei den Verpartnerungen bei über 97 % lag.

Allerdings war ich schon immer einsame Spitze, wenn es darum ging, die Ausnahme vom Regelfall zu sein. Unter meinen Freundinnen in der Grundschule war ich die einzige, die *nicht* in Tommy Parker verknallt war. Die einzige Achtklässlerin im Mathe-Club. Die einzige weibliche Programmiererin in einem schnelllebigen Silicon-Valley-Startup, bis die beschissene Einstellung der Männer dort im Büro mich zu etwas getrieben hatte, was ich noch immer nicht wirklich bereute.

Sicher, ich war dafür ins Gefängnis gegangen, aber anschließend bin ich hier gelandet, mit den drei schärfsten Typen, die ich je gesehen hatte und die mich gerade anglotzten, als wäre ich ein Dessert. Nicht nur ein einfaches Dessert, sondern ein heißer Schokoladenkuchen mit einem Herz aus geschmolzenem Fondant, Karamell-topping und einer Kugel sahnigem Vanilleeis als Beilage.

Das ultimative Dessert.

Aber solange sie mich anfassten, konnte ich keinen klaren Gedanken fassen. Vielleicht war es auch wegen des Trips durch eine Art dunkle Materie, quer durchs Weltall, mit einer irren Transporttechnik, die direkt aus einer Folge *Star Trek* hätte stammen können. Ich wollte aufstehen, aber alles im Raum drehte sich und ich plumpste direkt wieder zu Boden.

"Sie ist verletzt." Der blonde Typ fing an zu reden.

"Warum ist der Doktor nicht hier?" Dieser Typ hatte dunkles Haar, es war unglaublich schwarz und fast so lang wie meines.

"Ich werde ihn holen." Der Typ mit welligen, kupferfarbenen Haaren stand auf und, heilige Scheiße, war er groß. Wie ein Riese. Ich legte den Kopf in den Nacken und blickte zu ihm auf, als er die Männer hinter der Steuerkonsole anschrie. Es war, als wäre ich gerade bei Dreharbeiten für einen durchgeknallten Science-Fiction-Streifen hereingestolpert … mit riesigen, verdammt heißen Aliens. Nur, dass diese hier *menschlich* aussahen. Ein Kopf, zwei Augen, breite Schultern, schmale Hüften und überall Muskeln. Ihre Haut war weder blau, noch war sie mit Schuppen bedeckt und da waren weit und breit keine Tentakel zu sehen. Sie sahen *besser* aus als Menschen, zumindest meiner Libido nach zu urteilen.

"Mir geht's gut," sagte ich. Ich räusperte mich einmal und versuchte es erneut. "Wirklich." Das war nicht gelogen. Der Raum hatte aufgehört sich zu drehen und mein vernebelter Verstand wurde zusehends klarer und nervöser. War einer dieser Typen mein Match? Ich war zu aufgeregt, um nachzufragen, aber Himmel, ich wollte noch nicht einmal daran denken. Nicht ernsthaft. Alle drei waren umwerfend und auf keinen Fall wollte ich vor die Wahl gestellt werden.

Der Riese machte auf der Stelle kehrt, als er meine Stimme hörte und blickte zu mir herunter. Dann ging er in die Hocke, eine absichtliche Geste, damit wir auf Augenhöhe waren.

"Ich bin Rager, einer deiner Partner."

Er redete kein Englisch, aber ich konnte ihn verstehen. Merkwürdig. Aber klar doch. Mit den Fingern befühlte ich den Knubbel über meinem Ohr. Aufseherin Egara hatte mir erklärt, dass sie mich für den Transport bereit machen würden, inklusive NPU, einer neuralen Prozessionseinheit. Sie sagte, dabei handelte es sich um eine Art Dolmetschertechnik, die sich direkt ins Sprachzentrum in meinem Gehirn einhaken würde, damit ich alle Sprachen des Universums verstehen könne. Das Ganze erschien mir surreal, bis jetzt.

"Rager." Der Name passte zu ihm. Seine Hände waren auf seine Oberschenkel gestützt—mächtige, kräftige Oberschenkel—und ich konnte ihre enorme Größe nicht übersehen. Ja, alles an ihm war *groß*. Ich riss die Augen auf. "Du bist mein Partner?"

Seine goldenen Augen dämpften sich und meine Nippel wurden augenblicklich hart. Ich verspürte mehr als nur reine Lust. Ich wusste nicht genau was, aber mein Körper reagierte auf ihn, als ob er mich gerade eine Stunde lang durchmassiert hatte. Wurde ich etwa schwach? Hier und jetzt? "Also, ähm. Wow. Freut mich, dich kennenzulernen."

Ich streckte ihm die rechte Hand aus und er wirkte irritiert, dann aber reichte er mir seine sehr viel größere Hand. Er hielt meine Handfläche, die Fingerspitzen seiner anderen Hand strichen über meinen Arm, dann die Innenseite meines Handgelenks und ich biss meine Lippe, als die Hitze mich überkam. Nicht nur seinetwegen, sondern gleichermaßen von den anderen vier Händen, die mich weiterhin berührten und mir dabei halfen, aufrecht sitzen zu bleiben.

So verdammt heiß. Gott, mir blieb die Luft weg.

Ich wandte den Blick von ihm ab und konnte nicht anders als darauf zu hoffen, dass alles an ihm *groß* sein würde. Die Vorstellung bewirkte, dass ich mir erneut die Lippen leckte. Mein Partner? Er war umwerfend.

23

Er grinste und ich schwöre, ich konnte meine Eier-
stöcke spüren, wie sie vor Freude einen Hüpfer machten.
Krass. Ich konnte es kaum fassen, dieser Typ war mein
Partner? Derjenige, dem ich zugeteilt worden war? Zuvor,
auf dem Untersuchungsstuhl, hatte ich diesen verdammt
heißen Traum durchlebt. Einen Sextraum, in dem ich
gefesselt und genommen wurde. Ja, genommen. Rau und
heftig, lieblich und wild. Dinge, die ich nie getan hatte
und Stellungen, die ich mir kaum ausgemalt hätte. Und es
hatte sich so verdammt gut angefühlt. Tatsächlich war ich
nicht einmal, nicht zweimal, sondern dreimal gekommen,
bevor Aufseherin Egara mich auf grausame Weise aufge-
weckt hatte. Meine Muschi war dermaßen gierig und
feucht gewesen, dass die Rückseite meines Untersu-
chungskittels ganz nass gewesen war.

Die letzten paar Monate in dieser beschissenen
Gefängniszelle hatten nicht gerade dabei geholfen, meine
Lust auf einen starken, ordentlichen Orgasmus zu dämp-
fen. Guten Sex hatte ich schon immer gemocht, oder
zumindest war ich nie eine dieser Frauen gewesen, die
sich nicht trauten ihrem Lover zu sagen, was sie wollten
oder wie sie gerne angefasst wurden. Das Problem aber
war, abgesehen davon, dass es im Frauengefängnis keine
Männer gab, mit denen ich schlafen konnte, dass auch
draußen viele Typen einfach nicht zuhören wollten.

Im Knast hatten mich auch ein paar Lesben ange-
macht und ich hatte zumindest mit dem Gedanken
gespielt. Aber ernsthaft? Ich stand nun mal auf Männer.
Ich liebte die Art, wie ihre Schultern sich beim Ficken
über mir aufbäumten, ich liebte ihren Geruch, ihre
Stärke. Ich liebte es, wenn ich mir an ihrer Seite klein und
ausgeliefert vorkam. Nicht, dass ich *das* je einem Typen
erzählt hätte, aber ich wusste es. Ich wollte einen Mann,
einen dominanten, kommandostarken Lover mit einem
großen, harten Schwanz und ausreichend Geduld, um
mich zum Stöhnen zu bringen.

Wenn dieser heiße Alien meine Belohnung dafür war,

das Gesetz zu brechen, dann hätte ich das schon vor Jahren machen sollen, anstatt mir von diesen verlogenen paar Arschlöchern meinen Code klauen zu lassen und mir beim Vorbeigehen auch noch an den Hintern grapschen zu lassen. Nicht alle waren dermaßen übel gewesen, aber Junge, es waren nur ein paar faule Äpfel nötig, um es allen anderen Mitarbeitern zu verderben. Besonders den Frauen. Zwei Jahre nach der Eröffnung war ich die einzige Frau, die übrig geblieben war.

Die Informationen, die ich weitergereicht hatte, hatten ihnen den Börsengang ruiniert und mich wegen Insidergeschäften in den Knast gebracht, aber das mir vollkommen egal. Sicher, ich hätte die zwei Jahre einfach absitzen und dann mein Leben weiterleben können. Aber dann ... kam das hier dazwischen.

Ein Partner. Ein Neubeginn mit dem Programm für interstellare Bräute.

Die Vergangenheit existierte nicht mehr. Ich befand mich jetzt auf einem fremden Planeten, umgeben von heißen Typen. Wie sich herausgestellt hatte, würde ich einen normalen Typen von einem netten Planeten bekommen—einen Alien—der sich den Rest meines Lebens um mich kümmern würde. Von den Anzeigen und Werbespots des Bräute-Programms wusste ich, dass der Testvorgang mich mithilfe diverser Persönlichkeitstests und Analysen des Unterbewusstseins zu einem spezifischen Planeten zuordnen würde. Davon ausgehend würde man mir einen perfekten Partner finden. Aber ich hatte meine Zweifel, dieselben Zweifel, die mich plagten, seit ich mich für Sex zu interessieren begann. Vielleicht sogar schon früher, als ich mich danach sehnte, gefesselt zu werden und von einem dominanten Mann herumkommandiert zu werden, auch wenn ich diese Neigung damals noch nicht verstand.

Ich meine, welcher Typ von einem anderen Planeten würde schon in der Lage sein, meine schrägen sexuellen Bedürfnisse zu erfüllen? Klar, ich war irgendwie anders gestrickt als andere Frauen. Ich wusste es seit meiner High-school-Zeit, als ich nicht die schüchterne, zurückhaltende Jungfrau hergab—selbst als ich wirklich noch Jungfrau war. Mein Sextrieb war viel stärker als bei anderen Frauen. Ich war dreimal in einem Testtraum gekommen, was, Aufse-herin Egara zufolge, nicht normal war. Was also war, wenn ich ein paar heiße Knöpfe besaß, die manche Männer noch nicht einmal versuchen wollten zu drücken? Was, wenn ich kaum Hemmungen hatte? Nicht selten hatte man mich als Schlampe, Freak oder Hure bezeichnet. Ich war zwar nichts Derartiges, aber die Beschimpfungen waren mir egal. Kein Mann hatte von mir mehr als eine schnelle Nummer gewollt, ein One-Night-Stand und niemals lief es besonders toll. Also hatte ich dem verdammten Planeten Lebewohl gesagt und war jetzt hier. Auf Viken.

Mit ihm.

"Rager," ich wiederholte seinen Namen, während mein Blick seine vollen Lippen nachzeichnete und ich mir vorstellte, wie meine Finger durch sein Haar fuhren. Es war schwer zu sagen, wie groß genau er war, bestimmt aber würden ihm meine eins-siebzig nicht mal bis unters Kinn reichen.

Heiß. Einfach nur heiß.

Er nickte einmal, dann wandte er sich den anderen beiden zu. "Das ist Evon."

Der stählerne Blonde nickte.

"Und Liam." Das war der Schwarzhaarige mit den aufgewühlten blauen Augen.

Der Erstere sah aus wie ein knallharter Guerilla-Kämpfer von der Navy und der zweite ähnelte einem Piraten.

Die beiden Männer begrapschten mich weiterhin und noch immer beäugten sie mich wie Raubtiere, die eben ihre Beute geschnappt hatten. Es schien seltsam, dass die beiden mich anfassten, obwohl Rager mein Partner war.

"Sag uns, ob du verletzt bist." Evon stellte keine

Frage, er forderte einfach eine Auskunft und ich gehorchte ihm instinktiv; aus irgendeinem merkwürdigen Grund, den ich in diesem Moment nicht analysieren konnte, wollte ich es ihm recht machen.

"Mir geht's gut," sagte ich. "Ich möchte einfach nur aufs—"

Bevor ich den Satz zu Ende sprechen konnte, schaufelte mich Liam—der längliche, rabenschwarze Hüne— auf seine Arme.

"Aiii," quietschte ich, als ich mit einer Hand seinen Bizeps umklammerte und mit der anderen Hand gegen seinen Torso drückte und fürchtete, dass er mich fallen lassen könnte. Gütiger Gott, der Mann war wohl aus Stahl. Heißem Stahl. Ich spürte seine sehnigen Muskeln, als sie sich gerippt und wohl definiert unter meinen Fingern anspannten. Nie und nimmer würde er mich fallen lassen. Verdammt, auf die Art, wie er mich fest hielt, war ich mir nicht ganz sicher, ob er mich je wieder runter lassen würde. Ich leckte mir die Lippen und musste mich fragen, wie all diese Pracht von einem Torso wohl nackt aussehen würde.

Vor mir stand jetzt der blonde Mann. Er war kurz geschoren und seine hellblauen Augen waren kalt wie Eis und fokussiert. Auf mich.

"Ich bin Evon. Dein anderer Partner."

Meine Kinnlade klappte nach unten.

"Ich würde auch gerne hören, wie du meinen Namen sagst."

"Evon. Mein anderer Partner?" fragte ich ungläubig. Hatte meine Stimme sich gerade überschlagen? Zum Glück hatte ich nicht auch noch—nicht—mit dem Typen, der mich wie ein Federgewicht in den Armen hielt geliebäugelt, während mein auserwählter Partner, also Rager, neben mir stand. Ich fand Männer zwar allgemein attraktiv, aber das war selbst für mich unterste Schublade. Ich war eine Ein-Mann-Frau. Ich mochte zwar Sex, aber ich war der Monogamie verschrieben. Ich war keine Fremd-geherin.

"Du hast drei Partner," sprach Evon, als er seine Hand auf meine Hüfte legte und sanft zukniff. "Und ich möchte gerne wissen, wie du deinen Namen aussprichst."

"Auf dem Protokoll steht: 'Iiieh-zah-be -la'?" Rager hielt eine Art Tablet in der Hand und zog verwirrt die Augenbrauen zusammen. "Ich kenne diese Sprache nicht."

"Bella. Mein Name ist Isabella Maria Santiago Marti-nez, aber meine Freunde nennen mich Bella."

"Wir sind nicht deine Freunde." Evon sprach erneut und streichelte mir mit der Hand über die Wange. "Wir sind deine Partner. Und du bist Bella. Unsere Bella."

Ich blickte zu Liam auf und er schien Evons Worten komplett zuzustimmen. Er hatte dieses fantastisch lange Haar, wie bei einem Indianer, es war glatt und geschmeidig und wirkte im grellen Licht fast bläulich. Seine Augen waren einige Stufen dunkler als Evons und starrten mich an. Nein, sie starrten nicht. Sein Blick war dabei, sich in mich hineinzubohren. Als könne er viel mehr als nur mein Gesicht und das komische weiße Kleid, das ich anhatte sehen. Ich kam mir vor, als würde er mir in die Seele blicken und mich ausziehen, ohne auch nur einen Finger krumm zu machen. Als ob ich ihm gehören würde.

Fast panische rührte ich mich jetzt in seinen Armen, als Rager auf uns zu kam. Er hatte das Tablet irgendwo abgelegt und erneut waren alle drei dabei, mich zu umzingeln. Ich erwartete Zwietracht in seinem Blick. Da, wo ich herkam, würden sich drei enorme Kerle niemals eine Frau miteinander teilen. Ehrlich gesagt bezweifelte ich, dass sie dazu imstande waren. Was, wenn ich einen von ihnen den anderen vorziehen würde? Was, wenn ich mich verlieben würde und die anderen beiden eifersüchtig sein würden? Was, wenn sie mich wie ein Möbelstück weiterreichen würden und sie alle eine andere Partnerin, eine andere Frau irgendwo versteckt hatten?

"Heilige Scheiße," nuschelte ich und wollte mich aus Liams Griff befreien. Ich steckte in Schwierigkeiten. "Drei? Von dreien war nie die Rede. Das muss ein Fehler sein. Das wird nie funktionieren."

Liam schüttelte den Kopf, er zog mich enger an sich heran und sein Blick verdunkelte sich und ließ mich erzittern, und zwar nicht vor Hitze. Sein Blick schockierte mich und gleichzeitig bewirkte er, dass ich mich sicher fühlte. Es war ein Blick, der mir zu verstehen gab, dass er meinetwegen töten würde, mich beschützen würde. "Nein, es gibt keinen Fehler. Jetzt, wo du hier bist, werden wir dich nicht mehr gehen lassen."

"Aber ich sollte mit nur einem Mann verpartnert werden, einem Alien, der ähm … perfekt zu mir passen sollte." Ich konnte seinem Blick nicht länger standhalten, als ich mich aber von ihm abwandte, warteten bereits Evons gletscherblaue Augen auf mich.

Er blickte auf mich herab und seine helle Augenbraue flog nach oben. "Du *wurdest* genau den Partnern zugeteilt, die perfekt für dich sind."

Rager grunzte zustimmend und lief in Richtung einer großen Schiebetür. Liam, der mich weiter in den Armen hielt, folgte ihm. Evon gesellte sich an unsere Seite. Ich versuchte, mich protestierend hin und her zu winden, aber Liam zuckte noch nicht einmal mit der Wimper und zog mich einfach noch fester an sich heran, bis ich es kapiert hatte.

Nein. Ich würde nicht auf eigenen Füßen stehen. Noch nicht.

Ich hätte mich zur Wehr setzen sollen, aber tief in meinem Inneren war gerade etwas aus einer Art Dornröschenschlaf erwacht und dieses böse, böse Mädchen wollte einfach wissen, wie es sich mit den drei heißesten Typen des Universums anfühlen würde. Ich wollte mich in ihrer Mitte wiederfinden und alles entgegennehmen, was sie mir zu bieten hatten … selbst, als ich mich fragen musste, wie viel das wohl sein würde.

Liam stolzierte weiter und er schien dabei nicht genau zu wissen, wohin die Reise ging. Der Flur war gerade und Rager führte uns an … irgendwo hin. Liams tiefe Stimme dröhnte durch meinen Körper und ich machte es mir in seinen Armen bequem, zufrieden. "Du hast drei Partner, Bella. Rager, Evon, mich. Wir wurden getestet und jeder von uns wurde dir zugeteilt. Für uns bist *du* der Alien und du bist perfekt."

Er blieb eisern—anstatt einfach nur irgendwelchen Mist runterzuspulen, den ich seiner Meinung nach hören wollte—und genau deswegen liebte ich seine Worte. Sie klangen so süß in meinen Ohren, wie ein Sonett von Shakespeare, aber auch ein bisschen lächerlich.

"Ihr kennt mich noch nicht einmal," entgegnete ich. "Glaub mir, ich bin bei weitem nicht perfekt."

Evon lief neben uns den geräumigen Flur entlang. "Wir kennen dich nicht und du kennst uns auch nicht. Stimmt. Aber der Test ändert alles. Selbst bevor ich deinen Namen kannte, wusste ich bereits, dass du uns alle drei attraktiv finden würdest und dass seine Muschi vor lauter Willkommenssäften ganz feucht sein würde, obwohl wir uns zum allerersten Mal sehen."

Seine unverschämten Worte hätten mich anwidern sollen. Wenn irgendein Typ in einer Kneipe sich so an mich herangemacht hätte und verwegen und arrogant genug gewesen wäre, um mir zu sagen, dass meine Muschi bei seinem bloßen Anblick feucht werden würde, dann hätte ich ihm in die Eier getreten.

Aber Evon lag richtig, meine Muschi war nass. Ich fühlte mich zu allen dreien hingezogen. Augenblicklich. Konnten sie etwa meine Erregung riechen? Gab es an der Rückseite meines einfachen, nachthemdartigen Kleides etwa einen nassen Fleck? Ich wusste, dass ich keine Unter-wäsche anhatte. Den glatten, seidigen Stoff an meinem nackten Arsch konnte ich nämlich nur allzu gut spüren.

"Lass dich von seinen frechen Sprüchen nicht verär-gern," Liam wollte mich beschwichtigen. "Evon war zwar nicht besonders feinfühlig, aber du musst zugeben, dass dir seine Aufrichtigkeit gefallen hat. Ich werde dir dieselbe Aufrichtigkeit schenken. Wir mögen deine irdischen Sinne angesprochen haben, du aber hast uns komplett umge-hauen. Spürst du nicht, wie mein harter Schwanz gegen deine Hüfte drückt?"

Ich schnappte nach Luft und konzentrierte mich auf Liams Körper. Er hielt mich fest an sich gepresst. Wie ein Burgfräulein in Nöten hatte er mich aufgegabelt und ich spürte ein hartes Rohr, das gegen meine Hüfte presste. Ich hatte nicht einmal gedacht, dass es sich dabei um seinen Schwanz handelte. Ich hatte überhaupt nichts gedacht, denn ich hatte mich ganz auf ihre Worte konzentriert. Aber jetzt? Scheiße, es fühlte sich eher an wie eine Knarre oder so. Nicht wie ein Schwanz.

"Wohin bringt ihr mich?" fragte ich.

"Ihr habt sie eingeschüchtert," sprach Rager und warf mir über die Schulter einen eindeutigen Blick zu, dann wedelte er mit der Hand neben einer Tür hin und her und die Tür öffnete sich geräuschlos. Er ging hinein und wir folgten ihm. Nicht, dass ich irgendwie die Wahl gehabt hätte, als Liam mich weiter fest hielt.

Ragers Wortwahl entlockte mir ein Grinsen. Ich war nicht schüchtern. Wenn überhaupt, dann war ich wohl zu forsch.

Sie brachten mich in ein großes Zimmer, das wie eine luxuriöse Hotelsuite aussah, mit Wohnbereich, Tisch, dunkelgrünen Sofas und Stühlen, deren Bezug wie reine Seide aussah, sowie einem Schlafzimmer, dessen Bett genug Platz für eine ganze Fußballmannschaft bot.

Oder für mich und diese drei massiven Aliens.

"Oh Gott." Jetzt gleich? Wir würden das jetzt sofort durchziehen? Rein hier, nackig machen und ab in die Waagerechte, auf diesem enormen Bett? Sicher, technisch betrachtet und nach dem, was sie mir eben erzählt hatten, war ich jetzt ihre Frau, und sie gehörten mir. Also war es ganz legal. Oder?

Nicht, dass ich einen Ring am Finger stecken haben musste, um es mit jemandem zu treiben, aber das hier? Mit allen dreien? Die bloße Vorstellung war aufregend und beängstigend zugleich. Ich wollte sie und allein schon das war krank. Aber ich war gleichzeitig nervös. Dass sie mir gehörten beruhigte mich etwas. Dass ich ihnen *gehörte*.

Aber gehörten sie denn tatsächlich zu mir? Wie sollte eine einzelne Frau es schaffen, drei heiße Aliens zu befriedigen? Im Ernst. Sie waren wie Sex-am-Stiel und ich war, nun, einfach nur ich.

"Seid ihr Jungs euch sicher? Dass ihr mich wollt? Weil, Aufseherin Egara hat mir gesagt, dass Partner niemals fremdgehen. Aber ich kann nicht nachvollziehen, wie ihr alle drei mit mir allein glücklich werden sollt."

"Wir werden es dir zeigen." Liams Stimme klang jetzt tiefer und die Hitze seines Körpers fühlte sich fast schon wie ein Schweißbrenner an. Evon blickte mir tief in die Augen, als er die Worte vernahm und er ließ sich Zeit, mich gründlich zu mustern, sein Blick verweilte an allen Stellen, an denen ich von ihm berührt werden wollte.

Meine Muschi zog sich zusammen und meine Nippel stellten sich zu harten, heißen Spitzen auf. Mein Herz raste wie wild, aber mein Kopf? Oh Mann, die Gedanken, die da oben nur so herumschwirrten waren ein einziges Chaos.

Wollte ich sie? Ja. Ja verdammt. Durfte ich das? Nein. Nicht drei Typen auf einmal.

Ganz, ganz, ganz schlecht. Dafür würde ich in die Hölle kommen. Vorausgesetzt, auf diesem Planeten hatten sie auch eine Hölle.

Und all das hätte mich eventuell auch umgestimmt, hätte ich in der Tat auch an die Hölle geglaubt. Was nicht mein Fall war. Was blieb war...pure Lust. Sechs Monate lang nichts als graue Gefängniswände, die hässliche Sträflingsuniform und andere Frauen, die mich davon überzeugen wollten, dass ich nicht länger auf Männer stand.

Falsch. Dermaßen falsch.

Einen Moment lang konnte ich mich umblicken, aber sobald ich mich einigermaßen beruhigt hatte, beugte Liam sich vor und verpasste mir mitten auf den Scheitel einen Kuss. Rager trat an mich heran, sodass er mir direkt gegenüber stand und strich mit dem Finger über meine Wange. Evon gesellte sich neben ihn und wieder war ich von drei gigantischen Männern umgeben.

"Keine Angst, Liebes. Wir werden uns gleich um dich kümmern."

Ich schloss die Augen, als sechs Hände begannen, ehrfürchtig meinen Körper zu befühlen. Ich entspannte mich in Liams Griff und wehrte mich nicht, als er zum Bett ging und mich dort absetzte, sodass ich auf der weichen Oberfläche kniete. Er ließ mich los und ich öffnete die Augen. Überrascht stellte ich fest, dass Rager selbst jetzt fast so groß war wie ich. Die anderen beiden waren einen Kopf kürzer, aber immer noch riesig, mindestens zwei Meter groß.

Auf Viken wussten sie wohl, wie man riesige Kerle heranzüchtete.

"Ihr alle gehört mir? Ihr alle drei? Und ihr wollt das hier wirklich? Ihr wollt mich wirklich miteinander teilen?" Ich musste ganz sicher gehen, bevor ich mich in diese Sache stürzte. "Seid ihr sicher, dass hier kein Versehen vorliegt?"

Evon trat hervor, sodass er mir direkt gegenüber stand und seine Augen, die zuvor eiskalt gewesen waren, glühten jetzt mit gierigem, blauen Feuer. "Zieh dein Kleid aus, Liebes. Wir wollen sehen, was uns gehört."

Ah, okay. Also kein Versehen.

Diese Stimme. Gott. Ich blickte ihm in die Augen und hob meine Hände an den Nacken, um den Haken zu öffnen, der dort gegen meine Haut presste.

Der weiche Stoff fiel mit einem langsamen Rutsch an

mir hinunter, wie Zuckerguss, der in der Mittagssonne zerschmolz und gab schließlich preis, was darunter lag.

"Du gehörst mir." Auf Evons Kundgebung folgte die sengende Hitze seiner Hand auf meiner Hüfte. "Nimm die Arme über den Kopf und halt sie oben, Liebes."

Wieder tat ich, wie er mir befahl—obwohl ich ihn erst seit ein paar Minuten kannte—und meine vollen Brüste sprangen stolz nach vorne. Ich hatte keine Modelfigur, ich war eher Couchpotato als Marathonläufer, besonders nach den sechs Monaten im Knast, aber durch die Art, wie sein Blick sich vor Lust verdunkelte fühlte ich mich wie eine Göttin, eine mächtige, begehrenswerte Herrscherin über das männliche Geschlecht.

Über diese Männer hier.

"Ist sie nicht perfekt?" fragte er die anderen.

Liam und Rager nickten zustimmend, als Evon die beiden heranwinkte.

"Küss sie, Rager. Überall, genau wie du es willst. Steck deinen Schwanz in ihren heißen Mund. Liam, ihr Arsch gehört dir. Stell sicher, dass sie auch bereit ist."

"Ähm—" brabbelte ich und bekam kein einziges Wort heraus. Mich überall küssen? Mein Arsch gehörte Liam? "Äh ..."

"Verfickt nochmal, Evon. Ich wusste, dass du uns herumkommandieren würdest," klagte Liam, aber gleichzeitig grinste er, als er mich zur Seite drehte, meine Handgelenke packte und sie nach unten senkte, um sie hinter meinem Rücken zusammmen zu halten.

Ich wurde festgehalten, keuchte und wusste, ein gutes Mädchen würde ihnen sagen, dass sie aufhören sollten. Ich sollte mehr Fragen stellen. Sollte die Sache langsam angehen und sie kennenlernen, bevor wir hier eine totale Orgie veranstalten würden. Aber nein, eine Orgie würde bedeuten, dass es jeder mit jedem treiben würde. Evon zufolge würden allerdings nur *sie* Sex mit *mir* haben.

Als Evons Hände meine nackten Brüste befühlten und Liams entschlossener Griff mich daran erinnerte, dass ich jetzt ihnen gehörte, dass sie mich erobern, mich ficken konnten, riss diese Gewissheit alle Dämme in mir ein und rohe Lust flutete jede einzelne Zelle meines Körpers. Ich stöhnte. Gott, ich konnte es nicht unterdrücken. War es so einfach? Würden sie mir genau das geben, was ich brauchte, selbst wenn ich nicht mehr genau sagen konnte, was das war?

Liam stieg hinter mir aufs Bett und strich mit seiner freien Hand mein Haar beiseite, um meinen Nacken zu küssen. Er stieß meine Beine auseinander und ich plumpste nach hinten, auf ihn drauf. Ich war ihm komplett ausgeliefert, als Rager sich nach vorne beugte und anfing meine Muschi zu lecken und sich dabei besonders meiner harten Knospe widmete.

Und plötzlich waren alle Gedanken an irdische Moralvorstellungen wie verflogen. Zum Teufel damit.

Wie es aussah, wurde ich gerade erobert und ich hatte nicht die geringste Absicht, irgendetwas dagegen zu unternehmen.

3

Evon, Planet Viken, Nördliche Aufstellung, Privatquartiere

Unsere Partnerin war atemberaubend. Und sie reagierte. Rager hatte den Kopf zwischen ihre Schenkel geklemmt und sie keuchte nur so vor Lust und ihre Nippel wurden unter meinen Handflächen steif.

Götter, es war unglaublich. Diese Frau war durchs halbe Universum gereist und sie war absolut perfekt für uns. Ich hatte an der Verpartnerung, den Tetsts gezweifelt, aber jetzt nicht mehr. Ich wusste nichts über den Planeten Erde, ob ihre Größe dort normal war, aber für mich war sie klein. Sie war mindestens einen Kopf kleiner als wir und es würde ein Leichtes sein, sie zu überwältigen. Oder ihr sogar weh zu tun. Ihr Körper war üppig und kurvenreich und unter ihrer zarten Haut zeichneten sich geschmeidige Muskeln ab. Sie würde überall gleichermaßen zart sein, da war ich sicher.

Und diese Markierungen, diese bunten Zeichnungen auf ihrem Arm und an einer Hüfte; ich konnte nicht anders, als die grazilen Blütenblätter einer Blume zu berühren, oder den geschwungenen Flügelrand einer fliegenden Kreatur. Rager ließ kurz von ihr ab und sie wimmerte, er wischte sich mit dem Handrücken über den Mund und blickte zu mir. Bella schnappte nach Luft, als meine Fingerspitze sachte die Muster nachzeichnete. Rote, blaue, schwarze und grüne Wirbel. Ein geflügeltes Tier von der Erde, Reben, Blumen. Ein Name? Ich drückte fester zu, um zu sehen, ob die Zeichnungen abfärben würden, aber nein.

"Ein Tattoo," sprach sie, ihre Stimme kaum mehr als ein Flüstern. "Das ist Tinte, unter meiner Haut."

Liam und Rager starrten ebenfalls auf die Bilder. Fasziniert.

"Bei uns gibt es kein … Tattoo. Ich weiß von anderen Planeten, wo sie ihre Körper verzieren, aber nicht mit Farben oder Mustern wie diesen." Mein Blick wanderte von der Markierung über ihrer Hüfte zu ihren dunklen Augen. "Was für ein Tier ist das?"

Sie biss ihre Lippe und in diesem Moment erkannte ich, dass sie meine noch so leichten Berührungen genoss, während ich mit dem Finger über ihren Körper glitt. Selbst die kleinsten Gesten gefielen ihr und sie war noch nicht einmal der Macht des Samens erlegen. Nach der Art, wie sie die Hüften verlagerte hatte Rager hervorragende Arbeit geleistet und sie angetörnt, ja sogar notgeil gemacht. Sein Mund glitzerte immer noch mit ihren Säften und ich konnte sehen, dass ihre Schenkel ganz nass waren.

"Ein Schmetterling."

Rager sprach ihr das Wort nach, während er sich vorbeugte und das Bild auf ihrer Haut küsste. Als sie diesmal nach Luft schnappte, beobachtete ich, wie sich ihre Brüste hoben. Ich hatte sie in den Händen gehalten, sie waren schwer und üppig, aber ein einfaches Tattoo hatte mich ohne weiteres hypnotisiert.

"Liebes, du hast mich abgelenkt."

Sie zog eine Augenbraue hoch, als ob sie sich wundern musste, wie sie so etwas nur fertiggebracht hatte.

"Ich gebe gerne Befehle," fügte ich hinzu.

Liam lächelte, als er das hörte, als ob diese vier Worte viel zu bescheiden ausdrückten, wie gerne ich das Sagen hatte. Nicht nur ich war so drauf. Alle Männer im Sektor 2 forderten von ihren Partnerinnen die totale Unterwerfung. Es lag mir im Blut. Und der Test war der Beweis dafür, dass Bella sich jemandem unterwerfen musste.

"Gefällt es dir, wenn Liam deine Hände festhält?"

Ich beobachtete, wie ihre Arme zuckten, als sie den Griff an ihren Handgelenken testete und sah, wie sich ihre Pupillen weiteten, als ihr klar wurde, dass sie nicht entkommen würde. Wir würden sie natürlich freilassen, sollte sie Angst bekommen, aber ihr Blick verriet mir keine Angst. Nein, ganz im Gegenteil.

"Ich sehe, dass es dir gefällt. Wir werden dich nehmen, dich ans Äußerste treiben, dich kommen lassen. Mit drei Partnern wirst du ziemlich viele Bedürfnisse befriedigen müssen, befriedigen *wollen.*"

"Woher willst du das wissen?"

"Weil wir deine Partner sind," sprach Liam und küsste ihren Nacken. Er war der glückliche Bastard, der sie in den Armen halten durfte, ihren schlanken Nacken und ihre nackte Haut spüren durfte.

"Du bist uns zugeteilt worden. Deine Bedürfnisse passen zu den Unseren. Wie ein Puzzle, das schließlich zusammengeführt wird. Ich liebe Macht und dir gefällt es dominiert zu werden."

Es stimmte. Ihre Atmung war angestrengt und ich konnte nicht länger übersehen, wie ihre tropfenförmigen Brüste sich in meine Richtung schoben. Ihre Nippel, die zuvor wie breite, braune Knöpfe aussahen, hatten sich zu engen Knospen zugespitzt und ihre Vorhöfe waren jetzt ein paar kräftige, weite Scheiben, die auf ihren vollen Brüsten lagen. Ich legte mein Knie aufs Bett, beugte mich nach vorne und nahm ihren Nippel in den Mund. Die harte Spitze drückte gegen meine Zunge und meinen Gaumen. Ihre Haut war warm, ihr Geschmack süßlich und mein Mund wurde wässrig. Sie zuckte, dann hielt sie inne. Sie wusste, dass ihr nichts anderes übrig blieb, als unsere Zuwendungen anzunehmen.

Rager gesellte sich an meine Seite und nahm ihren anderen Nippel in den Mund. Wir beide saugten und leckten sie, während Liam weiter zu ihr sprach.

"Siehst du, mit drei Partnern, drei Liebhabern ist es besser als mit einem. Wir werden deinem Körper alle Wonne entlocken und dir genau das geben, was du brauchst."

"Oh Gott," hauchte sie und ich konnte spüren, wie sie erschauderte.

"Evon mag zwar die totale Unterwerfung verlangen, aber du wirst sie ihm freiwillig geben. Siehst du? Ich halte deine Handgelenke gar nicht mehr fest und trotzdem hältst du sie weiter hinter deinem Rücken."

Ich hatte nicht mitbekommen, wie er sie losgelassen hatte und mein Schwanz pochte und pulsierte nur so, als mir klar wurde, dass unsere Worte sie ebenso fesselten.

"Du willst unsere Münder auf deinen Titten spüren, eine Hand an deiner Muschi," Liam sprach weiter.

Daraufhin entwich ihr ein Schrei und ich wusste, dass Liams Hand sie berührt hatte. Von hinten hatte er ihr zwischen die Beine gefasst. Ich blickte kurz nach unten und sah, wie seine Fingerspitze über ihren Kitzler kreiste. Ihre Muschi war glatt rasiert, ich konnte ihr rosa Fleisch sehen und ihre kleine Knospe, wie sie unter seiner Berührung anschwoll und unter ihrem Häubchen hervorkam.

Ich warf Liam einen Blick zu. Auch ohne Worte war klar, dass ich jetzt an der Reihe war. Ich legte meine Hand auf Liams und ebenfalls auf ihre Muschi. Seine Hand glitt zurück und jetzt war ich dabei, ihr heißes, feuchtes Fleisch zu befühlen.

"Fass deine Ellebogen," sprach ich. Ihre dunklen Augen trafen die Meinen, aber sie waren nicht vor Verlangen vernebelt. Ihre Schultern bewegten sich und ich sah, wie sie die Arme beugte und hinter ihrem Rücken verschränkte. Die Bewegung ließ sie die Brüste noch weiter durchdrücken, ein Festmahl für Rager. "Gutes Mädchen. Jetzt kann Liam mit deinem Arsch spielen. Das macht er am liebsten."

Sie riss die Augen auf und ihr Mund stand offen, als Liam mit einer Hand ihren Arsch packte, ihre Pobacken auseinanderzog und sich an ihr zu schaffen machte. Seine Finger mussten von ihren Säften ganz glitschig sein— meine waren klitschnass—, als er begann mit ihrem Arsch zu spielen.

"Hier schon mal gefickt worden?" wollte Liam von ihr wissen, während er sich nach vorne beugte und an ihrer Schulter knabberte.

Sie schüttelte den Kopf, was mich überraschte. Liams Augen aber leuchteten auf, als hätte man ihm eben das schönste Geschenk der ganzen Welt gemacht.

"Ich … ich hab' herumgespielt," gestand sie. "Toys, aber sonst nichts."

"Dann werde ich der Erste sein," versicherte er ihr.

Ich beobachtete, wie ihre Augen vor Sorge größer wurden und obwohl Liam es nicht sehen konnte, spürte er es doch. "Nicht jetzt. Später. Zuerst werden wir spielen. Wir werden jeden Zentimeter deines Körpers erkunden und dich zum Höhepunkt bringen. Erst, wenn du darum bettelst werden wir deine Muschi ficken. Und später, wenn dein Arsch richtig vorbereitet wurde, werde ich dich dort ebenfalls ficken."

"Ihr seid immer noch angezogen," sprach sie und warf mir und Rager einen kurzen Blick zu. Der war weiter damit beschäftigt, an ihren Nippeln zu saugen und wechselte dabei vom einem zum anderen, als ob er unsicher war, welcher von ihnen die meiste Aufmerksamkeit brauchte. Er war der Geduldigere unter uns und glücklich, wenn er den Körper unserer Partnerin stundenlang auskosten konnte. Ohne Zweifel würden seine Zuwendungen sie zum Orgasmus bringen, wenn ich ihm ausreichend Zeit dafür lassen würde.

Grinsend blickte er auf. "Du willst uns sehen?"

Sie nickte.

Rager und ich stellten uns vor ihr hin und Liam kletterte vom Bett herunter, damit wir alle nebeneinander standen. Dann zogen wir unsere Uniformen aus. Bis auf die Farbe waren sie identisch. Meine war schwarz, Liams braun und Ragers war stahlgrau, entsprechend unserer Heimatsektoren. Ich beobachtete, wie sie uns in sich aufnahm und kaum wusste, wohin sie zuerst blicken sollte. Wir waren zwar ähnlich groß, sonst aber waren wir vollkommen verschieden. Ich war hellhäutig, Liam war dunkel. Rager war kräftiger und schwerer.

Als unsere Kleider auf dem Boden verstreut lagen, packte ich meinen Schaft und begann, mein Verlangen nach ihr zu lindern. Von ihrem Anblick allein, also auf den Knien hockend, mit gespreizten Beinen und einladender Muschi, hätte ich kommen können. Ihre Nippel waren von Ragers Mund ganz nass und hart, ihre Hände weiter hinter ihrem Rücken verschränkt.

"Sie ist einfach perfekt," murmelte Rager. Aus dem Augenwinkel konnte ich sehen, dass auch er dabei war, seinen Schwanz zu streicheln.

Sie starrte auf meinen Schwanz und leckte sich die Lippen, dann wanderte ihr Blick auf Ragers, dann auf Liams.

"Gefällt dir, was du siehst?" fragte Liam.

Sie nickte, wie gelähmt.

Ein Tropfen Vorsaft sickerte aus meiner Spitze heraus und ich rieb mit dem Daumen über meine Eichel. "Du bist mit drei Kriegern verpartnert worden, aber wir sind auch Viken." Ich ließ meinen Schwanz los und er federte gegen meinen Bauch, dann trat ich näher und wischte meinen feuchten Daumen über einen ihrer Nippel, ich schmierte sie mit meinem Vorsaft ein. Dann wartete ich einfach.

Sie senkte den Kopf, um zu sehen, was ich da veranstaltete. Es war eine einfache Geste, die ihr vielleicht merkwürdig vorkam. Als sie wieder aufblickte, riss sie die Augen auf und ihr Mund stand offen. Ihre klaren, dunkelbraunen Pupillen waren jetzt wie beschlagen. Ihre Nippel wurden sofort wieder weich und sie plumpste zurück auf ihre Fersen.

"Oh Gott," flüsterte sie, als ein Schauer durch sie hindurch jagte.

Rager folgte meinem Beispiel, er glitt mit dem Finger über ihre Brust und bedeckte sie mit einem Tropfen seines eigenen Vorsafts. Sie ließ die Arme hängen und schloss die Augen.

"Was … was ist das?" fragte sie. "Was geschieht mit mir?"

Als letztes schmierte Liam sie mit seinem Saft ein, er trat an sie heran und strich mit dem Daumen über ihre Unterlippe. Ihre rosa Zunge schnellte hervor und kostete ihn.

Plötzlich riss sie die Augen auf, ihr Körper zuckte und versteifte sich, dann fing sie an zu stöhnen.

"Verdammt," ich keuchte und sah ihr beim Kommen zu. Heftig. Wir rührten sie nicht einmal an. Sie verlagerte die Hüften, als würde sie nach einem Schwanz suchen, den sie reiten konnte. Ihre Brüste hüpften und wackelten und von den Wangen bis zum Hals wurde sie ganz rot im Gesicht. Sie warf den Kopf in den Nacken und ihr langes Haar fiel über ihren Rücken.

Ich blickte kurz zu Rager, der hielt jetzt wieder seinen Schwanz fest und drückte ihn fest an der Wurzel zusammen, um seinen eigenen Orgasmus hinauszuzögern. Bella fiel unterdessen aufs Bett zurück, ihr Kopf landete auf dem Kopfkissen und sie starrte außer Atem zu uns auf. Ihre Augen waren jetzt mit Lust überzogen und sanfter als zuvor. Akzeptierend. Und genau so wollte ich sie auch behalten, kurz vor der Schwelle, bedürftig, außer sich. Das würde nicht schwierig werden.

Rager konnte nicht mehr warten. Er kletterte aufs Bett, packte ihre Fußgelenke und drückte sie weit auseinander. Ich konnte ihre Muschi sehen, dick angeschwollen und feucht, bis Rager den Kopf senkte und sie verschlang. Erneut fing sie an zu stöhnen, sie drückte den Rücken durch und warf den Kopf nach hinten. Vorher hatte er sie nur kurz kosten dürfen und jetzt war er bereit für das volle Festmahl.

Liam begab sich zum anderen Ende des Betts und setzte sich neben sie. Ich trat an sie heran und kniete mich auf den Boden, damit ich ihr ins Ohr flüstern konnte. Ich atmete ihren Duft ein. Er war beinahe blumig, gemischt mit Schweiß und ihrer herben Erregung. Das mächtigste Aphrodisiakum überhaupt. Mein Schwanz presste gegen das Bett und sehnte sich nach ihr.

"Was eben passiert ist? Wie du gekommen bist, einfach so? Die Macht des Samens. Heftig, oder? Das Verlangen nach deinen Partnern strömt jetzt in deinen Adern. Du bist allein vom Kontakt mit unserem Samen gekommen, was ziemlich selten ist. Und da du allein von unserem Samen kommen kannst, Liebes, stell dir vor wie es sich anfühlen wird, sobald wir dich anfassen, unsere Schwänze in dir vergraben, wenn wir dich füllen. Wie es sich anfühlen wird, wenn wir dich schließlich offiziell für uns beanspruchen werden und dich alle drei gleichzeitig ficken werden."

Sie stöhnte unter Ragers Zungenkünsten und ihre Hüften buckelten nur so. Rager hob den Kopf gerade lange genug, um drei Worte hervorzubringen.

"Haltet sie offen."

Liam und ich gehorchten aufs Wort, jeder von uns legte ihr eine Hand aufs Knie, um ihre Schenkel nach oben und an ihre Brust zu ziehen. Ihre Beine waren breit gespreizt und ihre feuchte, rosa Muschi nach oben geneigt, damit Rager leichter an sie herankam. Liam wandte sich wieder ihrem Nippel zu und sie drückte den Rücken durch, um sich zu seinem Mund hin nach oben zu schieben. Sie legte die Hände an seinen Kopf und begann, ihre Finger in seinem langen, schwarzen Haar zu vergraben, sie wollte ihn festhalten, aber das würde ich nicht durchgehen lassen. Sie hatte hier nichts zu sagen. Nur ich durfte das.

Sie würde sich mit dem begnügen, was wir ihr bieten würden und keine Forderungen stellen. Wir würden sie zum Stöhnen bringen, ihr unvorstellbares Vergnügen bereiten. Wir würden ihren Körper erobern ... unseren Vorstellungen entsprechend.

Mit meiner freien Hand packte ich ihre Handgelenke und hob sie über ihren Kopf. Zufrieden beobachtete ich, wie ihre Augen vor Verlangen aufflackerten und sie sich stöhnend hin und her wand, aber Liam und ich hielten sie weiter fest, als ihr Atem immer schneller wurde und sie hingebungsvoll die Augen schloss. Sie konnte sich nicht rühren. Konnte nichts ausrichten, als sich Ragers Zunge zu ergeben.

Grinsend tauchte Rager wieder nach unten und ich beobachtete gebannt, wie er langsam seine Zunge in ihre nasse Muschi einführte und sie mit dem Mund fickte, während seine Finger ihren Kitzler bearbeiteten.

"Rager, gib ihr mehr Samen. Reib deinen Vorsaft über ihren Kitzler."

"Oh Gott." Bella öffnete die Augen und blickte zu mir.

"Küss mich," hauchte sie. "Bitte."

Ihre Bitte ließ mein Herz höher schlagen und ich legte meine Lippen auf ihre, während meine Arme sie weiter an Ort und Stelle fixierten, damit Rager sie oral bearbeiten konnte. Sein lustvolles Stöhnen wandelte sich in ein bedrohliches Knurren und er war kurz davor, die Beherrschung zu verlieren. Ich war dabei ihn und uns alle ans Äußerste zu treiben und ich genoss die rasiermesserscharfe Grenze, jene schmale Linie der Selbstbeherrschung, ohne die wir alle gleich durchgehen würden. Meine Lippen schwebten über ihren und ich gab einen weiteren Befehl. "Du kommst kreuz und quer auf Ragers Fresse und dann ficken wir dich."

Vielleicht waren es meine Worte, oder Ragers Zuwendungen, aber als ich ihren Mund nahm, musste sie augenblicklich kommen und ich verschluckte ihre wilden Lustschreie. Sie schmeckte zart und unbeschwert, wie Blüten und Kandiszucker.

Das hier gehörte mir.

Der Gedanke war primitiv, ich konnte ihn aber nicht zurückdrängen, als ich in sie hineinstieß und die lieblichen Untiefen ihres Mundes eroberte. Sie gehörte voll und ganz mir, zusammen mit Rager und Liam. Das hier war jetzt meine Familie. Ich würde sie beherrschen, befehlen und verwöhnen.

Sie winselte und öffnete sich mir, als sie kommen musste. Ihr Orgasmus war nicht heftig und grell, sondern milde; ihr Körper erschlaffte und sie bekam überall Gänsehaut, während sie beglückt wimmerte und die sanften Wogen der Wonne ausritt.

Rager hob den Kopf, hielt dabei aber ihre Füße fest und zog. Ich ließ sie wieder los, damit Rager sie so positionieren konnte, wie er es wünschte. Mühelos glitt sie vom Bett, sodass ihr Arsch auf der Bettkante saß und ihre Waden auf Ragers Schultern ruhten. Er stand auf und ihre Beine rutschten abwärts, bis er ihre Knöchel packte und sie auf Höhe seiner Schultern hielt. Ihre Muschi lag jetzt nicht mehr auf der Matratze, sondern war perfekt auf seinen Schwanz ausgerichtet. "Ich darf als Erster ran."

Als ich sie anblickte, starrte sie mit vollkommenster Untergebenheit zu mir auf. Was immer ich sagte, was immer ich wollte, ich würde es bekommen.

Diese Gewissheit machte mich dermaßen hart, ich zuckte vor Schmerz, als mein Schwanz vor Freude zuckte. Rager war mehr Bestie als wir anderen beiden, aber seine Geschmacksknospen waren vorerst befriedigt worden. Er würde warten. Liam war es, der jetzt kurz vorm Kollaps stand, aber seine Erlösung würde sich umso köstlicher anfühlen, wenn er jetzt noch ein bisschen warten müsste.

Genau wie ich mich um meine Partnerin kümmern würde, musste ich zudem sicher stellen, dass meine Waffenbrüder hier voll auf ihre Kosten kamen. Ich besaß mehr Willensstärke als die anderen, hatte das versauteste Gemüt. Ich würde warten, auch wenn mein Schwanz damit nicht einverstanden war.

"Fick sie, Rager. Fick sie und füll sie mit deinem Samen."

Ihre Knöchel lagen auf seinen Schultern und sein nässender Schwanz war perfekt in Position.

Er blickte zu mir und ich nickte. "Stopp, Rager. Warte, damit ich ihre Muschi spreizen kann, dann musst du sie langsam ficken. Ich will sehen, wie sie dich in ihre Tiefen nimmt, ich will ihr Gesicht sehen, während du sie ausfüllst."

Rager stöhnte, als er Liam zusah, wie der an ihren prächtigen Titten nuckelte.

Ich legte meine Hand auf ihre dicken Schamlippen und mein Kiefer verspannte sich, als ihre nasse Hitze meine Finger umhüllte. Götter, sie war einfach perfekt. Ich blickte ihr in die Augen und packte ihr langes schwarzes Haar, damit ich ihr Gesicht zu mir wenden konnte. "Liebes, sieh mich an wenn er dich fickt. Schau mir in die Augen. Ohne wegzuschauen."

Sie blinzelte und ich wusste, dass sie verstanden hatte, denn sie blickte mir fest in die Augen, beinahe besinnungslos aber voller Vertrauen und Verlangen. Ich wollte mehr, in diesem Moment wurde mir klar, dass ich mehr sehen musste. Zärtlichkeit? Zuneigung? Liebe? Emotionen, die wir uns erst noch verdienen mussten. Es war zu früh. Aber das würden wir. Ich war fest entschlossen. Sie würde uns lieben. Sie musste einfach. Wir brauchten sie sehr viel stärker, als sie uns brauchte. Sie war der einzige Lichtblick in unserer trostlosen Existenz. Sie gehörte uns.

"Du bist wunderschön, Bella." Während ich sprach, spreizte ich mit der anderen Hand ihre Schamlippen auseinander und hielt sie geöffnet, ich entblößte ihre leere

Mitte, machte sie für Ragers Schwanz bereit. Sie keuchte und wölbte sich vom Bett empor, sie positionierte sich, damit er sie füllen würde, aber das würde ich nicht durchgehen lassen. Sie hatte hier nichts zu melden und schon bald würde sie das auch verstehen. "Liam, halt sie fest."

Liams Arm glitt über ihre Taille und presste ihre Hüften und ihren Oberkörper zurück aufs Bett. Sie stöhnte und ihre Muschi zog sich so heftig zusammen, ich konnte es in meinen Fingerspitzen fühlen. Ich blickte sie an, wartete einen Moment lang, um sicher zu gehen, dass sie ganz bei der Sache war, dass sie das hier wollte. Ja, sie wollte alles, was wir ihr anboten. Sie nahm alles an. "Jetzt, Rager. Sachte."

Langsam und Zentimeter für Zentimeter glitt er in sie hinein. Sie wollte sich aufbäumen und mehr von ihm nehmen, aber mit dem Ballen über ihrem Kitzler und meiner Faust in ihrem Schopf drückte ich sie nach unten.

"Oh Gott, oh Gott, oh Gott!" Sie ächzte vor Lust, blickte mir aber in die Augen, wie ich es ihr befohlen hatte. Liam saugte immer eindringlicher an ihren Brüsten und wie eine Maschine bewegte er dabei den Kopf auf und ab, er zog und zerrte an ihrem Nippel, während Rager immer tiefer in sie eindrang und schließlich bis zu den Eiern in ihr vergraben war.

"Halt still, Rager. Nicht bewegen. Sie soll von ganz alleine kommen." Meine Hand wanderte nach oben, bis meine Fingerspitzen auf ihrem Kitzler saßen und ich zwickte, zog und zerrte an ihrer Knospe. Erst zitterte sie, dann erbebte ihr gesamter Körper, bis sie unter Muskelkrämpfen endgültig die Kontrolle verlor.

"Verdammt, Evon. Ich kann nicht mehr." Ragers aufgebrachte Stimme entlockte mir ein Grinsen, während Bellas heiße Muschi seinen Schwanz zusammenschnürte, seinen Samen herausquetschte. Er verkrampfte sich und jede Sehne seines Körpers stand hervor, als er schließlich kommen musste und in sie hineinstieß. Sie ausfüllte.

Ich wusste, dass die Macht des Samens in Ragers

Wichse ihr ordentlich zusetzen würde. Mir blieben nur ein paar Sekunden bis zum nächsten Orgasmus, wenn ich mich bis zu den Eiern in ihr zu vergraben wollte.

"Ich bin dran," knurrte ich.

Rager glitt aus ihr heraus, sein Schwanz glitzerte vor Feuchte und wir wechselten die Position. Aber das würde mir nicht reichen. Ich brauchte mehr.

Ich hob ihre Hüfte vom Bett und stieß in sie hinein, als Ragers Samen mit aller Macht ihren Organismus überflutete. Wieder explodierte sie geradezu, ihre Beine waren um meine Hüften geschlungen und zogen mich tiefer in sie hinein, während ihre Muschi sich um mich zusammenzog und zuckte. Götter, ihre Muschi fühlte sich unglaublich an. Heiß, nass und eng, ihre Wände zogen sich um meinen Schwanz. Und ich rührte mich noch nicht einmal. Von der Wonne überwältigt, konnte ich dennoch sehen, dass ihre Hand schon wieder in Ragers Haar vergraben war.

Rager kniete jetzt an ihrer Seite, da wo ich vorher gekniet hatte und streichelte mit den Fingerspitzen sanft über ihren Körper. Ich sah ihm dabei zu und stellte mir vor, wie es sich anfühlen musste, um mich so abzulenken und durchzuhalten. Ich war noch nicht bereit zu kommen. Ich wollte sie ficken. Ich *musste* sie erobern, ihre Hemmungen zerstören, sie brechen, bis sie die Besinnung verlieren würde und nur noch aus Empfindungen und Triebhaftigkeit bestehen würde. Keine Gedanken. Keine Zweifel. Nur uns. Nur noch Lust.

"Hebt sie an meine Brust," befahl ich und Liam und Rager machten sich an die Arbeit. Sie hoben sie in meine Arme, sodass wir Brust an Brust lagen. Ihre Beine umschlangen weiterhin meine Hüften, während ich sie fest hielt und mit dem Schwanz aufspießte. Ich nickte Liam zu. "Liam, mach sie bereit für dich."

Seine Augen leuchteten fast schon fanatisch, als er zu einer geheimen Schublade lief und eine kleine Schachtel aus der Wand hervorholte. Bella keuchte immer noch, sie blickte ihm aber nach. Zweimal war sie jetzt schon gekommen.

Ich legte meine Hände auf ihren runden Arsch und hob sie nach oben, dann rammte ich sie auf meinen Schwanz. Sie schrie und war wieder ganz bei mir, als ich in kleinen Stößen immer wieder in sie hineinrammelte, um sie ganz wild zu machen. Sie klammerte sich an mir fest, dann wurde sie schwach und ein Teil von mir entspannte sich, fast befriedigt. Das Gefühl trieb mich fast an den Abgrund, etwas, das ich seit Jahren nicht mehr gespürt hatte … wenn überhaupt. Nicht so jedenfalls. Diese Wärme in meinem Herzen hatte ich seit der Zeit vor den Kriegen nicht mehr gespürt, bevor ich den Glauben verloren hatte.

Bella war dabei, mich zu brechen. Sie ließ mich schwach werden, selbst als ich sie sicher und beschützt in den Armen hielt.

Aber ich wollte nicht abschweifen, also schob ich verärgert diese Gedanken beiseite und lief zur Bettkante. Sie schmiegte sich immer noch an meinen Torso und ich setzte mich nieder und lehnte mich nach hinten, bis ich flach auf dem Bett lag und Bella sich gleich einer Decke an mich kuschelte. Meine Beine blieben gebeugt und meine Füße berührten den Boden, als ich meine kurvige Partnerin in die Reiterstellung beförderte. Sie saß jetzt auf mir drauf, ihre Knie pressten zu beiden Seiten meiner Lenden in die weiche Matratze und sie wollte sich bewegen, wollte ihren empfindlichen kleinen Kitzler gegen meinen harten Körper reiben. Aber ich hielt sie fest, ihr rundes Hinterteil ragte in die Höhe und meine Hände packten ihre Hüften, sodass ich ihre festen Backen auseinander ziehen konnte und ihren süßen kleinen Arsch zwang, sich zu öffnen.

"Füll sie, Liam. Mach sie bereit für deinen Schwanz."

4

Bella

*E*von lag unter mir, sein Schwanz steckte in mir und seine Hände packten meinen Arsch. Mein Gesicht presste gegen seinen harten Oberkörper und ich weidete mich an seinem maskulinen Duft. Unsere Körper waren ganz feucht vor Schweiß, herber Sexgeruch lag in der Luft. Genau wie die feuchten Fickgeräusche, als ich seinen Schwanz ritt.

Meine Beine waren auseinander gespreizt und ich war dabei, ihn zu ficken. Er war stark und so verflucht gebieterisch. Was auch immer er sagte, die anderen waren ihm hörig. Verdammt, ich war ihm hörig. Ich musste nur seine Stimme hören und schon schmolz ich einfach dahin. Ich musste nur daran denken, schon pulsierte meine Muschi, und ich sank ein weiteres Stückchen nach unten, zog ihn tiefer in mich hinein. Er war verdammt groß, genau wie Rager, aber der eine war länger, der andere dicker. Wir beide stöhnten und ich biss in seine salzige Haut, nicht feste, aber gerade beherzt genug, damit er verstand, dass er mir gehörte. Keine Ahnung, warum ich das tat und es war mir egal. Ich wollte ihn markieren, so wie sie mich mit ihrem Samen markiert hatten.

Und die Macht ihres Samens? Ich hatte keinen Schimmer, was es damit auf sich hatte, aber ich wollte mehr. Es hatte sich angefühlt, als hätte man mir einen Schuss Morphium versetzt, nur besser. Wie ein Drogen-rausch. Nein, es war eine Art Sexrausch. Nie zuvor war ich dermaßen erregt gewesen. Und nicht nur erregt, ich war davon gekommen. Ich verstand es noch nicht und jetzt war auch nicht der richtige Zeitpunkt. Nicht mit Evons Schwanz in mir drin und Liam, der auch noch etwas mit mir vorhatte.

"Fester, Liebes."

Da bahnte sich noch mehr an, schon bald würde ich erneut überwältigt werden, aber Evon war mein Fels in der Brandung und an ihm klammerte ich mich fest. Ich brauchte ihn. Nie zuvor hatte ich dermaßen die Kontrolle verloren, und nie hatte ich mich so sicher gefühlt. Meine Verwirrung war sehr real und als Liam hinter mir in Stel-lung ging und Evons kräftige Hände meinen Arsch auseinanderzogen, überkam mich die Panik.

Evon lockerte augenblicklich seinen Griff und begann, mir tröstend über den Rücken zu streichen. "Du gehörst uns, Liebes. Wir werden dich niemals ohne deine Erlaubnis nehmen. Wir werden nie etwas tun, was du nicht willst, was dir nicht gefällt. Ein Wort, Bella. Ein Wort und wir hören sofort auf."

Auf der Erde hieß das wohl 'nein heißt nein', aber das hier fühlte sich so anders an. So … gefährlich. Wie weit würden sie mich denn treiben? Gerade so weit, wie ich es zulassen würde? Ich wusste es nicht. Und in diesem Moment fürchtete ich mich mehr vor mir selbst als vor meinen neuen Partnern. Nie zuvor hatte mir irgendje-mand—und schon gar nicht drei irgendjemande—genau das gegeben, was ich abkonnte, oder mehr. "Welches Wort?"

"Nein. Nicht. Stopp. Sie alle funktionieren," sagte

Evon. "Solltest du eines davon aussprechen, ist sofort Schluss."

Ich nickte und ließ die Hüften kreisen, wollte ihn noch einmal reiten. In meiner Muschi machte sich eine kribbelnde Hitze breit und ich erkannte sie, die Macht des Samens. Es war wie eine Droge und ich wusste, dass Evons Säfte meine Muschi einkleideten, genau wie Ragers Samen zuvor. Die Substanz wanderte durch meinen Körper und machte mich ganz heiß und bedürftig. Gott, wenn sie das Zeug auf der Erde in Flaschen füllen würden, dann wären sie über Nacht Millionäre. "Ich will, dass du mich ausfüllst. Dass du in mir kommst."

Evons Hände wanderten zurück an meinen Arsch und er hob die Hüften und rammte in meine klatschnasse Muschi hinein. Feste.

Ich konnte kaum meine eigene Stimme wiedererkennen, als ich lusterfüllt kreischte, aber das wunderte mich kaum noch. Ich hatte jetzt drei Partner. Und hoffentlich war das hier nicht das letzte Mal, dass ich zwischen ihnen lag.

Evon zog an meinem weichen Sitzfleisch. Meine Muschi und mein Arsch waren gleichermaßen offen und entblößt, als Liams Finger sich ihren Weg zu meinem jungfräulichen Hintereingang bahnten. "Bella, dein süßer Arsch wird gleich mit einem Toy gefüllt. Mach dich bereit."

Noch während er sprach, kreisten seine Finger über mein Poloch und schmierten mich mit Gleitmittel ein. Dann pressten sie. Ich stöhnte, aber er drang mühelos in mich ein.

"Oh Gott," keuchte ich. Evon steckte in meiner Muschi und Liams Finger steckten in meinem Arsch. Nie hatte ich mich dermaßen voll gefühlt und das war erst der Anfang. Liams Finger fingen an, sich in mir zu bewegen und eine glitschige Substanz im Inneren meines straffen Polochs zu verteilen. Es war warm und überaus schlüpfrig. Eine Art galaktisches Gleitgel.

"Quetsch uns aus, Liebes," lautete Evons nächster Befehl und Liam zog seinen Finger aus mir heraus, um dann mit zweien in mich einzudringen.

Heiliger Scheiß.

Wieder ließ ich den Kopf nach vorn fallen, um Evons Fleisch in meinen Mund zu saugen. Ich saugte feste, wollte ihm ein sichtbares Zeichen verpassen, so wie sie dabei waren, meiner Seele einen Stempel zu verpassen. Ich würde nie mehr dieselbe sein. Sie würden mich vereinnahmen. Ich saugte und knabberte, feste, und ein Elektroschock ging durch meinen Körper, als Evons Hand mein Haar packte und er unter mir aufstöhnte und heftig buckelte.

Ich ließ von ihm ab und betrachtete mein Werk. Als ich das grelle, erdbeerartige Mal auf seiner Haut erblickte, war ich mehr als zufrieden. Mir. Dieser Stempel bedeutete ganz klar, dass er mir gehörte.

Ich wollte sie alle markieren. Sie gehörten *mir.* Alle sollten es wissen, und ich würde mit niemandem teilen. War es die Macht des Samens, die mich auf einmal so unglaublich eifersüchtig machte?

Das war mein letzter zusammenhängender Gedanke, denn Liam machte sich jetzt heftiger an mir zu schaffen. Er füllte mich mit seinen Fingern, dann zog er heraus. Er dehnte mich und ließ meine Muschi gefühlt so viel enger werden. Voller.

Evon und Liam fickten mich im Akkord, Liam stimmte seine Bewegung auf die schonungslosen Stöße von Evons Schwanz ab und die beiden wechselten sich ab, sie imitierten jenen Rhythmus, den sie verwenden würden, wenn Liam irgendwann meinen Arsch für sich beanspruchen würde.

"Rager, du übernimmst für Liam," befahl Evon. "Füll sie mit einem Trainingsplug und verhau sie, wenn sie nicht spurt."

"Was?" Ich biss ihn erneut und diesmal härter. Aber er stöhnte nur und schob meinen Mund auf seiner Brust entlang, damit ich ihm mehr davon gab. Gott, er war so verdammt heiß. Er wollte mehr. Er wollte mein Mal auf seiner Haut sehen. Mein Markenzeichen. Ich hüpfte auf seinem Schwanz und machte die Beine so breit wie nur möglich, bis meine Hüften sich verkrampfen würden. Selbst der Schmerz machte mich noch geiler. Noch heißer.

Gott, ich war dermaßen verkorkst. Egal. Ich konnte nicht aufhören. Ich wollte mehr. Vielleicht war die Macht des Samens der Übeltäter. Vielleicht war es die Freiheit nach den langen Monaten im Knast. Vielleicht waren einfach nur sie der Grund. Ich wusste es nicht. Es kümmerte mich nicht. Ich brauchte es.

Ich hob den Kopf und knabberte an Evons Kiefer herum. An seinem Hals. Er schmeckte sündig, nach heißem, deftigem Kerl. "Ich brauche mehr. Bitte."

"Liam, unsere Partnerin quatscht zu viel. Fick sie in den Mund."

Meine Stirn presste gegen Evons Hitze und ich versuchte, die tippelnden Fußgeräusche zu ignorieren, die Schritte und wie das Bett einsackte, als Liam auf die Matratze gekrabbelt kam. Sobald ich die Augen wieder öffnen und den Kopf anheben würde, würde sein Schwanz ganz nah sein. Und Evon würde von mir erwarten, dass ich Liam in den Mund nahm; selbst, als die anderen beiden sich weiter unten an mir zu schaffen machten.

Ich könnte ihn aufhalten. Die drei Worte aussprechen. *Nein. Nicht. Stopp.* Und sie würden aufhören. Aber da war Liams dicker, federnder Schwanz vor mir, seine pralle Eichel war tiefrot und der Vorsaft sickerte aus dem engen Schlitz heraus und plötzlich wurde mein Mund ganz wässrig, ich wollte ihn kosten.

"Jetzt, Liebes." Evon packte mich an den Haaren und er zog meinen Kopf hoch, bis mein Mund und Liams eifriger Schwanz genau auf einer Höhe waren. Er kniete auf dem Bett, seine Knie berührten Evons Schultern. "Mach deinen süßen Mund auf und schluck ihn runter."

Das schmerzhafte Zupacken ließ meine Augen reflexartig tränen, aber das Stechen wanderte direkt in meinen Kitzler und mit einem zaghaften Aufschrei öffnete ich die Augen, um meinen anderen Partner zu kosten, um seinen Vorsaft abzuschlecken.

Ich stützte mich auf Evons Schultern ab, beugte mich vor und schluckte ihn runter, bis er an meinen Rachen anstieß. Er war riesig, aber ich schloss meine Lippen und saugte. Feste. Ich musste stöhnen.

Liams Aufschrei war meine Belohnung und ich saugte fester, ich hielt die Luft an und streichelte ihn so lange ich konnte mit meiner Zunge. Als der Drang, nach Luft zu schnappen mich überwältigte, ließ ich kurz von ihm ab, atmete tief ein und nahm ihn noch einmal.

Evon hatte mich am Schopf gepackt, um mich zu führen. Er schob mich vorwärts und zog mich wieder zurück, während ich Liams Schwanz bearbeitete. Ich weigerte mich ihn gehen zu lassen, gewährte ihm keine Verschnaufpause vom feuchten Unterdruck meines Mundes.

Rager begann, sich an meinem Hinterteil mit einer Art Analplug zu schaffen zu machen; er arbeitete das runde Ende des Dings durch meinen Schließmuskel hindurch und ich spürte einen kräftigen Plopp, der bewirkte, dass sich meine Muschi um Evons Schwanz herum wie eine Faust zusammenzog. Ich hatte keine Ahnung, wie groß das Ding war; außer Liams prächtigem Schwanz konnte ich nämlich nichts sehen.

Drei Männer? Ja, verfickt nochmal. Wenn ich gewusst hätte, wie das hier ablaufen würde, dann hätte ich gar nicht erst gezögert. Ich hätte mich früher fürs interstellare Bräute-Programm gemeldet. Diese drei Kerle hatten nur auf mich gewartet, und ich auf sie. Wir hatten es einfach nur nicht gewusst.

"Lass ihn kommen, Liebes," raunte Evon. "Lass ihn kommen und schluck runter."

Evon stieß schonungslos in mich hinein, er buckelte unter mir und kämpfte darum, die Beherrschung nicht zu verlieren. Diese Gewissheit erregte mich nur noch mehr und ich wollte ihn weiter an seine Grenzen treiben, also fing ich an mit einer Hand Liams Eier zu streicheln, während Evon gezwungen war, meinen Kopf hoch zu halten und mich mit seiner eisernen Hand zu führen.

"Langsam, Liebes," sprach Evon, aber ich hörte nicht auf ihn. Ich hatte Liam ans Äußerste getrieben und jetzt würde ich Evon über die Klippe stoßen, die Kontrolle übernehmen und ihn zwingen mir zu geben, was ich haben wollte. Feste spannte ich meine Muskeln um Evons Schwanz herum an. Gnadenlos. In einem Rhythmus, der ihn über die Schwelle bringen würde.

"Hau sie, Rager. Sie hört nicht mehr zu."

Ragers Hand landete mit einem lauten Knall auf meinem nackten Arsch, der brennende Stich folgte eine halbe Sekunde später.

Anstatt mir Einhalt zu gebieten, ruckte und bebte ich nur. Heilige Scheiße. Der Stich wandelte sich in glühende Hitze, es war wie Lava in meinem Blut und wie ein Blitzschlag in meinem Kitzler.

Ich buckelte und verschloss die Lippen um Liams Schwanz herum. Ich quetschte seine Eier, verdrehte sie leicht und zog sie nach unten, während er seinen harten Schwanz in meinen Rachen schob. Ich war kurz davor zu kommen. Mit einem Schwanz im Mund, einem in meiner Muschi und einem Sextoy im Arsch. Plus einmal Arsch versohlen.

"Nochmal. Bis sie sich benimmt."

Benimmt? Wenn man so mit bösen Mädchen umging, dann hatte ich nicht die geringste Absicht mich zu benehmen.

Ragers Hand verpasste mir einen weiteren Hieb und eine wohlige Hitze breitete sich in mir aus. Wenn Evon glaubte, dass mich das stoppen würde, dann hatte er sich mächtig getäuscht.

Die Hitze baute sich in mir auf und breitete sich aus, bis ich kurz vorm Explodieren war.

Liam verlor als Erster die Beherrschung, seine Hände vergriffen sich in meinem Haar, als sein Sperma in meine Kehle schoss. Ich schluckte ihn runter und das Kribbeln ging los. Die Macht des Samens war dabei, mich zu überwältigen.

Ich setzte mich zurück, um Luft zu holen und schrie laut aus, als Rager mir wieder und wieder den Arsch versohlte. Ich war immer noch dabei Evons Schwanz zu reiten, als die Macht von Liams Samen stärker als jede Droge durch mich hindurch rollte. Ich zitterte, war fast am Durchdrehen. Aber ich konnte nicht kommen. Konnte nicht loslassen. Etwas fehlte mir. Ich *brauchte* noch etwas anderes.

Evon ließ meine Haare los und seine beiden Hände wanderten an meine Hüften, als er sich vom Bett erhob und hart und schnell in meine geschwollene Muschi rockte. "Komm, Bella. Auf meinem Schwanz."

Das war's. Sein Befehl. Mein Körper reagierte wie auf Knopfdruck, ich kreischte und Ragers Hand landete mit einem endgültigen Hieb auf meinem Arsch, während Evon mich mit seinem Samen füllte. Mein Körper zuckte und buckelte vollkommen außer Kontrolle und ich krümmte mich auf dem Torso meines Partners und quetschte seinen Schwanz aus. Ich nahm mir alles. Es war mehr als göttlich. Hinter meinen geschlossenen Augenlidern tanzten bunte Farben. Ich konnte Liams Sperma schmecken und spürte, wie Evons heißer Samen sich tief in meinem Inneren ergoss. Himmel. Es war purer Wahnsinn. Meine Haut war überempfindlich, meine Nippel schmerzten, mein Kitzler war hart und angeschwollen. Mein G-Punkt und alle anderen Stellen in meiner Muschi pulsierten. Ich bekam keine Luft mehr und ich schwöre, fast hätte ich das Bewusstsein verloren.

Erst, als Liam mit dem Daumen über meinen Mundwinkel strich, konnte wieder einigermaßen Luft holen. Das Verlangen köchelte weiter, aber ich war gesättigt. Für den Moment.

Evon hielt mich in Position und ich konnte hören, wie die anderen beiden sich regten. Vorsichtig entfernte man das Toy aus meinem Arsch. Ich musste noch einmal kommen, nämlich als die kleinen Hubbel des Sextoys aus meinem After glitten. Winselnd stützte ich mich auf Evon, denn ich war zu erschöpft, um irgendetwas anderes zu tun. Aus der Ferne konnte ich hören wie Liam und Rager sich wuschen und sich dabei leise unterhielten. Kurz darauf kamen sie wieder zu uns ins Bett.

Ich ignorierte alles andere und wartete, bis mein Herzschlag wieder ruhiger wurde und mein Körper herunterkühlte. Es dauerte eine ganze Weile, denn mehrere Nachbeben elektrisierten meine Muschi und meinen Kitzler mit kleineren Orgasmen, als die Macht des Samens durch mich hindurchströmte. Ich konnte mich nicht mehr bewegen, aber da Evons Schwanz weiterhin tief in mir steckte, konnte meine Muschi sich mühelos wieder und wieder um ihn herum zusammenziehen, während ich vollkommen ausgepowert auf der Brust meines Partners lag.

Mein Körper erholte sich wieder und jegliches Zeitgefühl kam mir abhanden. Der gleichmäßige Rhythmus von Evons Herzschlag war wie ein Balsam, der meinen geschundenen Körper tröstete.

Wie sollte das hier nur weiter gehen? Drei Männer. Wie oft würden wir uns nackig machen? Es war zu viel, zu heftig. Ich würde es wohl nicht überleben.

"Ich glaube nicht, dass ich das schaffen kann." Eine Träne kullerte über mein Gesicht und Evons Hände, die eben noch meinen Kopf und meinen Rücken streichelten, hielten inne.

"Geht's dir nicht gut? Haben wir dir weh getan?" Seine Stimme klang jetzt nicht großkotzig, sondern war mit einer Verletzlichkeit erfüllt, die selbst ich heraushören konnte.

"Nein. Es ist nur … zu viel. Zu heftig."

Er seufzte und machte sich wieder daran, mich zu streicheln, mich zu trösten und mir zu vermitteln, dass er mich liebte. Was unmöglich war; hatte ich diese Aliens, also meine Partner, nicht erst vor einer Stunde kennengelernt? Aber die Vorstellung fühlte sich behaglich und warm und sicher an, also ließ ich das Gefühl auch zu. Und ihn.

Und sie.

Wieder bekam die Matratze eine Delle und Evon zog mit einem Seufzen seinen Schwanz aus mir heraus, dann schob er uns zum anderen Ende des Betts. Dort, links und rechts von Evon, lagen meine anderen beiden Partner.

Drei. Und als mein Blick vom einen zum anderen wanderte, hatten alle drei denselben Ausdruck auf den Augen. Hingabe. Eifersucht. Obsession.

Oh ja, ich saß ganz schön in der Scheiße.

"Die Macht des Samens eines einzelnen Viken kann beim Ficken schon überwältigend sein, Bella. Du aber hast drei."

Ich räusperte mich und blickte zu Rager mit seinem bronzefarbenen Haar und warmen Augen. "Du meinst, eine Überdosis an Orgasmen? Was genau macht diese Macht des Samens mit mir? Abgesehen davon, dass sie mich notgeil macht."

Evon strich mir weiterhin über den Rücken, er beruhigte mich mit seinen sanften Berührungen. Liam auf der anderen Seite schmunzelte, beantwortete aber meine Frage.

"Wir Männer auf Viken haben eine bestimmte Chemikalie in unserem Samen, die uns hilft unsere Frauen zu beglücken und die sie schneller und bedingungslos an uns bindet."

Soso, sie schummelten? Ein winziger Tropfen von diesem Zeug und die Frauen bekamen einen Orgasmus nach dem anderen, wie beim Schluckauf. Unaufhaltbar. Mächtig.

Süchtig machend.

"Das ist wie Betrug, ist euch das klar?"

Evons Hand lag auf meinem Rücken und seine tiefe Stimme dröhnte nur so. "Wir sind gnadenlos, Liebes. Was dich betrifft werden wir alles tun, um dich sicher und zufrieden an unserer Seite zu behalten."

Heilige Scheiße. Ich hätte ausflippen sollen, zumindest ein bisschen. Vor ein paar Stunden noch war ich eine unabhängige Single-Frau. Bevor ich im Knast gelandet war, hatte ich mein eigenes Spezialgebiet, ich war Programmiererin und Hacker. Ich war nicht dumm und ich war es nicht gewohnt, wegen … nun, irgendetwas von einem Mann abhängig zu sein. Nicht einmal für einen Orgasmus. Wie sich herausgestellt hatte, war mein Vibrator eine zuverlässigere und vertrauenswürdigere Form der Erleichterung als jeder Mann.

Und jetzt? Da lag ich nun, vor lauter Orgasmen ganz schlapp und war umgeben von nicht nur einem, sondern gleich drei der größten, geilsten Alien-Männer, die ich mir je hätte vorstellen können. Und sie alle schauten mich an, als wäre ich ihre Sonne. Ihre ganze Welt.

Es war unwirklich. Zu viel des Guten. Ich schloss meine Augen und gestatte mir die verdiente Ruhe, nachdem der Transport und unsere Paarung mich ausgelaugt hatten. Im Kreise meiner Partner fühlte ich mich sicher.

5

Liam

"Warum hast du dich freiwillig als Braut gemeldet?" fragte ich. Nach unserem hitzigen Gefecht—Götter, es war einfach unglaublich—waren wir allesamt eingeschlafen. Hätte Bella am Ende nicht noch geredet, dann hätte ich fast geglaubt, dass sie vor lauter Wonne ohnmächtig geworden war.

Sie schüttelte den Kopf und ihr glattes Haar fiel über ihre Schulter. Ich klemmte es hinter ihr Ohr, denn mein Bedürfnis sie zu berühren war einfach zu stark. "Das hab' ich gar nicht. Also, doch schon. Aber nicht, wie es normalerweise läuft." Ihre dunklen Augen blickten mich an. "Ich … ähm dachte, dass ihr Bescheid wisst."

Sie schloss ihre Augen und presste ihre Wange gegen meine Hand und zum ersten Mal in vielen Jahren spürte ich so etwas wie Glück. Vielleicht zum allerersten Mal. Ich musste einfach nur Grinsen. Ich fühlte mich großartig. Nicht nur, weil Bellas Mund ein Stück Himmel war oder weil sie mir den Samen aus den Eiern gelutscht hatte, sondern weil sie hier war. Mit uns. In unserer Mitte.

Sie gehörte jetzt mir, meine Partnerin. Sie gab meinem Dasein einen neuen Sinn, war mein Grund zu atmen und zu kämpfen. Die Ehre war es, was mich so viele Jahre auf meinem selbst gewählten Pfad gehalten hatte, aber das hier war anders und so viel stärker. Ich würde sie anbeten und beschützen. Es war höchstpersönlich und das änderte alles.

Ich hatte zwar Blutsverwandte, die auf demselben Planeten lebten, aber das machte sie nicht zu meiner Familie. Früher hatte ich ein Zuhause, war ich ein lang ersehnter Sohn gewesen, als meine Familie mich aber ohne jedes Verständnis verstoßen hatte, hatte ich ihr den Rücken zugekehrt. Mein Vater war ein Anführer der Separatistenbewegung auf Viken. Er sprach auf Kundgebungen des VSS und wiegelte die Leute gegeneinander auf. Meine gesamte Familie war der Ansicht, dass Viken sich von der interstellaren Koalition lossagen und wieder autonom geführt werden sollte.

Aber sie hatten nicht gesehen, was ich zu Gesicht bekommen hatte. Sie hatten nie einem Aufklärer der Hive gegenübergestanden oder einen alten Freund getroffen, der zu nichts anderem als einem fremdbestimmten, wandelnden Cyborg geworden war, der keinen eigenständigen Gedanken mehr fassen konnte. Von dem einstigen Mann war unter der Maschinenhülle nichts mehr übrig.

Die Hive zerstörten alles, womit sie in Berührung kamen, sie verschlangen ganze Zivilisationen. Mein Vater weigerte sich zu glauben, dass es sich um eine ernste Bedrohung handelte. Er wollte der Koalition nicht glauben. Er hatte bereits eine Tochter ans interstellare Bräute-Programm verloren, als diese sich freiwillig gemeldet hatte, um seinen fanatischen Ansichten zu entkommen. Sie wurde mit einem Atlanen verpartnert, weit weg vom Planeten Viken. Und ich war ihm ebenfalls abhandengekommen, als man mich beim Vandalismus in einem Regierungsgebäude geschnappt hatte. Mitten in der Nacht hatte ich das verdammte Ding in Brand gesteckt, denn mein Vater hatte mich davon überzeugt, dass wir die Befürworter der Koalition nur vernichten mussten, um unsere Freiheit wieder zu erlangen.

Ich war ein Dummkopf gewesen, ein Jugendlicher an der Schwelle zum Erwachsenwerden, der es seinem Vater mit allen Mitteln recht machen wollte.

Ich war jung und naiv, willigte ein und wurde geschnappt. Unser Justizsystem hatte mir zwei Möglichkeiten gegeben, eine jahrelange Haftstrafe oder den Dienst in der Koalitionsflotte. Da draußen, im Weltall bin ich schließlich erwachsen geworden, hatte ich Monstern die Stirn geboten, von denen mein Vater mir meine gesamte Kindheit über eingebläut hatte, dass sie nicht real waren.

Aber sie waren sehr wohl real. Und jetzt hatte ich niemanden mehr, bis auf Rager und Evon. Wir waren seit Jahren befreundet und standen uns dermaßen nahe, dass wir beschlossen hatten, dem Wunsch der drei Könige und der Königin entsprechend eine Partnerin miteinander zu teilen. Mit Bella in unserer Mitte waren wir eine Familie. Meine Familie. Und ich würde nicht zulassen, dass wir getrennt werden würden.

Die Macht unseres Samens stellte sicher, dass unsere neue Partnerin bei uns bleiben würde—dass sie Lust auf uns haben würde—, damit wir sie in der Zwischenzeit umwerben und ihr Herz für uns gewinnen konnten, genau wie wir ihren Körper eroberten. Etwas in meinem Inneren aber quälte mich ununterbrochen. Und ich wusste, dass ich diese Ungewissheit nicht abschütteln konnte, bis sie uns offiziell anerkannt und für sich beansprucht haben würde. Bis dahin blieben ihr dreißig Tage Zeit, um es sich eventuell anders zu überlegen, um uns sitzen zu lassen. Um uns zu verlassen und sich einen anderen Partner zu nehmen.

Bei der Vorstellung wurde mir ganz flau im Magen und ich streckte die Hand aus, um über ihre Hüfte zu streichen. Wir lagen auf der Seite und blickten uns an, während Rager in Löffelchenstellung an ihrer Rückseite ruhte. Evon war zur Verpflegungseinheit gegangen, um etwas zu Essen zu besorgen. So wie ihre Wangen gerade wieder erröteten, wie ihre Augen erneut diesen willigen, bedürftigen Blick verströmten, würde es eine gute Idee sein uns erst mal zu stärken, sie zu füttern und sie zu pflegen, bevor ihr Körper schon bald erneut unsere Zuwendung einfordern würde.

Wir hatten zwar unsere Aufgaben hier, ihre Ankunft aber hatte uns eine umgehende Beurlaubung eingebracht. Wir hatten Tage, vielleicht sogar eine Woche Zeit, um sie zu erobern, bevor wir wieder an unsere Posten zurückkehren mussten. Ich wollte nicht von ihr getrennt werden, nicht einen Moment lang. Noch nicht. Unsere Pflichten als Garden des interstellaren Quantenkommunikationsfeldes würden schon rechtzeitig genug unsere gemeinsame Zeit verkürzen. Ich würde von ihrer Seite weichen müssen und sie einem anderen anvertrauen. Im Moment aber war das einfach undenkbar.

"Du hast dich nicht freiwillig fürs Bräute-Programm gemeldet? Wie bist du dann hier gelandet?" Ragers Hand strich an ihrem Arm entlang und ich konnte sehen, wie sie Gänsehaut bekam. Sie schien sich zwischen uns recht wohl zu fühlen und sie gestattete uns ihre geschmeidigen Rundungen zu erkunden. Sie war nicht zimperlich. Ich befühlte ihre Brüste und sie seufzte, mit einem zufriedenen Lächeln auf dem Gesicht.

"Ich bin müde wie ein Kätzchen." Sie kuschelte sich an Rager, legte ihren Kopf auf seinen Oberarm und er legte seinen anderen Arm um ihre Taille, dann blickte sie zu mir auf. "Jetzt sitze ich in der Falle."

Ich spielte mit ihrem Haar, wickelte die langen schwarzen Strähnen um meine Finger, dann pinselte ich über ihre nackten Brüste. Das Ergebnis war wunderschön. Hypnotisierend. Ich konnte stundenlang ihre Schönheit bewundern, ohne je müde zu werden. "Was ist ein Kätzchen?" fragte ich.

"Ein Katzenbaby. Die sind niedlich und flaumig und haben ganz scharfe Krallen." Beim letzten Wort grinste sie und ich musste schmunzeln.

"Hast du auch scharfe Krallen, Liebes?"

Sie zog eine Augenbraue hoch. "Früher schon. Jetzt …" Ihr Blick schweifte ab und sie legte eine Hand an meine Brust, sie liebkoste mich ebenfalls. Die Berührung drang wie ein Brandzeichen in die Tiefen meiner Seele ein und ich wusste, dass ich nie genug von ihr bekommen würde. "Jetzt, hier? Ich weiß nicht."

Rager knabberte an ihrem Nacken. "Also bist du nicht freiwillig zur Braut geworden. Sag uns, wie du hierhergekommen bist. Wir wollen alles über dich wissen."

Meinen Daumen wanderte an ihre volle Unterlippe und ich strich über die leichte Kurve. "Alles."

Sie nibbelte an meiner Daumenspitze, was nichts anderes bewirkte, als meinen halb erschlafften Schwanz wieder zum Leben zu erwecken. Aber der notgeile Bastard würde sich gedulden müssen. Erst mussten wir unsere Partnerin kennenlernen.

"Ich war im Knast, hatte zwei Jahre vor mir und anschließend die Bewährung. Das wollte ich mir nicht antun. Und nach meiner Freilassung hätte ich mich mit dem gleichen Tekkie-Scheiß beschäftigen müssen. Die Erde ist nicht … sie war nicht …" Sie seufzte und streckte ihr Bein nach vorne, verhakte es mit meinem, während ihre Hand auf meiner Brust ein unbekanntes Muster zeichnete. Ich würde sie einen ganzen Wälzer über die Gegebenheiten auf der Erde schreiben lassen, solange sie nicht aufhören würde mich anzufassen. "Auf der Erde lief es nicht gut für mich."

Evon setzte sich auf die Bettkante und stellte ein Esstablett neben sich. Es war mit Fruchthäppchen, Nüssen und Brot bedeckt, sowie einem Glas Wasser. "Keine Angst, Liebes. Was immer du dort angestellt hast, ist hier nicht von Bedeutung." Sie blickte zu Evon. "Du warst eine Gefangene, ja? Du hast ein Gesetz der Erde gebrochen?"

Ach so, das war es. Sie nickte bestätigend.

"Hast du jemandem Schaden zugefügt?" wollte ich wissen. Sie schien keine grausame Person zu sein und ich bezweifelte, dass das Protokoll uns jemanden zuteilen würde, der kein Gewissen hatte.

"Natürlich nicht. Ich ... ich habe das Privatnetzwerk meines Chefs gehackt und seine persönlichen Unterlagen im Darknet veröffentlicht. Er war ein Lügner, der seine Geschäftskonten aufhübschte und Kosten verschleierte. Ich habe ihm alle Chancen vermiest, sein Business zu verkaufen. Ich habe ihn um Millionen von Dollars gebracht. Er hat Geld verloren," fügte sie hinzu, als das Wort "Dollars" uns nur einen verdutzten Blick entlockte.

"Interessant," murmelte Rager. "Was ist das Darknet?"

"Was ist hacken?" fragte ich.

Evon runzelte die Stirn und verschränkte die Arme vor der Brust. "Wie kann es sein, dass eine verletzliche, schwache Frau im Gefängnis landet, wenn der Typ ein Lügner war? Wenn er unehrlich war?"

Sie drehte sich auf den Rücken, damit sie uns alle drei sehen konnte. Dabei wackelten ihre Brüste und es war hart, sich nicht davon ablenken zu lassen. "Das Darknet ist ein Kommunikationsnetzwerk, in dem man nicht zurückverfolgt werden kann und in dem die Regierung nicht überwachen kann, was man tut. Es ist ein Ort, wo Geld und Informationen völlig frei ausgetauscht werden können. Viele Leute nutzen es, gute wie böse. Es ist zu einer Art Kriegsschauplatz geworden. Viele Kriminelle, Spione und Leute mit brisanten Informationen sind dort unterwegs. Hacker wie ich.

"Beim Hacken verwendet man Programmierkenntnisse, um die Passwörter von Computersystemen zu knacken und so Zugang zu Informationen und Netzwerken zu erlangen. Große Konzerne sehen es überhaupt nicht gerne, wenn sich jemand in ihre Angelegenheiten einmischt. Auf der Erde bestimmen die so gut wie alles und meine Firma habe ich definitiv aufgemischt." Sie biss ihre Lippe und blickte nacheinander zu jedem von uns. "Ihr seid mir nicht böse deswegen?"

"Böse, weil du verdammt clever bist? Gewieft?" Rager zuckte mit den Achseln. Sicher, er würde sich kaum daran stören. Er war der Entspannteste von uns dreien und würde ihre Taten wohl fast witzig finden. "Wenn sie sich nicht ausreichend verteidigt haben, um dich draußen zu halten, dann ist es ihnen ganz recht geschehen."

Ich hatte genau denselben Gedanken. Ich blickte zu Evon. Er war eher schwarz-weiß gestrickt. Wenn sie eine Straftat begangen hatte, dann würde das Konsequenzen haben.

Er beäugte sie mit seinem eisblauen Prüfblick. Abwägend.

Ich brauchte nichts abzuwägen. Meine Gefühle für sie und was sie für uns empfand bedeutete mir mehr, als irgendein Verbrechen auf einem anderen Planeten.

"Liebes, was du getan hast, ist vollkommen unbedeutend." Dann schluckte ich die Verbitterung herunter, die die nächsten Worte immer heraufbeschworen. "Meine Familie ist zutiefst in den VSS verstrickt, die Sektor-Separatisten von Viken. Sie glauben nicht an die Koalition und wollen Viken wieder in den Bürgerkrieg führen."

Sie runzelte die Stirn. "Dieser Planet ist also nicht friedlich?"

"Es gibt hier keine Hive. Sie wurden nie auf diesem Planeten gesichtet. Aber es gibt Sympathisanten der Separatistenbewegung, die die derzeitigen Könige und deren Partnerin entmachten wollen. Sie wollen keinen vereinten Planeten. Sie wollen zum alten Status Quo zurückkehren, mit autonomen Sektoren und alltäglichem Blutvergießen."

"Leah, unsere Königin, ist von der Erde. Sie wurde ebenfalls übers Bräute-Programm drei Kriegern unseres

Planeten zugeteilt. Unseren drei Königen." Evon führte weiter aus. "Ihre Tochter, Prinzessin Allayna, ist die einzig wahre Thronfolgerin. Wenn sie Königin wird, wird sie ganz Viken für immer vereinen."

So, wie sie die Augen aufriss, war ihr die Geschichte unseres Planeten vollkommen unbekannt. Über Viken schien sie null Ahnung zu haben, genau wie wir absolut keinen Schimmer von der Erde hatten. Ich war erleichtert, denn das ließ mir die Gelegenheit ihr ohne Vorurteile vom VSS und meiner Familie zu berichten. Ich atmete tief durch und legte nach.

"Mein Vater und Bruder sind beide hohe VSS-Mitglieder. Ich sollte eigentlich in ihre Fußstapfen treten und wie mein Vater ein Rebellenführer werden." Ich blickte auf die dunkle Bettdecke hinab, dann wieder zu ihr. "Aber so lief es nicht. Als Jugendlicher wurde ich beim Versuch ein Regierungsgebäude niederzubrennen festgenommen und ins Gefängnis gesteckt. Ich habe mich stattdessen für die Koalitionsflotte entschieden und aus diesem Grund hat mein Vater geschworen, nie wieder mit mir zu sprechen."

"Wie furchtbar." Sie legte ihre Hand an meinen Unterkiefer und ihr Blick war weder abschätzend, noch verurteilend. "Das stinkt zum Himmel. Und ihr alle wart in der Koalitionsflotte? Seid ihr jetzt fertig damit? Ich habe eure Uniformen gesehen. Alle in verschiedenen Farben. Was hat das zu bedeuten?"

Da lag sie, nackt, und versprühte nicht den geringsten Anflug von Scham. Ich beobachtete sie ganz genau und wollte sicher gehen, dass es ihr nicht zu kalt wurde, aber ich hätte sie nicht zugedeckt. Und die anderen beiden hätten das auch nicht. Viel zu sehr genoss ich den Anblick ihres nackten Körpers, den herben Duft unseres Samens, der sich mit ihrer Erregung vermischt hatte.

"Wir gehören jetzt zur royalen Garde von Viken United. Unsere Uniformen repräsentieren den Sektor, in dem wir geboren wurden, aber das rote Band an unseren

Armen weist aus, dass wir den Königen und der Koalitionsflotte verpflichtet sind. Diese Station hier beherbergt das wichtigste Kommunikationssystem des Planeten. Wir wurden hierher versetzt, um das Kommunikationsfeld aufrecht zu halten und zu sichern. Ohne dieses Feld hätten wir keinen Kontakt zur Koalitionsflotte, die Hive könnten uns dann angreifen."

Evon übernahm die Parole. "Unsere Transportkapazitäten wären dann stark eingeschränkt und wir könnten keine Krieger oder Bräute mehr verschicken oder in Empfang nehmen."

"Wo sind wir dann?" fragte sie. "Wie sieht es draußen aus? Ich habe den Planeten noch gar nicht gesehen."

Evon erhob sich, lief im Adamskostüm zum Fenster und drückte einen Knopf. Der Filter, der die gesamte Wand blickdicht tönte deaktivierte sich und gab die Sicht auf die gefrorene Landschaft frei. Das grell reflektierte Licht der Schnee- und Eislandschaft ließ mich die Augen zusammenkneifen.

"Krass." Sie stand auf und lief zur gläsernen Fassade, um nach draußen zu blicken. Evon stellte sich hinter sie und legte die Arme um sie. Evons nackter Arsch interessierte mich zwar weniger, jedoch sah ich gerne dabei zu, wie unsere Partnerin sich in seiner Umarmung entspannte. Sie war sicher. Zufrieden. Und das war alles, was für mich zählte. Und mit anzusehen, wie sich die faltenreichen Furchen um Evons Augen entspannten, war praktisch ein Wunder.

"Wie wunderschön," rief sie aus. "Es sieht aus wie am Nordpol. Fehlt nur noch der Weihnachtsmann mit seinen Rentieren."

"Wer soll das sein? Ein Krieger? Und was sind Rentiere?" wollte Evon wissen.

Sie lachte und das Geräusch entlockte uns allen dreien ein Lächeln. Was wirklich selten vorkam. "Das ist so ein Märchen für Kinder, mit einem alten Mann, der den Kindern zu Weihnachten die Geschenke bringt. Er lebt am Nordpol, wo die Landschaft so aussieht wie hier. Ganz weiß und mit Eis und Schnee bedeckt." Sie schlotterte kurz, dann lachte sie wieder. "Himmel, allein schon der Anblick lässt mich frieren."

"Dann sollte ich dich aufwärmen." Evon zog sie enger an sich heran, er nahm sie komplett in die Arme, bis sie aus meinem Blickfeld verschwand. "Wir befinden uns im äußersten Norden von Viken. Diese Station sitzt sozusagen auf der Spitze des Planeten, sie ist direkt auf die nächstgelegene Transport- und Kommunikationsstation der Koalitionsflotte ausgerichtet."

"Die Station hier sichert also die Kommunikationen zwischen Viken und dem restlichen Universum?"

Ich machte es mir auf der Bettkante bequem, nahm eine Scheibe Frucht vom Teller und steckte sie mir in den Mund. "Ja."

Sie seufzte. "Kein Wunder, dass sie die kaltarschigsten Militärleute hierher senden, um die Station zu schützen."

"Kaltarschig?" fragte Rager und richtete sich auf, sodass sein Kopf gegen das riesige Kopfende des Bettes lehnte. "Mein Arsch ist ziemlich gut, Liebes."

Bella schien sich aus Evons Griff befreien zu wollen. Er ließ los und ließ sie einen Schritt zurücktreten. Die grelle Wintersonne machte sie zur Lichtgestalt. Ihre aufgeheizten Wangen waren nicht zu übersehen. Vor unseren Augen wurden dann auch noch ihre Nippel steif und sie fing an, ihre Schenkel aneinander zu reiben.

"Mir wird einfach zu heiß, wenn du mich hältst," gestand sie ein.

Ich musste lächeln. "Zu heiß, Liebes? Meinst du nicht zu geil?"

Sie blickte zu mir. "Nein."

Aus dem Augenwinkel konnte ich sehen, wie Rager kurz nickte und sich vom Bett erhob, um auf sie zuzugehen. So, wie ihre Haut gerade errötete, würde ich ihm direkt folgen.

Sie trat einen weiteren Schritt zurück und hielt an.

Dann verschränkte sie die Arme vor der Brust. "Oh Mann. Du hast recht," gab sie zu. "Ich … Himmel, ich bin geil."

Ich hatte dieses Wort noch nie zuvor gehört, aber mit der Übersetzung klappte es ganz gut. Insbesondere, da sie jetzt eine Hand auf ihre Muschi legte und halb die Augen schloss, während sie sich über den sanften Hügel rieb.

"Ist das die Macht eures Samens? Ich meine, ich hab' schon gerne Sex und für mich seid ihr die heißesten Typen überhaupt, aber so war ich noch nie drauf." Sie erschauderte, massierte ihre eigenen Brüste und schob schließlich zwei Finger in ihre feminine Hitze hinein, sodass das feuchte Flutschen unseres Samens den Raum erfüllte.

Knurrend stieg ich vom Bett, mein Schwanz war steinhart und mehr als bereit, ihr Erleichterung zu verschaffen.

Evon wollte sie berühren, sie allerdings wich ihm aus. Ich erwartete, dass er gewohnt herrisch reagieren würde, aber er schwieg.

"Wie warst du noch nie drauf, Liebes?" fragte Rager. Ich sah, wie er seinen Schwanz umfasste und sich zu wichsen begann. Ich war ebenfalls steinhart, fasste aber nicht nach meinem eigenen Kolben. Im Moment wollte ich nur ihre Berührung spüren. Ihre Hand, ihren Mund, ihre Muschi. Ich war nicht wählerisch. Und zu sehen, wie sie sich fingerte, zu wissen, dass sie ganz heiß auf uns war, gab mir das Verlangen sie vorwärts zu beugen und sie nochmal zu ficken. Bis sie kreischte.

"Also zum Beispiel würde ich am liebsten auf die Knie gehen und eure Schwänze lutschen. Als ob ich mehr von diesem Samen brauche." Sie stöhnte, dann schloss sie die Augen und begann, mit den Fingern aus ihrer Muschi ein und aus zu gleiten, während wir wie gebannt zusahen. "Als ob ich verrückt werde."

Rager rückte näher und stellte sich neben Evon. "Du

bist nicht verrückt. Du bist unsere Partnerin und verspürst Verlangen nach uns."

"Verlangen?" sprach sie, ihre Augen ganz wild. "Ich will euch *verschlingen* ."

"Dann nur zu, Liebes," sprach Rager und hielt seinen Schwanz so, dass er direkt auf Bella zeigte.

Evons Schwanz war genauso hart, aber er rührte sich nicht. Mit hängenden Armen stand er da und schwieg.

"Willst du mich nicht herumkommandieren?" fragte sie und blickte zu Evon. Götter, wie sie sich bereits mit uns auskannte.

Evon schüttelte den Kopf. "Diesmal nimmst du dir, was du willst."

Vielleicht war das gar nicht so anders, als einen Befehl zu erteilen, schließlich sollte sie machen, was immer sie wollte. Er beobachtete sie eindringlich, wollte wissen, was sie jetzt, wo sie das Sagen hatte, tun würde. Ich wartete ebenfalls und mir blieb fast die Luft weg. Würde sie auf die Knie fallen und einen von uns in den Mund nehmen? Würde sie sich in Ragers Arme werfen und sich auf seiner harten Länge aufspießen? Evon darum betteln, sie von hinten zu nehmen? Würde sie sich zwischen die beiden stellen und ihnen einen runterholen, während ich zusah?

Alle möglichen Szenarien schossen mir durch den Kopf und ich wollte sie alle sehen.

Schließlich machte sie ein paar Schritte auf die beiden zu und ging vor ihren schwankenden Schwänzen auf die Knie. Sie nahm sie aber nicht in den Mund, sondern packte jeden der beiden mit ihren kleinen Händen. Ragers und Evons Hüften buckelten, sie aber wandte sich mir zu. "Dich brauche ich auch."

Das würde ich mir nicht zweimal sagen lassen. Aber nein. Wenn sie uns alle drei einen blasen wollte, damit wir ihren Magen mit unserem Saft füllten und sicherstellten, dass sie komplett der Macht des Samens erlag, dann würde ich ihr diesen Wunsch nicht vorenthalten. Die

Götter wussten es bereits, ich würde ihr überhaupt nichts vorenthalten können.

Ich wollte mich ihnen anschließen, aber ein Klingeln an der Tür stoppte mich.

Ich blickte zu Rager und Evon, deren Schwänze gerade von den Händen unserer Partnerin verwöhnt wurden. Sie leckte sich bereits die Lippen, unsere Blicke trafen sich. Ich wusste, was sie vorhatte, als sie frech und einladend mit der Zunge ihre Unterlippe leckte. Meine Partnerin wollte mir wie wild den Schwanz lutschen— und da war jemand an der verdammten Tür?

Ich ignorierte das Läuten. Wir hatten unsere Partnerin. Wir waren beurlaubt worden. Wir waren nicht verpflichtet, die verfickte Tür zu öffnen. Ich trat direkt an Bella heran, sodass mein Schwanz ihre Wange streifte und eine kleine Spur meines Samens hinterließ, während sie sich daran machte meine Eichel zu lecken.

Sie stöhnte, als sie die Wirkung der winzigen Menge Samen zu spüren bekam. Ich stöhnte, als ihre Zunge meine Eichel umkreiste. Aus der Ferne klingelte es zwar wieder an der Tür, jetzt aber leckte sie bereits die Unterseite meines Schwanzes, dann nahm sie eines meiner Eier in den Mund.

"Verdammt," knurrte ich und verdrehte die Augen.

Tumult brach aus und Evon sagte irgendetwas, dann hörte ich andere Stimmen, scherte mich aber einen feuchten Dreck. Nie zuvor hatte meine Partnerin meine Eier in den Mund genommen und wenn sie mich nicht runterschlucken würde, dann würde ich meine Ladung kreuz und quer über ihrem Gesicht abspritzen.

"Liam Chyron vom Sektor 1," kläffte jemand dazwischen.

Ich spürte Ragers Hand auf meiner Schulter, hörte seine Worte. "Geh zurück und beschütze Bella. Wir haben Besuch."

Bellas Mund war plötzlich verschwunden. Erst dann öffnete ich stöhnend die Augen. Sie saß nicht länger vor mir auf den Knien. Meine Eier schmerzten. Der Schleier der Lust verflüchtigte sich. Rager stellte sich zwischen uns und die Tür. Evon wickelte Bella von Hals bis Fuß in eine Decke.

"Liam Chyron vom Sektor 1."

Ich drehte mich um und erblickte den Stationskommandanten und drei Wachleute im Eingang. Ihre Blicke wanderten über uns alle vier und es war ziemlich offensichtlich, womit wir gerade beschäftigt waren—oder was wir gleich getan hätten. Solange sie Bella nicht nackt und auf den Knien zu Gesicht bekamen, kümmerte es mich nicht.

Rager streckte die Hand aus, um sie zu stoppen. Er war riesig und verdammt gemein, wenn man ihn ärgerte und jeder hier wusste das. Die Wächter machten abrupt Halt und versuchten überall außer auf unsere tobenden Ständer zu blicken. Ich schämte mich keineswegs für mein Verlangen für meine Partnerin. Ihre Zunge war dabei, meine verfluchten Eier zu verwöhnen und sie hatten uns unterbrochen.

Wie eine Wand standen wir zwischen Bella und den Wächtern, alle drei waren wir splitterfasernackt und bereit, auf Leben und Tod unsere Partnerin zu verteidigen.

"Kommandant, was soll das?" raunte Evon. Seine Familie stand seit Generationen im Dienste Vikens und der Koalitionsflotte. Sein Vater war ein geachteter Flottenkommandant und sogar ein höheres Tier als der Mann, der hier gerade vor uns stand.

Bella wollte etwas sagen, ich aber legte den Arm um sie und drängte sie sanft hinter meinen Rücken. Das Ganze war, gelinde ausgedrückt, seltsam. Sie waren bewaffnet in unser Privatquartier eingedrungen und hatten ihre Pistolen auf drei Mitglieder der royalen Garde gerichtet. Etwas Schreckliches spielte sich hier ab und bis ich herausgefunden hatte, was genau los war, wollte ich sie nicht diesen Männern vorführen, die sich eventuell als unsere Feinde entpuppen könnten.

Der Kommandant schenkte Evon ein respektvolles Kopfnicken. Wir hatten mehrere Jahre lang unter ihm gedient. "Meine Herren, bitte verzeihen sie, dass wir ihre freie Zeit mit ihrer neuen Partnerin unterbrechen."

"Warum sind sie dann hier? Und warum sind sie in unser Privatquartier eingebrochen?" Ragers Frage war mehr ein erbostes Knurren und er ballte die Hände zu Fäusten.

"Wir sind wegen Liam hier." Er blickte zu mir und seine drei Begleiter folgten seinem Blick, sodass ihre Waffen auf meine Brust zielten. Etwas unsanft nahm ich meinen anderen Arm und drängte Bella beiseite, damit sie hinter Ragers Rücken Schutz fand. Eine Menge Feuerkraft wurde da eben auf mich gerichtet und ich würde nicht riskieren, dass sie davon etwas abbekommen würde.

"Was?" brummte ich mit geballten Fäusten. "Ich bin hier. Was wollen sie? Was soll das bedeuten?"

Der Kommandant blickte mir finster ins Auge. "Sie sind wegen Hochverrats festgenommen."

6

Bella

Mit anzusehen, wie Liam von drei brutalen Wachleuten aus unserem Schlafzimmer abgeführt wurde, war wie ein Stich ins Herz. Einen Augenblick lang noch war ich überglücklich und von meinen Partnern umgeben gewesen, wollte ich sie in den Mund nehmen und sie verwöhnen. Ich hatte mich gleichermaßen stark und schön gefühlt, und zwar zum ersten Mal überhaupt. Aber jetzt?

Jetzt wollte ich wie eine Furie auf die drei schwarzen Wachleute losgehen.

Hatte Liam etwas falsch gemacht? Wo war ich hier nur gelandet? War er ein Verräter? Ein Krimineller? War ich etwa vom Regen in die Traufe gekommen, als ich die Erde verlassen hatte? Als ich eine interstellare Braut wurde, war mein Urteil aufgehoben worden. Aber vielleicht wurde ich als ehemalige Kriminelle selber mit einem verpartnert?

Langsam schlichen sich Zweifel bei mir ein, wie eine

dunkle Schlammlawine, die mir die Freude raubte. Das Glück über unsere Verpartnerung verflüchtigte sich im Handumdrehen und ließ mich kalt und zitternd zurück, selbst als Evon und Rager zwischen mir und den anderen standen wie eine lebende, atmende Wand. Sie würden nichts zu mir durchlassen. Das wusste ich. Und diese Gewissheit war das Einzige was mich davor bewahrte in dieser zugefrorenen Welt den Boden unter den Füßen zu verlieren.

Evon und der Kommandant standen sich wortlos gegenüber, als Liam ohne ein Wort zu sagen zwischen den Wächtern abgeführt wurde.

"Da ist ein Fehler passiert," Rager wollte nicht locker lassen.

"Ich fürchte nicht." Der Kommandant blieb ungerührt. Selbst sein Blick war leer, abgestumpft. "Liams Sicherheitscodes wurden verwendet, um gestohlene Waffen und Kommunikationsausrüstungen in den Sektor 1 zu transportieren."

"Das ist unmöglich." Evon schüttelte den Kopf, trat aber einen Schritt zurück. Ich konnte sein Gesicht nicht sehen, aber ich hörte den Schock in seiner Stimme.

Liam war weg, mit den drei Wachleuten im Gang verschwunden. Sie hatten ihm noch nicht einmal gestattet sich etwas anzuziehen. Nein, sie würden ihn nackt und bloßgestellt quer durch die Gänge irgendwo hinführen— ins Gefängnis?—wie einen Wilden. Und deswegen wollte ich diesem Typen gerade echt in die Eier treten.

"Die richterliche Anhörung wird in zwei Stunden stattfinden. Wenn sie seine Unschuld beweisen wollen, würde ich mich beeilen." Das gesagt, machte der Kommandant auf den Hacken kehrt und ließ mich, Rager und Evon fassungslos zurück.

Als die Eindringlinge aus der Tür waren und diese sich wieder verschloss, wandte Evon sich zu uns um und seine beherrschte Fassade brach umgehend ein, um reine

Wut zu offenbaren. Seine sonst eisblauen Augen waren jetzt voller Hitze, aber einer eiskalten Hitze. "Er war das nicht, Bella. Ich verspreche es dir."

Rager nickte zustimmend. "Unmöglich. Liam ist einer von uns. Er hat mit uns gegen die Hive gekämpft, er hat uns das Leben gerettet. Er kann unmöglich Viken hintergangen haben." Er zog mich in seine Arme, wollte mich, das konnte ich spüren, gleichermaßen trösten und sich selbst beruhigen.

"Aber ..." Ich hasste es zwar den Anwalt des Teufels zu spielen, aber in diesem Moment schien ich die Einzige zu sein, die einen kühlen Kopf bewahrt hatte. Was nicht viel heißen musste, denn meine mentale Verfassung war bestenfalls heikel. Die Macht des Samens wirkte immer noch nach und wie sich herausstellte, wollte ich Liam mit aller Macht in Schutz nehmen, selbst als mein Verstand an seiner Unschuld zweifelte. Nein, er war unschuldig. Mein Körper und Geist schmerzten vor lauter Verwirrung. "Was ist mit seiner Familie? Die Verbindung zum VSS? Das sind die Bösen, oder? Seid ihr sicher?"

Evon hob meinen Kopf von Ragers Brust und küsste mich hart und schnell. Aber nicht lang genug. Eine Bestrafung. "Ich werde dir diesen Zweifel einmalig vergeben, Bella, und zwar weil du neu hier bist. Du weißt nicht, was wir wissen. Du hast nicht gesehen, was wir gesehen haben. Du kennst uns nicht wirklich, weder weißt du, wie bösartig die Hive in Wirklichkeit sind. Aber ich schwöre dir bei meinem Leben, nein, bei meiner Ehre, dass Liam uns niemals verraten würde."

Gegen die unverrückbare, eiserne Entschlossenheit in seinem Blick war kaum etwas entgegenzusetzen. Er glaubte, was er da sagte. Also musste ich mich entscheiden. Würde ich mich ihm widersetzen, dann würde ich nicht nur Liam hintergehen, sondern auch Evon. "Na schön," sagte ich. Ich war bereit dem Match zu vertrauen, ihnen zu vertrauen. "Wenn Liam also unschuldig ist, wer hat dann den Zugangscode benutzt?"

Ein Teil von mir konnte es immer noch nicht glauben, dass wir gerade diese Unterhaltung führten. Hatte ich nicht eben noch auf der Erde über Programmieren, Hacken und Identitätsraub geredet? Hatte ich nicht eben noch in einer Gefängniszelle gesessen, weil ich genau das getan hatte? "Ich kann's nicht fassen, dass diese Sachen bei euch nicht besser gesichert sind. Für eine fortgeschrittene Rasse, die in der Lage ist, Lebewesen kreuz und quer durchs All zu transportieren, ist das einfach nur lächerlich."

Ich setzte mich auf die Bettkante, während meine Partner hastig ihre Uniformen überzogen.

"Die Anhörung ist in zwei Stunden." Rager machte Dampf und war in null-Komma-nichts in seine stahlgraue Uniform gehüllt. Er sah umwerfend aus und der eng anliegende Schnitt seiner Tracht betonte seine breiten Schultern, seinen mächtigen Brustkorb. Er verkörperte Stärke, und er gehörte mir.

"Wir werden mit der Transportstation anfangen und den wahren Verräter von dort zurückverfolgen. Mir ist egal, wem wir die Fresse polieren müssen, um Antworten zu bekommen." Evon klang sachlich und gefasst, obwohl seine Worte das so gar nicht waren.

"Ich komme mit." Ich stand auf und lief zu einer Schublade in der Wand, die Rager vorher geöffnet hatte. Ich hoffte, dort etwas anderes zum Anziehen zu finden als dieses hauchzarte Kleid, das ich bei meiner Ankunft getragen hatte. Ich fand ein paar andere Kleidungsstücke. Ich zog eine Hose heraus und hielt sie an meine Schultern. "Habt ihr 'nen Gürtel?" Mit einem Gürtel würde ich den Hosenbund unter meinen Achselhöhlen festmachen können und das Ding wie ein Jumpsuit tragen. Es würde zu weit sitzen, aber ich konnte schließlich nicht mit einem Nachthemd ohne Unterwäsche rumlaufen.

"Nein, Liebes. Du bleibst hier." Evon blickte mich nicht einmal an und Rager stand bereits sprungbereit bei der Tür.

Wie bitte?

"Ruf Thalia. Sie kann auf unsere Partnerin aufpassen." Rager grinste, meine geplante Umfunktionierung seiner Unterbekleidung fand er offensichtlich ganz witzig. Ich wusste, dass ich lächerlich aussah, aber ich hatte keine Ahnung, wo ich etwas Passendes herbekommen sollte.

Evon blickte kurz zu mir und erstarrte, seine Augenwinkel legten sich in Falten, obwohl er nicht einmal lächelte. Er half mir aus der übergroßen Buxe raus, dann sammelte er das Kleid, das sie mir einst vom Körper gerissen, hatten wieder auf und half mir es überzuziehen. "Zieh erst mal das hier an. Mir gefällt der Umstand, dass du nackt drunter bist. Du musst hier bleiben, Bella. In Sicherheit. Ich werde Thalia rufen, meine Schwester. Sie ist auch hier stationiert. Sie wird dich beschützen, solange wir weg sind."

"Nein." Ich schüttelte nur den Kopf, aber meine Partner wollten nicht zuhören. Evon trat an mich heran und umschloss mit den Händen mein Gesicht. Seine Haut war rau, aber warm. Seine Berührung war sanft.

"Liebes, wir müssen dich in Sicherheit wissen. Und du musst essen. Dich ausruhen. Meine Schwester ist ein vertrauenswürdiges Mitglied der Garden. Sie hat vier Jahre in der Koalitionsflotte gedient. Sie wird dich bis zu unserer Rückkehr beschützen."

Sein Kuss ließ mich dahinschmelzen und ehe ich etwas erwidern konnte, war Rager bereits an seinen Platz getreten. Als er mit mir fertig war, schwebte ich auf Wolke Sieben.

Verdammt, meine Partner hatten mich dumm und dämlich geküsst.

Als die Tür hinter ihnen wieder zuging, ließ ich mich erst mal aufs Bett fallen, um etwas von den übrig gebliebenen Früchten und Käse zu naschen. Das Essen reichte für eine kleine Armee, oder zumindest für ein Menschlein durchschnittlicher Größe und drei massive Krieger. Als ich einigermaßen satt war, klingelte es auch sogleich an der Tür.

Wieder bei Kräften sprang ich auf und öffnete die Tür. Eine hochgewachsene Frau mit langen, goldenen Haaren und Evons Augen blickte zu mir herunter. Sie war um die eins achtzig groß, und sehr hübsch.

Sie verneigte sich von der Hüfte aus, ihre schwarze Uniform und ihr rotes Armband wiesen sie eindeutig als Mitglied desselben Sektors wie ihr Bruder aus. Sie waren ohne Zweifel miteinander verwandt. Diesen geradlinigen, eisblauen Blick hätte ich überall wiedererkannt. "Lady Bella. Ich bin Thalia. Deine neue Schwester."

Meine neue Schwester. Als ich die Verpartnerung wählte, hatte ich einen Mann erwartet. Drei hatte ich bekommen. Nie hätte ich gedacht, dass sie Familie hatten und dass ich, im erweiterten Sinne, eine Schwester oder einen Bruder, Nichten oder Neffen bekommen würde. Schwiegereltern. Es war merkwürdig, aber ich war froh. Ich war nicht allein.

Ich trat zurück. "Bitte, komm doch herein." Ich beförderte das Essenstablett zum kleinen Beistelltisch im Wohnbereich, während die Tür zu glitt. "Es gibt reichlich zu essen, falls du hungrig bist."

Sie schüttelte den Kopf und blieb nahe der Tür stehen. "Willkommen auf Viken, Schwester. Ich bin überglücklich, dass mein Bruder eine Partnerin gefunden hat, auch wenn er töricht genug ist, dich mit den anderen zu teilen."

Das klang seltsam, aber ich kannte mich ja auch noch nicht wirklich auf diesem Planeten aus. Scheiße, ich wusste fast gar nichts. "Warum machen sie das? Drei Männer und eine Frau? Bringt das nicht alles durcheinander? Für die anderen geht es dann doch gar nicht mehr auf." Ich hatte gar nicht die Absicht, so gefühlskalt rüberzukommen, Thalia aber versteifte sich.

"Die drei Könige haben eine neue Tradition begründet, ein Krieger aus je einem Sektor und eine gemeinsame Partnerin. Damit sollten die Sektoren mit der Zeit vereint werden und eine neue Kriegergeneration heranwachsen, die Viken als einen, vereinten Planeten betrachtet."

Die Kinder von Vätern aus den drei Sektoren. Sie würden ... sektorlos sein und den Planeten wieder zusammenführen. Im Kopf spielte ich das Ganze nochmal durch, die Rechnung ging aber nicht auf. "Gibt es dieser Logik entsprechend mit jeder interstellaren Braut nicht je zwei Frauen auf Viken, die dann keinen Mann finden?"

"Nein. Viken entsendet jedes Jahr eine entsprechende Anzahl von Frauen und Männern in den Koalitionsdienst, entweder als Bräute oder als Krieger. Nicht alle Planeten entsenden so viele Bräute. Drei von vier Kriegern kehren wieder zurück. Aber keine der Bräute kommen zurück, da sie verpartnert werden und sich woanders niederlassen. Letztendlich gibt es hier weniger Frauen für unsere Krieger, wenn sie aus dem Krieg zurückkehren."

"Oh." Das war traurig. Sie kämpften im Krieg, litten, töteten und sobald sie zurückkehrten, dann gab es nicht genügend Frauen für sie?

"Genau deswegen haben die Regierenden auf Prillon Prime vor Jahrhunderten beschlossen, das Programm für interstellare Bräute zu gründen. Ursprünglich sollte es dazu dienen, Planeten miteinander zu vereinen und dort Brücken zu schlagen, wo vorher keine existierten."

"Politische Bündnisse," murmelte ich. Plötzlich ergab die ganze Sache viel mehr Sinn. Es war wie bei den alten Europäischen Königshäusern, anstatt mit einem anderen Königreich einen Krieg anzuzetteln, verheirateten sie einfach ihre Kinder mit den Rivalen. Sie schlossen neue Allianzen und heraus kamen Babys, die von beiden Nationen als königliche Thronfolger angesehen wurden. So wurde auch der Jahrhunderte währende Konflikt zwischen Schottland und England schließlich beendet.

"Genau. Der Prime war der Meinung, dass die Koalition dadurch enger zusammenrücken würde und dass eine vereinte Front mit Paaren von verschiedenen Heimatwelten eher den Kampf gegen die Hive überleben würde."

Ich betrachtete sie. Ihr langes Haar war zu einem raffinierten, eng anliegenden Zopf zurückgeflochten, der sie irgendwie streng aussehen ließ. Die Waffe an ihrem Gürtel bestärkte diesen Eindruck. Ihr Blick versprühte eine Mischung aus Neugierde und Missfallen.

"Also freut es dich, dass dein Bruder eine Partnerin gefunden hat, aber der neue Brauch, den er dabei befolgt gefällt dir nicht? Eine Frau und drei Partner?"

Sie zuckte die Achseln. "Versteh mich nicht falsch, Bella. Du bist erst die dritte Braut von der Erde, aber unsere neue Königin kommt auch von deiner Welt. Sie ist sehr gutaussehend, mit dunkelrotem Haar und sehr femininen Kurven. Ihre Schönheit hat vielen Kriegern hier den Kopf verdreht und jetzt wünschen sie sich auch eine Braut von der Erde."

Sieh an. Jetzt wurde mir Einiges klar. "Und wünschst du dir auch einen Krieger?"

Ihre helle Haut wurde knallrot und sie wandte sich ab, um nach draußen auf die eisige Tundra zu starren. "Mein einziger Wunsch ist es, zu dienen."

Lügnerin. Weil ich aber kein Miststück sein wollte, ließ ich ihr die Geheimnistuerei durchgehen. Wir kannten uns erst seit fünf Minuten, also nicht lange genug, damit sie mir ihr Herz ausschüttete. Wie es aussah, würden meine neue Schwägerin und ich wohl nicht auf Anhieb die besten Freundinnen werden. Damit konnte ich leben. Nettigkeiten würden mir für den Anfang auch reichen. "Okay. Also, ich hätte da einen Wunsch."

Sie wandte sich um und blickte mich fragend an.

"Ich brauche Klamotten. Unterwäsche. Etwas, das ich in Gesellschaft tragen kann, ohne dass meine Männer den anderen Typen gleich den Kopf abreißen. Meine Nippel sind leider dauersteif. Und ich möchte bei Liams Anhörung dabei sein. Ich werde hier nicht wie eine Vase herumsitzen, während sie über sein Schicksal entscheiden."

Ihre nächsten Worte waren eine Überraschung. Genau, wie der entschlossene Ausdruck in ihren Augen. "Verstanden."

Donnerwetter. Das war sehr viel leichter, als ich es mir vorgestellt hatte. Sie lief zum anderen Ende des Zimmers und öffnete eine mir bisher unbekannte Schublade, um ein beigefarbenes Kleiderset zutage zu fördern. Warum hatte Evon mir diese Klamotten nicht gegeben und mir stattdessen dieses verfluchte Nachthemd übergestülpt? Richtig, er liebte es, wenn ich leicht bekleidet war. Der bloße Gedanke machte mich schon wieder geil und umso entschlossener wollte ich die anderen Sachen anziehen. Mitten in der Öffentlichkeit wollte ich es keinesfalls riskieren, ihn—oder meine anderen Partner— wie ein wilder Affe besteigen zu wollen. "Das ist die Standardbekleidung für Zivilisten. Zieh sie über."

Sie überreichte mir den Stapel. Der Stoff fühlte sich an wie Kaschmir und war mit feinstem Pelz gefüttert. Die Tracht musste warm und äußerst bequem sein. Aber ich war vom Sex noch mit Schweiß und vom interstellaren Transport noch mit Staub bedeckt.

"Gibt es hier eine Badewanne? Oder eine Dusche?"

Sie deutete auf eine Tür, während sie zum Esstablett ging, sich ein Stück Frucht nahm und daran knabberte. Mit der Hand machte sie ein Zeichen. "Beeil dich, Bella. Ich will nichts verpassen. Und Evon braucht vielleicht meine Hilfe."

Ich schnappte mir meine neuen Sachen und stürzte ins Badezimmer, wo ich glücklicherweise eine ziemlich selbsterklärende Installation vorfand. Hätte ich Thalia auch noch fragen müssen, wie man die Badewanne bedient, wäre ich mir wie eine Vollidiotin vorgekommen. Während das heiße Wasser die vergangenen Stunden von mir herunterwusch, musste ich mich fragen, was für eine Art Hölle die hübsche Thalia wohl durchgemacht hatte, warum sie mir und meinen Kriegern gegenüber so zynisch war und welcher Krieger ihr das Herz gebrochen hatte.

7

Rager

Als Evon und ich zur richterlichen Anhörung eintrafen, hatte ich erwartet, dort das übliche Gremium aus fünf Vorsitzenden anzutreffen. Ich hatte aber nicht damit gerechnet, dass Evons Vater darunter sein würde, oder dass sein Bruder im Publikum sitzen würde. Evon hatte offensichtlich auch nicht damit gerechnet, denn als er den Raum betrat, machte er abrupt Halt und ich rempelte gegen seinen Rücken. Als ich schließlich erkannte, warum er so reagiert hatte, musste ich fluchen.

Evon war—zusammen mit Liam—mein allerbester Freund, aber für ihn gab es nichts als Regeln, Verhaltensnormen und Ehre. Er war unbeugsam. Evons Familie diente seit Jahrhunderten dem Planeten. Nach ihren Standards gab es nichts Höheres als den Dienst am Volke und die Ehre. Schon immer. Er war verklemmt und präzise wie ein Laser und das machte ihn zu einem guten Anführer. Er war ein außergewöhnlicher Anführer und diese Eigenschaft hatte uns alle lebend von der Front zurückgebracht. Außerdem machte es ihn zu einem sehr

dominanten Liebhaber, was Bella ziemlich schnell herausgefunden hatte.

Die Jahre der Freundschaft und des Vertrauens
zwischen uns hatten Evon ein paar seiner Ecken und
Kanten genommen. Womöglich hatte ich sogar den
Anflug eines Lächelns auf seinen Lippen beobachtet, als
er Bella zuvor angesehen hatte. Sie war ein Geschenk für
uns alle, aber besonders für ihn. Wenn irgendjemand ihn
besänftigen, ihm ein Stück Frieden schenken sollte, dann
war sie das.

Und Evons Vater, also Kommandant Tyrell? Der war
so dermaßen konservativ, dass er wohl Vikensches
Eisenerz auskackte. Sein Sohn—also sein *anderer* Sohn,
Dravon—stand ihm in nichts nach. Er war den
Fußstapfen seines Vaters in die Zivilverwaltung gefolgt
und auf Viken geblieben. Ganz anders als Evon, der zur
Koalitionsflotte gegangen war und auf einem Prillonischen Schlachtschiff gedient hatte. Wir hatten gegen die
gottlosen Hive gekämpft, während sein Vater und Bruder
schön zu Hause geblieben waren. Evon und seine
Schwester Thalia waren ausgezogen, um das Universum
zu schützen, während sein übellauniger Vater und Bruder
über die Heimatfront wachten.

Die Tyrells waren ehrwürdig und erlaucht, ihre Fami-
liengeschichte belegte, dass die Familie dem Planeten
Viken zutiefst ergeben war. Sie glaubten an Viken und
regierten über große Teile des Territoriums. Dass Evon
als hochrangiger Offizier im IQC diente, kam dem
Einfluss der Tyrells nur noch weiter zugute.

Dass Evons Vater, also Kommandant Tyrell jetzt mit
im Gremium saß, bedeutete aber, dass Liam tief in der
Scheiße saß. Für den Mann oder seine Familie gab es nur
Schwarz und Weiß. Ich hatte keine Ahnung, was sie Liam
vorwerfen würden, sollte aber nur der Anflug eines
Verdachts bestehen, dann würde der Kommandant keine
Gnade kennen. Nervös ballte ich die Hände zu Fäusten,
während mein Verstand alle Möglichkeiten durchspielte.

Verrat wurde mit dem Tode bestraft.

Auf keinen Fall würden sie Liam ohne Widerstand in die Finger bekommen. Er war unschuldig. Darauf würde ich mein Leben verwetten.

Evon nickte seinem Vater und Bruder kurz zu, bevor er sich zu den Zuschauern setzte, die vor dem Gremium Platz genommen hatten. Einige Mitglieder der IQC-Gruppe waren anwesend, vielleicht warteten sie auf einen anderen Angeklagten, sobald Liams Anhörung vorüber war.

Dann wurde Liam von zwei Wachleuten hereinge-führt. Zum Glück hatten sie ihm ein paar Anziehsachen gegeben. Warum sie ihn splitterfasernackt abführen muss-ten, konnte ich mir auch nicht erklären. Sie positionierten ihn nahe der Wand und er blieb stehen, als die Anklage verlesen wurde. Er trug eine schlichte, beigefarbene Zivi-listenmontur. Nur selten hatte ich ihn in etwas anderem als seiner braunen Uniform zu Gesicht bekommen. Die helle Farbe und das Fehlen des roten Armbandes wirkten befremdlich.

Liam stand grade und mit zurückgezogenen Schul-tern da und seine Augen loderten vor Trotz. Auch mit der ungewohnten Bekleidung, die sie ihm als Strafe aufge-zwungen hatten, war er durch und durch Krieger. Was für ein Spielchen wurde hier gespielt? War er denn nicht trotz allem ein Mitglied der royalen Garde?

Die Dame zur linken Seite des Gremiums erhob sich. Sie trug eine braune Uniform und repräsentierte den Sektor 1. "Liam Chyron vom Sektor 1," sprach sie. Ihre dunklen Augen blickten von ihrem Tablet hoch und rich-teten sich mit ernster Miene auf meinen Kumpel. "Sie wurden vor dieses Gremium bestellt, weil ihnen Folgendes zur Last gelegt wird: Verschwörung, Schmuggel illegaler Güter, Diebstahl von royalem Eigentum, Diebstahl von Koalitionseigentum, illegaler Waffentransport, unautori-sierte Nutzung mobiler Transportplattformen, Hochverrat an den rechtmäßigen Königen von Viken und Mord."

Sie verlas die Anklage wie eine Einkaufsliste, als sie ihm aber in die Augen blickte, hätte dieser Blick einen weniger imponierenden Mann niederstrecken können. "Es handelt sich um sehr gravierende Vorwürfe. Wie möchten sie darauf antworten?"

Ich hatte zwar nicht mitbekommen, wie die Tür hinter mir aufgegangen war, aber ich wusste trotzdem, dass Bella zu uns gestoßen war. Ich konnte sie *spüren*. Einen Moment später konnte ich ihren süßen Duft riechen und Evon an meiner Seite versteifte sich. Meine Nackenhaare standen zu Berge und mein Schwanz in der Uniformhose wurde größer und härter. Ich stand auf und blickte mich um. Evon tat es mir gleich. Hinter uns hörte ich ein Räuspern.

"Was soll diese Unterbrechung?"

Ich ignorierte die Stimme und griff nach Bellas Hand, blickte in ihre dunklen, verärgerten Augen. Vielleicht war sie böse, weil wir sie zurückgelassen hatten. Aber nicht nur sie war jetzt erbost. Sie hätte nämlich gar nicht hier sein dürfen. Meine Partnerin traf deswegen keine Schuld. Mein Zorn richtete sich auf Evons Schwester Thalia, die sie begleitete. Bella war erst vor ein paar Stunden auf dem Planeten angekommen und Thalia hätte es besser wissen müssen, als einfach in eine Anhörung des Militärgerichts hereinzuplatzen.

"Verzeihen sie, Herr Kommandant," sprach Liam schließlich. Aus dem Augenwinkel konnte ich erkennen, dass seine Hände zu Fäusten geballt waren. Oh ja, auch er war deutlich angepisst. "Das ist Bella, von der Erde. Meine Partnerin ist gekommen, um der Anhörung beizuwohnen."

Was sollte er sonst sagen? Er konnte nicht herumstreiten, nur beschwichtigen.

"Mir war nicht bekannt, dass sie eine Partnerin genommen haben." Ich blickte hoch und sah, dass Evons

Vater das Wort ergriffen hatte. Er blickte sie an und kniff die Augen zusammen. "Ist das richtig, Bella? Ist Liam Chyron ihr Partner?"

Bella blickte ihm sogleich in die Augen und hob ihr Kinn. Weder von mir noch von Evon wollte sie sich anrühren lassen und zog es vor, die Hände vor ihrem Schoß zu verschränken, während sie dem Kommandanten Rede und Antwort stand. "Ja. Ich bin vor einigen Stunden eingetroffen. Ich bin eine interstellare Braut von der Erde. Ich wurde mit Liam, Rager, und Evon verpartnert."

Evons Bruder drehte sich um und starrte sie an. Ich zog sie zu einem Stuhl und wir setzten uns, Evon nahm neben ihr Platz.

Bellas aufrechte Haltung erinnerte mich an die Königin. Nicht der Farbe wegen, denn sie hatte nicht dasselbe grellrote Haar, wohl aber wegen ihrer Manieren. Bella würde sich weder von diesem Gremium, noch von ihrem neuen Schwiegervater und Schwager einschüchtern lassen. Sie waren respekteinflößend; genau deswegen hatten sie so hohe Ämter inne.

"Aber ich nehme an, dass sie noch nicht beansprucht wurde," stellte Evons Bruder fest.

Evons Kiefer verkrampfte sich zusehends und ich fragte mich, ob seine Backenzähne dem Druck standhalten würden. Er war zwar nicht wie Liam aus seiner Familie verstoßen worden, seine Sippe aber hatte ihre Prinzipien. Sie glaubten genauso vehement an ein vereintes Viken, wie Liams Familie an den VSS glaubte. Aber seine Familie war nicht so offenherzig und freundlich, so unbekümmert und liebenswert wie meine. Meine Kindheit im Sektor 3 war idyllisch und keiner meiner Freunde hatte je Verurteilungen zu befürchten.

Die Tatsache, dass Dravon jetzt darauf pochte, dass Bella noch nicht offiziell beansprucht worden war, war der Beweis. Ja, sie war unsere Partnerin, aber bis wir sie beanspruchen würden—sie also zur selben Zeit ficken und ausfüllen würden—konnten wir noch getrennt werden. Sie konnte zu einem Anderen geschickt werden. Diesen Schwachpunkt dem eigenen Bruder vor die Nase zu reiben war so gnadenlos wie ein Dolchstoß, bei dem die Klinge dann nochmal schön umgedreht wurde.

Dieser Scheißkerl. Ich war der verfluchte Pazifist unter uns dreien, aber in diesem Moment musste ich Evons Bruder einfach nur hassen. Er war ein Arsch und er verdiente es, ein paar Köpfe kürzer gemacht zu werden.

Selbst Bella, die von unseren Bräuchen hier überhaupt keine Ahnung hatte, bemerkte den Wortlaut, den Schlagabtausch zwischen Geschwistern. Ihr Rücken war kerzengerade und ihre Augen blickten skeptisch. Ich legte meine Hand auf ihren angespannten Oberschenkel und sie entspannte sich ein bisschen.

Erst dann fiel mir auf, dass sie nicht mehr das hauchdünne weiße Kleid anhatte, sondern wärmende Kleidung trug, die ihren Körper recht züchtig einhüllte. Zum Glück hatte das Miststück Thalia ihr geholfen. Bestimmt wäre sie auch nur mit dem durchsichtigen Fummel, den Evon ihr übergestülpt hatte zur Anhörung erschienen. Wäre sie etwa mit ihren üppigen Brüsten und steifen Nippeln hier angetanzt, sodass jeder sie sehen konnte? Ich mochte zwar der Ruhigere in unserer neuen Familie sein, aber ich hätte sie dann wohl über die Schulter geworfen und aus dem Raum geschleppt, und zwar noch bevor ihr Arsch eine Sitzgelegenheit gefunden hätte.

"Die Anklagepunkte, die gegen mich erhoben werden, sind sehr ernst. Da ich unschuldig bin, möchte ich erfahren, auf welcher Grundlage Sie diese Vorwürfe gegen mich erheben," führte Liam aus und brachte die Diskussion wieder auf den eigentlichen Punkt. Seine Stimme klang ruhig, als sein Kumpel aber konnte ich seine Anspannung erkennen. Er stand unter Hochspannung, und zwar weil Bella jetzt anwesend war. Seine Haltung erinnerte eher an Evon als an Liam.

"Sie sollten sich in Grund und Boden schämen," das Gremiumsmitglied vom Sektor 1 legte nach. "Ihre Familie hat über die Jahre schon genug Schaden angerichtet, aber selbst ihr Vater ist nie zum Mörder geworden."

Da irrte sie sich, was Liam mir aber in der Vergangenheit erzählt hatte, war heute nicht relevant. Liams Vater war sehr wohl ein Killer, ein kaltblütiger, berechnender Mörder, der jeden Akt des Verbrechens mit seinem fanatischen Glauben in die Separatistenbewegung rationalisierte.

"Mord?" fragte Liam mit erstarkter Stimme. "Ich bin kein Mörder. Ich habe viele Jahre in der Koalitionsflotte gedient und diesen Planeten verteidigt. Ich habe den drei Königen einen Eid geschworen, bin Mitglied der royalen Garde und habe mir zusammen mit zwei Kriegern aus den anderen Sektoren eine Partnerin genommen, um den Planeten zu vereinen. Ich bin unschuldig."

Bella nahm meine Hand und packte fest zu.

Mord?

"Ein Techniker im Transportzentrum ist mit einem Ionenschuss ins Herz getötet worden. Die Ärzte gehen davon aus, dass er fünf Minuten vor dem Transport gestohlener Güter verstorben ist."

Liam schüttelte den Kopf. "Ich habe nichts damit zu tun. Warum ich?"

"Der Transport wurde mit ihren Sicherheitscodes eingeleitet."

Scheiße. Den Mord hatten sie geheim gehalten und dass Liams Codes verwendet wurden, war einfach schockierend. Niemand hier teilte seine Codes. Die wurden nämlich auf speziellen Quantenkristallen in unsere Handgelenke implantiert. Die Codes konnten weder von anderen genutzt, noch gefälscht werden. Sie wurden uns zufällig zugeteilt, nachdem das Computersystem der Koalition sie ausgespuckt hatte.

Liams Miene wirkte halb verärgert, halb fassungslos. Er hatte nur die Hive getötet, also den Feind. Und sein

Sicherheitscode? Man hätte ihm den Arm abhacken oder ihn zu einer Kontrollstation schleifen müssen, um den Code zu benutzen. Verdammt, niemand hier wusste überhaupt, was es mit diesen Codes auf sich hatte. Liam kannte den Code, der aus einer zufällig zusammengewürfelten Reihenfolge aus über zweihundert Buchstaben, Symbolen und Formen aus allen Sprachen der interstellaren Koalition bestand, nämlich nicht. Der Code war unmöglich zu knacken.

"Das ist unmöglich," ereiferte er sich. "Ihrer Aussage zufolge kennen Sie den exakten Zeitpunkt, wann dieser Zwischenfall passiert ist. Wann ist es geschehen?"

"Zweiundzwanzig-dreiundfünfzig," teilte ein anderes Gremiumsmitglied mit, sein Kopf blieb nach unten geneigt, als würde er von seinem Tablet ablesen.

Das war letzte Nacht. Ziemlich spät. Bella war noch gar nicht angekommen. Verflucht, zu der Zeit war ich noch nicht einmal getestet worden. Evon war zuerst getestet worden, und zwar gestern Morgen. Liams Test hatte nach dem Mittagessen stattgefunden, mehrere Stunden vor dem besagten Zwischenfall.

Ich konnte hören, wie Evon leise vor sich hin fluchte. Derselbe Gedanke ging uns durch den Kopf. Liam war zu dieser Zeit höchstwahrscheinlich allein in seinem Privatquartier. Erst heute Morgen, nach unserer Verpartnerung, hatte man uns das Familienquartier zugewiesen.

"Verfügen Sie für diesen Zeitpunkt über ein Alibi?" fragte Kommandant Tyrell.

Ich schwöre, Liam wurde rot im Gesicht. "Ich war allein in meinem Quartier. Auf der Krankenstation hatte ich den Test fürs interstellare Bräute-Programm absolviert und bin anschließend in mein Quartier zurückgekehrt. Ist einer von ihnen je auf ein Match getestet worden?" er wandte sich ans Gremium.

Evons Vater war offensichtlich verpartnert, aber nicht mit einem Match aus dem Bräute-Programm. Die anderen schüttelten nur den Kopf. Entweder waren sie unverpartnert, oder sie hatten ihren Partner ohne die Hilfe des Bräute-Programms gefunden.

"Es ist sehr anstrengend und vor dem Schlafengehen habe ich die Zeit unter der Dusche zugebracht," fügte Liam hinzu.

Anstrengend? Es war ein Sextraum. Ein atemberaubender Sextraum und ich war wie ein wuschiger Teenager gekommen. Zum Glück hatte ich dabei nicht meine Hosen eingekleistert und als der Doktor meinen Ständer sah, hatte ich einfach ein paar Witze gerissen. Das war eben meine Art. Der Doktor hatte in seiner Karriere sicher schon alles gesehen. Ich wollte Hand anlegen und nach dem Test erst mal Druck ablassen, aber wir wurden ja sofort verpartnert. Ich konnte mir gut denken, dass er sexuell frustriert war. Ich war keineswegs überrascht, dass Liam sich unter der Dusche erleichtert hatte.

War er deswegen ganz rot geworden? Er hatte bestimmt nicht vor, das Gremium darüber zu informieren, dass er sich einen runtergeholt hatte, während jemand anderes gerade ermordet wurde. Für einen Garden seines Ansehens würde dieses Geständnis nichts Gutes verheißen, auch wenn die Männer des Gremiums bestimmt schon mal selber Hand angelegt hatten. Sicherlich hatte die Frau aus dem Sektor 1 es sich auch schon das eine oder andere Mal besorgt.

"Ihr persönlicher Sicherheitscode wurde verwendet. Das ist ein ausreichend starkes Indiz, um ein offizielles Verfahren einzuleiten," sprach der Kommandant.

"Das ist kein starkes Indiz," rief Bella und sprang auf ihre Füße. "Jeder kann die Codes eines anderen nehmen, um sich in ein System rein zu hacken."

Evon fasste sie am Arm, damit sie sich wieder hinsetzte, Bella aber ließ sich das nicht gefallen und entzog sich kurzerhand und mit aller Kraft seinem Griff.

"Ruhe!" Kommandant Tyrells Miene wandelte sich von ernst zu verärgert.

Bella aber nahm nicht wieder Platz. Und sie redete

weiter. "Mir ist scheißegal, für wie sicher Sie ihr System halten, selbst wenn niemand diesen Code knacken kann, so kann man sich sehr wohl in das System reinhacken, das den Code generiert hat. Es gibt immer ein Hintertürchen, immer Schlupflöcher. Dass Liams Code verwendet wurde, beweist überhaupt nichts."

"Die Codes sind noch nie geknackt worden," bekräftigte die Frau vom Sektor 1.

"Ich kann sie knacken." Bellas Verkündigung ließ den Raum plötzlich verstummen.

Der Kommandant stand auf und sein Blick ließ nichts Gutes erahnen. Ich stand ebenfalls auf, Evon tat es mir nach.

"Meine Partnerin ist eine äußerst qualifizierte Computertechnikerin," bot Liam an. "Sie kennt sich mit diesen Dingen sehr gut aus."

Anders ausgedrückt, sie war ein Hacker und konnte in Systeme einbrechen.

"Ich kann's beweisen," sprach sie. "Ich kann beweisen, dass Liam unschuldig ist und euer Sicherheitssystem ganz gravierende Mängel aufweist."

Evons Vater zog nur seine silbrige Augenbraue hoch. "Sie sind von der Erde?"

"Ja."

"Ein äußerst primitiver Planet. Wie kommen sie darauf zu glauben, dass sie die Koalitionssysteme unterwandern können?"

Sie verschränkte die Arme vor der Brust, blickte aber weiter auf die Frau vom Sektor 1 oder besser gesagt auf das Tablet unter ihrem Arm.

"Ist dieses Gerät ans restliche System hier angeschlossen?" fragte sie.

"Ja."

"Wenn Sie gestatten, dann zeige ich es Ihnen."

Die anderen Mitglieder des Gremiums blickten zu Kommandant Tyrell, nicht zu Liam.

Liam sah aus, als würde er Bella gleich über die Schulter werfen und mit ihr davonrennen.

Evon war immer noch steif wie ein verficktes Denkmal.

Der Kommandant schwieg einen Moment lang, dann nickte er. Die Frau streckte ihr Tablet nach vorne. Bella schaute kurz zu mir auf, ihr Blick war entschlossen. Ich folgte ihr aufs Podium hinauf, wo sie das dargebotene Tablet in Empfang nahm.

Sie senkte den Kopf und ihre Finger flogen über den Bildschirm. "Ich gehe davon aus, dass das Video oder was auch immer für einen visuellen Beweis aus dem Transportraum Sie anführen sollten, nicht existiert."

Daran hatte ich gar nicht gedacht. Wer auch immer den armen Techniker ermordet und die gestohlenen Güter transportiert hatte, würde auf den Sicherheitskameras auftauchen. Sollten sie die Videoaufzeichnungen gelöscht haben, dann könnte man das Verbrechen nur mithilfe der Sicherheitscodes aufklären. Liam.

Bella erwartete keine Antwort, sie kannte sie bereits.

"Sie sind Evons Vater und haben drei weitere Kinder. Ihr Name ist Bywen Alixor Tyrell. Sie wurden im Sektor 2 geboren, Ihre Mutter war eine Witwe namens Janza, Ihr Vater Alix ist in den Hive-Kriegen umgekommen. Er diente auf dem *Schlachtschiff Zakar*, Sektor 17, bevor Sie geboren wurden. Als sie zwölf waren, haben Sie sich den linken Ringfinger gebrochen und aus diesem Grund haben Sie nur für ihre Partnerin einen Ring gekauft, als Sie sie beansprucht haben, aber nicht für sich selbst." Bella behielt ihre Augen auf das Tablet gerichtet, während sie weiter redete. "Oh, das ist süß. Auf der Erde werden beim Heiraten auch Ringe ausgetauscht. Mal sehen … Ihr Wohnsitz auf Viken United hatte einige Lieferungen mit einer Art Essen, von dem ich noch nie gehört habe. Pornice? Ist das richtig?"

Getuschel machte sich im Gremium breit und ich konnte sehen, wie der Kommandant knallrot im Gesicht wurde. Sie brachte mehr in Erfahrung als notwendig war, während sie ihren Standpunkt untermauerte. Pornice war eine üppige Delikatesse, die aus Prillon Prime importiert wurde. Ein teurer Dickmacher. Nur reiche Snobs ließen sich das Zeug nach Viken liefern. Aber Bella konnte das natürlich nicht wissen und sie jetzt darüber zu belehren würde nur stören.

"Klingt hochinteressant, aber wir wollen noch etwas tiefer graben." Ihre Finger flogen nur so über das Tablet, schneller als ich ihr mit den Augen folgen konnte und ihre Augen huschten nur so und analysierten rasant, was sie da sah. Ich war hin und weg. Ihr Verstand arbeitete schneller, als sonst irgendetwas. Als ihr Mundwinkel sich leicht nach oben zog, machte ich mich auf Schlimmeres gefasst als Pornice. "Wie ich sehe, sind Sie Mitglied eines Clubs namens Trinity in Central City. Seit zwanzig Jahren haben Sie den Master-Rang inne und tragen dafür eine dreiköpfige Schlange an der Innenseite Ihres Handgelenks. Ihr Vorgesetzter hat davon etwas in Ihrer Akte notiert, aber daneben steht, dass diese Angewohnheit sich nicht auf ihre Kampffähigkeit auswirkt? Was auch immer diese 'Angewohnheit' ist?" Sie zuckte die Achseln und ihre Finger huschten weiter über das Tablet. "Ihre Partnerin ist auch in dem Club. Ihr Name ist—"

"Schluss damit!" Es war nicht der Kommandant der aufschrie, sondern Dravon.

Evon war weiß wie eine Wand, sein Gesicht war versteinert und hart wie Granit. Trinity war ein geschlossener Sexclub in der größten Stadt des nördlichen Kontinents. Evons Vater war also ein Dominatrix der allerobersten Stufe mit jahrelangem Training. Ich musste mir ein Grinsen verkneifen. Anscheinend hatte unser Evon die Tendenz ganz natürlich vererbt bekommen.

Nichts von dem, was Bella da sagte, war für die Sicherheit des Planeten von Bedeutung, der Kommandant aber war peinlich berührt. Als Master-Dominatrix würde er an allen möglichen Arten Sexspielchen teilgenommen haben, hoffentlich zusammen mit Evons Mutter, obwohl die Mitglieder dort bekanntermaßen oft die Partner wechselten.

Bella hob schließlich den Blick. "Ich kann noch weiter machen. Verschaffen Sie mir Zugang zu einer voll funktionsfähigen Kommunikationsstation und ich wette mit Ihnen, dass ich die Sicherheitscodes aller Mitglieder der Station hacken kann." Sie neigte den Kopf zur Seite und mir fiel auf, dass sie eher zu sich selbst als zu den anderen im Raum sprach. "Oder sie vertauschen. Sodass keiner weiß, wer wer ist. Ein Austausch dürfte einfacher sein als ein kompletter Hack."

"Wie es aussieht, hat meine Partnerin ihren Standpunkt bewiesen." Liams markige Worte waren schnell gesprochen, um das Gremium und alle Anwesenden von den brisanten Informationen abzulenken, die wir eben über einen von Vikens höchsten Anführern erfahren durften. "Ich bin ziemlich sicher, dass die vertrauliche Personalakte unseres geschätzten Kommandanten nicht ungesichert zugänglich war."

Das Gremiumsmitglied vom Sektor 1 erhob das Wort. "Die Informationen, die Ihre Partnerin mit uns geteilt hat erscheinen mir vertraulich genug, um an der Benutzung ihres Zugangscodes zu zweifeln." Sie blickte die anderen an. "Stimmen Sie zu?"

Drei von ihnen nickten und sie wartete auf Kommandant Tyrells Urteil. Seine Zustimmung war nicht zwingend notwendig, denn sollte er dagegen stimmen, würde er vier zu eins von den anderen, die sich bereits für Liams Freilassung ausgesprochen hatten überstimmt werden.

Er starrte auf Bella, dann zu Evon. Mein Kumpel legte seine Hand auf ihre Schulter.

"Ich bin überzeugt, dass wir diese Angelegenheit weiter untersuchen müssen," sprach er schließlich. "Lassen Sie ihn gehen, aber er darf die Station nicht verlassen."

"Jawohl." Der Wachmann an Liams Seite nahm ihm

die Handschellen ab. Bella machte einen kleinen Freuden-hüpfer, dann sprang sie mir regelrecht in die Arme. Ich war unglaublich stolz auf unsere neue Partnerin und Evon ebenso. Er umarmte sie, hier, vor den Augen seiner Familie. Evons Bruder aber stand verärgert auf, seine Augen waren eiskalt und harte Punkte glitzerten auf seinem erröteten Gesicht.

"Wie kannst du es wagen?" Er kam direkt auf uns zugelaufen. "Wie kannst du es wagen, Bruder?"

Evon wandte sich um und versteckte Bella hinter seinem Rücken, bevor er seinem Bruder die Stirn bot. Auge in Auge waren sie beinahe Spiegelbilder des ande-ren. Dasselbe goldene Haar, selbe Größe und Statur, aber Dravon war fünf Jahre jünger und verwöhnt. Hitzköpfig. Er war nicht vom Krieg gebrandmarkt worden, so wie Evon. So wie ich. Er war, in meinen Augen, noch ein Kind. Ein impulsiver, ungehobelter kleiner Junge, der einen Tritt in den Arsch gebrauchen konnte.

"Vorsicht, Dravon."

"Oder was?" Dravon rempelte Evon gegen die Brust, provozierte seinen älteren Bruder. "Ein paar Stunden deinen Schwanz in der nassen Muschi deiner Partnerin zu vergraben hat dich wohl um den Verstand gebracht? Wir alle wissen, dass Liam schuldig ist. Seine Familie hat den VSS im Blut, schon immer. Ich kann's nicht glauben, dass du dermaßen bescheuert bist ihm zu glauben." Dravon funkelte mich kurz an, dann blickte er zu Bella, dann wieder zu Evon. "Er ist ein Lügner und ein Mörder und ich werde dafür sorgen, dass er dafür bezahlen wird."

Der junge Depp schubste Evon noch einmal, aber ich kannte meinen Kumpel und wusste, dass er seine Familie niemals beschämen würde, wie es Dravon gerade voll-führte. Dem kleinen Scheißkerl mussten mal die Ohren lang gezogen werden, aber Evon würde sich deswegen nicht die Finger schmutzig machen.

Ich allerdings kannte da weniger Zurückhaltung. Und mir gefiel auch nicht, wie er über Bella redete. Sie gehörte mir. Und ihre nasse Muschi? Die gehörte verdammt noch mal ebenfalls mir.

Liam brüllte und wollte mich aufhalten, aber es war zu spät.

Mit einem Aufschrei holte ich aus und verpasste dem vorlauten kleinen Scheißkerl direkt eine auf die Fresse.

Er flog zurück und landete wie ein Sack Kartoffeln auf dem Boden. Hart.

Aber nicht hart genug.

"Rager, bei den Göttern, verdammt nochmal!" Liam brüllte mich wütend an, ich aber sah zu, wie Dravon sich auf dem Boden wälzte und wieder zur Besinnung kam. Der Kommandant befahl den Wachleuten mich niederzustrecken, aber das war mir egal. Nein, ich wollte ihm für den mangelnden Respekt für meinen Kumpel und meine Partnerin noch eine verpassen.

"Bleib bloß unten, du arroganter kleiner Scheiß. Wie kannst du es wagen, so mit Evon zu sprechen?" Ich kläffte den letzten Satz. "Und rede gefälligst nie wieder über meine Partnerin oder ich werde dich dem Erdboden gleichmachen."

Ich ging einen Schritt auf ihn zu, aber ein kleines, zartes Paar Hände fasste mich am Ellbogen und hielt mich zurück.

"Rager! Stopp!" Bellas Stimme ertönte wie ein Gong in meinem Verstand und weckte mich auf. Ich schaute mich um und erblickte vier Wachleute mit Ionenwaffen, die auf meine Brust gerichtet waren.

8

Evon

R̶ager war außer sich. Er war zwar ganz sicher ein Vike, ich musste mich aber fragen, ob er nicht auch etwas von einer Atlanischen Bestie in sich trug. Wenn er verärgert war, dann war er wie von einem inneren Dämon besessen. Der mich beschützen wollte …

Aus dem Augenwinkel sah ich, wie Liam auf ihn zuging, aber Bella, unsere furchtlose Partnerin, hatte Rager bereits am Arm gepackt.

Ich rührte mich nicht, war aber bereit einzugreifen, sollte er sich nicht wieder einkriegen. Bellas Berührung oder vielleicht auch ihre Stimme brachten ihn wieder zu sich selbst. Er türmte sich immer noch über Dravon auf, der auf dem Boden herumlag. Blut lief ihm aus der Nase auf die Oberlippe und mein Bruder hob den Arm, um das Sekret mit dem Ärmel abzuwischen.

"Nehmt ihn fest," brüllte Dravon.

Zwei der vier Wachleute senkten ihre Waffen und traten einen Schritt nach vorne. Ich stellte mich mit erhobener Hand zwischen Rager und unsere Partnerin. "Nein. Du hattest Schlimmeres verdient, Bruder."

Mein Bruder warf mir einen finsteren Blick zu, während Thalia nach vorne trat und ihm nach oben half. Als er mit beiden Füßen auf dem Boden stand, wimmelte er sie ab, als ob ihre Berührung ihn verbrüht hätte. Sie trat einen Schritt zurück, ihr zermürbter Blick fiel auf unseren Bruder und dann auf Rager.

Seit Monaten wusste ich, dass sie ein Auge auf Rager geworfen hatte. Unser Beschluss, der neuen, königlichen Tradition zu folgen und eine Braut miteinander zu teilen hatte ihre Hoffnungen endgültig zunichtegemacht. Aber sie war knallhart, eine wahre Kämpferin, ganz im Gegensatz zu unserem verwöhnten kleinen Bruder. Sie ließ sich nicht von ihren Sehnsüchten leiten, sondern behielt diese für sich. Ich aber kannte sie gut genug und ihr Blick war dabei, sie zu verraten. Zumindest für mich.

Unser Vater, der Kommandant, reckte die Hand aus und es wurde augenblicklich still im Raum. Ich hörte nur mein eigenes Herz schlagen, sowie Dravons angestrengtes Keuchen.

"Nehmt die Waffen runter."

Die Wachen gehorchten und traten zurück. Bella verschränkte die Arme vor der Brust, tippelte mit dem Fuß und schaute mit hochgezogener Augenbraue zu unserem Vater. Die Szene in der unsere tapfere kleine Partnerin es mit einem der mächtigsten Anführer von ganz Viken aufnahm, würde sich für immer in mein Gedächtnis brennen. Unsere wunderbare Bella. Ihr Mut ließ meinen Schwanz hart werden und viele Sekunden lang konnte ich an nichts anderes denken, als sie am Schopf zu packen, sie gegen die Wand zu nageln und mich bis zu den Eiern in ihr zu vergraben, bis die Macht meines Samens ihren Körper bezwingen würde und sie in meinen Armen nur so dahinschmolz. Kapitulierend. Obwohl, sie war leidenschaftlich genug und die Macht des Samens war nicht wirklich nötig. Auch ohne verspürte sie mehr als genug Verlangen für uns. Ich wollte all diese ungebändigte Verstandeskraft, ihr Ungebeugtheit erfahren und ich wollte, dass sie sich mir bedingungslos unterwarf. Sie sollte sich mir *aushändigen*, das kostbarste Geschenk.

Mein Schwanz war hart wie Stahl, pochte wie wild und ich musste feste schlucken, tief durchatmen und meine Augen schließen, um das Bild aus meinem Geiste zu verjagen, während mein Vater weiter sprach.

"Evon, dein Bruder hat recht. Die Chyrons sind mit dem VSS verbandelt, das weißt auch du. Wie kannst du Liam Chyron für unschuldig halten, wenn so eindeutige Indizien vorliegen?" Er blickte zu Bella, war aber noch nicht fertig. "Deine Partnerin möchte zwar das Gegenteil beweisen, aber das ist sicher nur ein Versuch, uns in die Irre zu führen." Uns in die Irre führen? Sie hatte einige seiner intimsten Geheimnisse einem richterlichen Gremium preisgegeben. Ich versuchte angesichts der diplomatischen Bemühungen meines Vaters nicht die Augen zu verdrehen. "Das Gremium hat eingewilligt, dir einen Versuch zu gewähren, Bella von der Erde."

Er betonte das Wort "Versuch", als ob er ohne Zweifel wüsste, dass Liam schuldig war.

Bella nickte, ihr Kinn war geradeaus und ihr Blick unerschrocken. Die meisten würden meinem Vater gegenüber feige den Kopf einziehen. Aber nicht sie. "Morgen."

"Morgen," der Kommandant willigte ein, dann blickte er zu mir. "Morgen wirst du dich entscheiden müssen, Sohn. Sollte deine Partnerin seine Unschuld nicht beweisen können, wird Liam für schuldig erklärt werden. Und er wird hingerichtet."

"Nein." Ich weigerte mich zu glauben, dass Liam der Täter war. Er war es nicht, das *wusste* ich. Ich hatte keinen Beweis, aber den brauchte ich nicht. Ich kannte Liam.

"Er ist ein Verräter." Dravon wischte sich erneut das Blut aus dem Gesicht und verschmierte die rote Flüssigkeit kreuz und quer über seine Wange und auf einmal wünschte ich mir, dass Rager ihn härter verprügelt hätte. Dass er ihn k.o. geschlagen hätte. Dieser sture kleine Dummkopf. "Evon, wenn du dich auf seine Seite stellst, wenn du einen Verräter unterstützt, dann bist du nicht länger mein Bruder."

Thalia schnappte nach Luft, mein Vater aber schwieg und mit einem komischen Gefühl im Magen wurde mir klar, dass er genauso dachte. Ich konnte es in seinen Augen sehen. Er erwartete, dass ich meiner Partnerin und meinen Waffenbrüdern den Rücken kehrte. Für sie. Für eine gekünstelte Form des Patriotismus. Für eine Uneinsichtigkeit, die unsere Familie letztendlich spalten würde.

Liam und Rager schauten zu mir. Ragers Blick versprühte Zorn und Unglauben. Er hatte nie wirklich verstanden, was es bedeutete, Teil meiner Familie zu sein, die Ehre und die ganzen Erwartungen. Aber Liam wusste es. Allzu gut, denn er hatte seinem Vater die Stirn geboten und war verstoßen worden. Viele Jahre war er allein seinen Weg gegangen und erst jetzt verstand ich, welch hohen Preis er tatsächlich gezahlt hatte. Das abgrundtiefe Gefühl des Verlusts. Er trauerte um etwas, das noch lebendig war.

Liam schüttelte fast unmerklich den Kopf. Und das war das einzige Signal, das ich brauchte. Selbst jetzt wollte Liam mich in Schutz nehmen, unsere neue Familie beschützen. Er erwartete, dass ich mich wie sein eigener Vater, wie seine Geschwister, wie selbst seine Mutter von ihm abwenden würde. Er wollte, dass Rager und ich Bella für uns behielten, dass wir sie für uns beanspruchten. Dass ich meiner Familie treu blieb.

Nicht heute. Auf keinen verfickten Fall.

"Liam ist unschuldig," sprach ich und blickte meinem Bruder in die Augen. "Darauf verwette ich mein Leben. Er würde uns nie hintergehen." Ich trat näher an meinen Bruder heran, der klugerweise zurückwich. Nie hatte er mich dermaßen wütend gesehen, der Zorn war wie Eis in meinen Adern. "Solltest du noch einmal meine Familie beschimpfen, Dravon, dann wirst du derjenige sein, der nicht mehr mein Fleisch und Blut sein wird."

"Genug!" Mein Vater kläffte und als ich mich umwandte, flackerten seine Augen mit Zorn und Frustration. "Die Wahrheit wird schon bald ans Licht kommen." Er blickte zu Bella. "Morgen. Euch bleibt bis morgen."

"Bestens." Bella fasste Ragers Hand, schaute aber zwischen mir und Liam hin und her. "Können wir jetzt gehen?"

"Ja." Dankbar legte ich Thalia meine Hand auf die Schulter und unsere Blicke trafen sich, das familiäre Blau ihrer Augen ein stürmisches Gefühlsgemisch, das unmöglich zu deuten war. "Danke dir, Schwesterlein."

Als sie nichts darauf entgegnete und nur zwischen den drei Männern ihrer offensichtlich zerrissenen Familie hin und her blickte, machte ich Liam ein Zeichen. "Lass uns gehen, Liam. Wir müssen unserer Partnerin helfen, damit sie deine Unschuld beweisen kann."

Ich war mir nicht mehr sicher, auf welcher Seite Thalia stand. Ich würde ihr keine Fragen stellen. Es war unbedeutend. Liams Unschuld zu beweisen war jetzt wichtiger. Ich wusste, dass ich für den Moment nicht mehr auf meine Familie zählen konnte. Ob auch sie mich als Schande ansehen würde, das würde sich noch zeigen.

Rager führte Bella nach draußen und Liam folgte ihnen. Ich bemerkte ihren leichten Hüftschwung unter ihren beigefarbenen Hosen, das enge Shirt. Sie war zwar klein wie eine Erdenfrau, wirkte aber jetzt durch und durch Viken. Mit unserem Samen in ihrem Bauch und der Vikentracht, die ihre üppigen Kurven umspielte war sie nun mehr denn je eine von uns. Ich wollte sie berühren, sie spüren, ihren Duft einsaugen, um mich daran zu erinnern. Sie gehörte uns. Ich blieb auf Abstand, so weit weg wie möglich, denn zu sehr fürchtete ich, dass ich schwach werden und sie hier mitten im Flur nehmen würde. Nie zuvor wollte ich dermaßen verzweifelt eine Frau erobern und ihre Seele markieren

als in der Gegenwart unserer mutigen kleinen Erdenfrau. Und ganz besonders jetzt, wo das Justizgremium
wegen Bellas fehlenden Respekts auch noch mit einer
Strafe drohte.

Schweigend kehrten wir in unsere Suite zurück, als
aber diesmal die Tür hinter uns zu ging verschloss ich sie
mit meinem persönlichen Sicherheitscode, dem Code
eines ranghohen IQC-Offiziers. Außer mir, Rager und
Liam konnte nur einer der Könige persönlich das Schloss
öffnen.

Liam blickte auf mich, Bella und Rager standen
hinter ihm aufgereiht, als ich mich wieder von der Tür
abwandte.

"Evon," sprach er, dann seufzte er. "Das hättest du
nicht tun sollen."

"Nein. Das hätte ich schon viel früher tun sollen." Als
er widersprechen wollte, streckte ich die Hand aus, und
zwar in einer Geste, die der meines Vaters vor ein paar
Minuten wohl verdammt ähnelte. "Du kannst mich nicht
umstimmen."

Das brachte ihn vorerst zum Schweigen. Sein Mund
öffnete sich, als wolle er protestieren, meine Handbewegung erstickte seine Argumente jedoch im Keim.

"Das hier ist meine Familie. Bella gehört uns.
Niemand wird uns trennen. Niemand." Bella rührte sich
nicht, ihre Hand lag in Ragers, aber sie riss die Augen
auf, als ich einen Schritt auf sie zu machte. Sie hatte keine
Ahnung, was ich eben getan hatte, worüber Liam und ich
gerade diskutierten. "Bella, du warst beeindruckend. So
stolz. So stark. Eine ebenbürtige Frau."

Ihre Wangen erröteten und ich wusste, dass Rager
voller Bekräftigung ihre Hand drückte, aber ich verspürte
seltsames Gefühl. Die Bedrohung meiner neuen Familie
ließ mich erkennen, wie dringend ich sie beschützen
musste. Und diese mächtige neue Erkenntnis war es, was
mich jetzt antrieb, was mich dazu brachte, mich als der
Dominate hier im Raum zu behaupten. Das hier war

meine Familie, meine Partnerin. Ich würde sie beschützen, sie verwöhnen, sie gehörte … mir.

"Zieh dich aus, Bella."

Sie schüttelte entschlossen den Kopf. "Ich brauche einen Computer. Etwas, womit ich euren Code lernen kann. Dieses NPU-Teil ist fantastisch." Sie tippte sich mit den Fingern an die Schläfe. "Es hat mir geholfen in null-Komma-nichts dieses Tablet zu entziffern, Gott sei Dank, aber ich brauche mehr Zeit, um das Kommunikationssystem des Militärs zu knacken."

In Gedanken war sie nicht da, wo ich sie haben wollte.

"Zieh. Dich. Aus."

"Evon. Aber was ist mit—"

"Nachdem wir dich gefickt haben, Liebes. Nachdem du geschrien hast. Nachdem du genau verstanden hast, zu wem du gehörst."

Ihr Mund stand offen. "Aber das weiß ich doch. Ich brauche einen Computer. Ich will—"

"Nein." Ich war es nicht gewohnt, Widerworte zu hören.

Rager ließ schmunzelnd ihre Hand los, dann trat er zurück, um ihre köstlichen Kurven zu bewundern. Es mangelte ihm nicht an Geduld und weil mir diese Tugend offensichtlich fehlte, amüsierte er sich umso mehr.

"Bei den Göttern, Evon. Jetzt?" Insgeheim verschmähte ich Liams Tonfall. Als ob er Bella *nicht* haben wollte. Er zuckte mit den Achseln, aus der Peripherie erkannte ich, wie seine Schultern sich hoben und senkten. Er war gedanklich auch nicht bei der Sache. Wir würden schon noch herausfinden, was zum Teufel los war. Später. Jetzt mussten wir uns erst mal als Familie zusammenfinden, und zwar mit Bella. Wegen Bella.

Sie war diejenige, die uns zusammenbrachte, uns vereinte.

"Schön." Ich sah, wie Liams Schwanz unter seiner Hose anschwoll, wusste, dass er den Anschuldigungen gegen ihn nicht einfach nachgeben würde. Er musste sich nur auf das konzentrieren, was jetzt wichtig war. "Aber sie haben mich hier rausgezerrt, mich nackt und mit herumbaumelnden Eiern den Gang runtergeschliffen. Ich muss mich erst waschen."

Er verschwand im Badezimmer und würde bald wieder zurück sein.

Oder … nicht. Das Bild einer nackten Bella, die mit Badeöl und Schaum bedeckt war, huschte mir durch den Verstand.

Harte Nippel. Weiche Muschi. Runder Arsch. Überall nass.

Mit einem Knurren stürzte ich mich auf sie, hob ich sie über meine Schulter und folgte Liam ins Badezimmer. Die Dusche war bereits aufgedreht und das Wasser rann bereits über Liams nackten Leib.

Rager folgte uns sehr viel gemächlicher. Er war wieder ganz der Alte und angesichts des Vergnügens, das uns erwartete, war er mehr als gelassen. Er begnügte sich mit was auch immer mir einfiel. Er war nicht wählerisch oder fordernd, so wie ich.

Liam wandte sich um, das Wasser prasselte ihm über den Körper und sein Schwanz war bereits hart. Rager stand bei der Tür und begann sich auszuziehen, er zog sich seine Uniform über den Kopf, während ich Bella wieder zu Boden ließ.

Sie blickte zu mir auf, ihre Atmung war schnell, ihre Augen dunkel vor Lust. Ja, jetzt war sie in der richtigen Stimmung. "Evon."

Mein Name. Sonst nichts. Kein Streit oder Widerstand. Sie versteckte sich nicht vor mir, sondern blickte mir billigend in die Augen. Sie lieferte sich mir aus.

Unterwarf sich.

Mit einem Stöhnen legte ich beide Hände an ihr Gesicht und gab ihr einen Kuss, mein unersättlicher Appetit wollte sie schmecken, sie erobern. Mit der Zunge erkundete ich ihr Aroma.

Als sie sich schwach und völlig willenlos an mich klammerte—und das nur von einem Kuss—blickte ich auf und grinste. "Ich hab' dich gewarnt, Liebes."

Zwischen ihren Augenbrauen formte sich eine kleine Kerbe. "Was?" Ihre Frage klang beinahe verschlafen.

Ich packte den Kragen ihrer beigefarbenen Tunik und riss das beleidigende Stück Stoff in zwei Teile, entblößte ihre schweren Brüste, die delikaten Rundungen ihrer Schultern, die lange, feminine Linie ihres Rückens. Ihre Hosen waren als Nächstes dran, die Fetzen landeten in einem Haufen auf dem Boden. Nackt stand sie nun da, bis auf ein weiches, pelzbesäumtes Paar Stiefel.

Ihre Atmung ging stoßweise, ihre Arme hingen schlaff nach unten. Ja, sie war die Richtige für uns. Ihren Körper versteckte sie nicht, sondern zeigte ihn uns stolz und stark und war sich dabei ihrer Wirkung auf uns bewusst.

"Götter." Liam starrte wie gebannt auf ihren runden Arsch, während er seinen Schwanz rieb.

Ich rückte mich in meiner Hose zurecht. Wenn ich mich auszog, dann würde das hier allzu schnell vorbei sein. Sie war *dermaßen* verlockend, verführerisch, perfekt. Ich mochte zwar der Dominante hier sein, aber sie hatte die ganze verfickte Macht.

"Du willst diesen Arsch, Bruder?" Ich ging vor ihr auf die Knie und nahm ihre Hände in meine, dann zog ich sie vorwärts, sodass sie sich auf Hüfthöhe nach vorne beugte und ihr Arsch offen und bloß auf Liam gerichtet war. "Du kannst ihn aber nicht haben. Noch nicht."

Knurrend trat Liam aus der Dusche, er schob den Vorhang beiseite und ging hinter ihr in Position. Sein Körper war klatschnass, sein Schwanz war aufgerichtet und zielte genau in ihre Richtung. Er wollte ficken, egal ob Muschi oder Arsch. Er stieß mit zwei Fingern in ihre Muschi. Ich beobachtete Bellas Gesichtsausdruck, die Art, wie sie wegen Liams plötzlichem Eindringen die Augen aufriss, wie sie sich der Sache hingab und zu genießen schien, was er da mit seinen Fingern veranstaltete.

"Nein, aber ich kann das hier haben," knurrte er. "Ihre Muschi ist so verdammt süß." Bella zitterte, als er langsam mit den Fingern ein und aus glitt, das feuchte, schmatzende Fickgeräusch ließ meinen Schwanz zucken und er grinste nur. Ihre Brüste wackelten und sie schwang gemächlich ihre Hüften vor und zurück. "Sie ist ganz feucht. So verdammt heiß auf uns."

Bella stöhnte und ich legte ihre Hände auf meinen Bizeps, damit sie sich besser festhalten konnte und ihre Wange legte ich an meine Schulter, damit sie zu Rager hinüberblicken konnte, während Liam sie gekonnt bearbeitete. Ich konnte nicht länger widerstehen und begann, an ihren Brüsten herumzuspielen, ihre harten Nippel, die steil nach unten hingen, waren eine Verlockung, die ich nicht abweisen konnte.

Eine blieb auf ihren Brüsten und mit der anderen packte ich ihre Haarpracht, ich zog sie leicht zur Seite, damit nur ihr Hinterkopf auf meiner Schulter ruhte, damit ihr nichts anderes übrig blieb, als Rager anzuschauen. "Fick ihren Mund Rager. Du willst seinen Schwanz, oder Liebes?"

"Sie wird noch feuchter. Verdammt, sie ist klitschnass."

Sie versuchte zu nicken, als Liam ihre Bereitschaft für unser derbes Herumgespiele bestätigte. Ich ließ sie los und drehte ihren Kopf, damit sie mir in die Augen sah. Sie war nahe, so nahe und ich konnte die goldenen Tupfen in ihren Augen sehen. Die Lust. Das Verlangen.

"Füll sie aus, während Liam ihre Muschi nimmt."

Rager war jetzt nackt, er schnappte sich ein Handtuch und machte es nass, dann wickelte er es um seinen aufgestellten Schwanz und wischte ihn ab, damit unsere Partnerin auch einen angenehmen Geschmack vorfinden würde. Ich fasste mir derweil zwischen die Beine, steckte meine Hand in meine Hose und sammelte mit den Fingerspitzen einige Tropfen Vorsaft von meiner Eichel.

"Das ist nicht nötig, ich will euch alle drei."

Ich hielt meine Finger hoch und wir beide starrten auf die glitzernde Flüssigkeit.

"Wir werden nicht sachte rangehen," erklärte ich ihr, damit sie auch wusste, wie es dieses Mal laufen würde.

"Ich weiß," entgegnete sie, und die Art, mit der sie uns ansah, triebhaft und bedürftig, ließ einen weiteren Tropfen aus mir heraussickern.

Rager nahm seinen rechtmäßigen Platz an meiner Seite ein, Schwanz in der Hand, kurz außer Reichweite von Bellas drallen Lippen. Sie musste nur den Kopf wenden.

"Wir nehmen sie zusammen."

Eine Hand verdrehte ihren Nippel, die andere glitt über ihr Abdomen nach unten zu ihrem Kitzler und bedeckte sie mit meinem Vorsaft. Sie brauchte keinen Vorsaft. Nein. Sie war dermaßen heiß und bereit für uns. Aber wir würden nicht zaghaft vorgehen. Als ihr Gebieter war es meine Aufgabe, für ihre Sicherheit, ihren Komfort zu sorgen. Ihre Zufriedenheit. Ihr Vergnügen. Ich würde ihr kein winziges Bisschen davon vorenthalten.

Liam ging hinter ihr in Stellung und glitt mit seinem Schwanz an ihren Falten rauf und runter und blickte mir dabei ins Auge.

Ich nickte beiden zu, als Bella sich die Lippe biss und ihr Stöhnen verhüllte, als die Macht des Samens sie über-wältigte.

"Jetzt."

9

Bella

$\mathcal{E}$ine Woge des Verlangens riss mich fort. Auch ohne die verfluchte Macht des Samens war ich hin und weg, war ich unbeschreiblich scharf auf meine Partner. Die Art, wie sie im Gerichtssaal—oder wie auch immer man das auf Viken nannte—füreinander einstanden, erfüllte mich mit Stolz. Es törnte mich an. Sie waren dermaßen maskulin, viril und potent, am liebsten wollte ich jeden einzeln bespringen. Nein, erst mal sollten sie mich bespringen. Nur allzu gerne ließ ich mich von Evon herumkommandieren, weil, verdammt … es gefiel mir einfach. Gerne wollte ich meinen Verstand ausschalten und mich meinen Gefühlen hingeben.

Ich liebte es, wie sie vor Verlangen fast die Beherrschung verloren, sich nicht mehr zurückhalten konnten. Diese Suite war mein eigenes Königreich und alles hier gehörte mir. Sie gehörten mir. Sie waren mir ergeben. Wie von mir besessen.

Und die Macht des Samens? Zum dahinschmelzen. Es war die heimtückischste aller Drogen und ich war absolut süchtig danach. Es würde kein Erbarmen geben, nicht mit diesen drei. Und ich wollte gar keine Gnade.

Evon hatte meinen Kitzler mit seinem Saft eingeschmiert, er war dick geschwollen und pulsierte wie wild. Ich stöhnte und klammerte mich an seinen Oberarmen fest. Meine inneren Wände zogen sich zusammen, wollten gefüllt werden. Wir hatten erst vor ein paar Stunden gefickt, aber ich wollte mehr. Ich wollte, dass dieses Gefühl nie mehr aufhören würde, zumindest nicht bis meine Männer mich mit ihren dicken, harten Schwänzen ausfüllen und mit ihrem Samen vollpumpen würden.

Ich wollte jeden dickflüssigen Guss davon in mich aufnehmen. Ich warf einen Blick auf Ragers Schwanz, er war kurz vor meinem Mund und sein Vorsaft glitzerte auf der Spitze, sodass mir das Wasser im Munde zusammenlief.

Himmel, was war nur mit mir los? Ich war dermaßen versaut. Mein sexueller Appetit war schon so abnormal, aber nie hatte mich danach verzehrt, den Samen eines Mannes zu verschlingen. Ich wurde belagert und überwältigt und liebte es einfach. Ich wollte ihnen geben, was immer sie wollten. Ich musste alles geben, sie in den Wahnsinn treiben, sie brechen.

Ich schob mich zurück und spannte meine Muschi an, damit Liams Finger die Einladung nicht entgehen konnte. "Ich will dich, Liam. Tu es."

"Nein." Liams Stimme schnitt durch den Dunst meines Verlangens.

Ich blickte auf und sah, wie Evon ihn anfunkelte. Seine Augen waren so blass, so klar, sein Kiefer so kantig. Stolz. Küssbar. Ich wollte seinen Mund. Seine Zunge. Ich wollte meine Finger in seinem Haar vergraben und ihn verschlingen, während Liam mich von hinten ausfüllte. Gott, es war dermaßen falsch, aber ich wollte den einen Mann küssen und einen anderen ficken.

"Ich will deinen Arsch, Liebes." Liams mächtige Hand glitt über meinen Hintern, sein Daumen fuhr in meine Ritze und strich über meinen jungfräulichen Hintereingang, nach dem er sich so sehr sehnte.

"Ja," stöhnte ich. Ich hatte keine Ahnung, wie hochempfindlich diese Stelle war, dass es dermaßen ... kribbelte, wenn man dort berührt wurde. Und er hatte nichts anderes getan, als über die zarte Haut dort zu kreisen.

"Nein," sprach Evon. "Sie ist noch nicht bereit. Die Macht des Samens würde ihr jegliches Schmerzempfinden nehmen."

Liam ließ weiter seinen Daumen kreisen, er drückte ein bisschen fester und überredete meinen strammen Ringmuskel dazu, sich ihm zu öffnen. "Glaubst du ich würde sie unvorbereitet nehmen?"

Ich blickte zu Evon, aber Rager zog meine Aufmerksamkeit auf sich. Er lief zum Tisch und schnappte sich eine kleine Flasche. Das Gleitmittel von vorher. Mit einem Augenzwinkern warf er Liam das Gleitgel zu. Der musste die Flasche aufgefangen haben, denn ich hörte, wie er den Deckel öffnete und danach floss das kühle Gel auch schon über mein Poloch. Liams Daumen fing die Flüssigkeit auf und arbeitete sie immer tiefer in mich hinein, dabei übte er mehr und mehr Druck aus, bis ich mich plötzlich wie eine Blume für ihn zu öffnen schien.

Ich stöhnte durch die heiße Dehnung hindurch, das leichte Brennen. "Mehr," hauchte ich und blickte zu Evon auf, während ich mir auf die Lippe biss. Ich spürte Liams Daumen. Er fühlte sich riesengroß an, als er das Gleitmittel in mich hineinmassierte, riesig und fremdartig und doch so richtig. Ich stellte mir vor, wie es sich anfühlen würde, wenn sowohl meine Muschi als auch mein Arsch mit einem harten Schwanz bestückt sein würde. Ich stellte mir die Dehnung vor, den leichten Schmerz, das überwältigende Gefühl genommen, aufgespießt und gefickt zu werden.

Sobald sie mich ausfüllen würden, würde ich mir den dritten schnappen und ihn runterschlucken. Ich würde alle drei Partner auf einmal beherrschen. Sie in Besitz nehmen, so wie sie mich in Besitz nahmen. Es würde sich so gut anfühlen, so heiß und feucht und eng. Ich würde sie verführen und sie zucken und brüllen lassen, sie in den Wahnsinn treiben.

Wie eine Sexgöttin würden sie mich anbeten.

"Sie hat drei Männer. Sie braucht mehr als Liams Daumen." Ragers Stimme klang entspannt, aber ich konnte einen Anflug von Herrschsucht heraushören. "Geh zur Seite, du dominanter Mistkerl."

Evon machte zuerst große Augen, dann aber platzierte er sich so, dass er mich mit einer Hand an meiner Schulter weiter stützte.

"Mal sehen, wie oft du kommen kannst während ich dir die Muschi auslecke und Liam deinen Arsch vorbereitet." Rager zwinkerte mir zu, dann legte er sich auf den Rücken. Er rutschte vorwärts, bis sein Kopf zwischen meinen Knien lag. Seine Hände packten meine gespreizten Schenkel, dann zog er mich nach unten, damit ich mich … oh Scheiße.

Genau. Auf. Sein. Gesicht. Setzte. Punkt.

"Oh Scheiße." Diesmal sprach ich es laut aus und konnte Ragers Grinsen an meiner Muschi spüren.

"Wenn du sie ausleckst wird es die ganze Nacht dauern," protestierte Evon.

Rager knurrte billigend, dann saugte er meinen Kitzler in seinen Mund, feste. Ich winselte nur und gab allen Widerstand auf. Stattdessen hob ich den Hintern hoch und rieb ihn über sein Gesicht, wie ein böses, böses Mädchen. Ich wollte mehr. Ragers Hände packten meine Schenkel und zogen mich fester nach unten während seine Zunge tief in mich hineinstieß, dann wieder herausflutschte und mich ausleckte. Meinen Kitzler rieb. Mich fickte.

"Jetzt stell dich nicht so an," entgegnete Liam darauf. Er massierte immer mehr Gleitgel in mich hinein, seine Handfläche drückte meinen Hintern, während er den Daumen in mein straffes Poloch einarbeitete. Für seine

Größe ging er sehr behutsam vor, wenn das ein angemessenes Adjektiv für einen Daumenfick in den Arsch war. Er konnte es gut, kannte meinen Körper besser als ich selbst.

Rager genauso, denn ich war kurz vorm Kommen.

"Nimm ihren Mund," sprach Liam. Er war jetzt der Autoritäre. "Bella, du willst doch Evons Schwanz lutschen, oder? Ich glaube, er fühlt sich etwas vernachlässigt. Schluck ihn runter, damit er die Klappe hält und wir dich ficken können."

Evons Brust entwich ein männliches Grölen und er wechselte die Stellung. Er stieg über Ragers Beine, sodass er mit schwankendem Schwanz vor mir stand. Eine Hand behielt er auf meiner Schulter und nahm mir so etwas von meinem Gewicht ab, als meine Arme immer zittriger wurden. Mit einer Hand ging ich an seinen muskulösen Schenkel, mit der anderen packte ich seinen Schaft. Meine Finger schlossen nicht einmal um ihn herum.

Vorher, bevor wir unterbrochen wurden, war ich dabei meinen drei Männern die Schwänze zu lutschen. Damals dachte ich, das die Macht ihres Samens nie und nimmer gebrochen werden könnte, aber die Wachleute hatten es doch fertiggebracht und mir die Stimmung vermiest. Diesmal würde nichts dazwischenkommen.

Diesmal würde uns nichts davon abhalten, dass wir uns gegenseitig in Besitz nahmen. Nichts würde mich davon abhalten Evons dicken Schwanz in den Mund zu nehmen und ihn zu lutschen, bis er sich nicht mehr halten konnte, bis er seinen heißen Samen auf meine Zunge spritzen würde. Sobald er meinen Mund auskleiden würde, würde ich kommen. Also packte ich ihn, damit ich meinen Mund auflegen konnte, mit der Zunge seine dicke Eichel schnippen und lecken konnte.

Ein Geräusch entwich meiner Kehle. Ich war nicht sicher, ob es wegen Liam war, der seinen Daumen mit zwei Fingern ausgetauscht hatte und mich noch weiter dehnte, oder ob es Ragers Zunge war, die fachmännisch meinen Kitzler umkreiste, oder weil ich einen heißen Schwall von Evons Vorsaft gekostet hatte.

"Ist sie bereit?" wollte Evon wissen.

Liams Finger grätschten und schlüpften, sie fickten meinen Arsch genau so, wie schon bald sein Schwanz es tun würde. "Bella, Liebes." Ein lauter Klatscher erfüllte den Raum und eine Sekunde später spürte ich das heiße Brennen seiner Hand auf meiner rechten Arschbacke. "Er ist immer noch am Quatschen."

Der Hieb kam überraschend, er warf mich nach vorne, sodass Evons Schwanz tief in meine Kehle rutschte. Ich schluckte. Er stöhnte.

"Eben hat sie mein ganzes Gesicht bekleckert," kommentierte Rager und sein heißer Atem pustete über meine Muschi. "Sie mag es, wenn man ihr den Arsch versohlt. Nochmal."

Liam versohlte mich wieder und führte einen weiteren Finger in mein Poloch ein.

Ich wollte Evon außer sich bringen, ihn vor Lust wie benebelt machen, so wie ich mich fühlte. Mit der Hand umfasste ich seine Eier und meine Finger strichen über die zarte Haut an deren Rückseite.

"Bei den Göttern," er knurrte und seine Hüften buckelten und schoben seinen Schwanz tiefer meine Kehle hinunter. Ich atmete durch die Nase und er begann, sanft meinen Mund zu ficken, dann zog er zurück, damit ich einmal tief Luft holen konnte, bevor er wieder in mich hineinstieß.

Genau wie sie alle meine Gefahrenzonen erkundeten, war ich dabei zu entdecken, dass Evon es liebte, wenn an seinem Damm herumgespielt wurde. Also machte ich weiter und ich spürte, wie seine Eier sich nach oben zogen, seine Hüften immer unkontrollierter buckelten. Rager schnippte meinen Kitzler genau wie ich es brauchte und mit einem lauten Stöhnen musste ich kommen. Die Vibrationen mussten Evon wohl den Rest gegeben haben, denn er stöhnte ebenfalls, schwoll an und überschwemmte regelrecht meinen Mund.

Ich schluckte, wieder und wieder und nahm seinen reichlichen Samen in mir auf. Er ergoss sich in meinen Mund und ich machte mich bereit die Macht seines Samens zu spüren. Innerhalb von Sekunden streckte sie mich nieder wie ein lodernder Flammenwerfer. Erneut musste ich kommen und die Spasmen um Liams Finger herum zogen den Orgasmus in endloses Längen, während Rager an meinem Kitzler nuckelte. Ich konnte nicht mehr denken. Ich war ein Tier, mein Körper übernahm die Führung, während meine Partner mich konstant zur Schwelle brachten.

Ich hörte Evons stoßweisen Atem, als ich mich langsam wieder beruhigte. Rager küsste sanft meine Muschi und Liams Finger setzten ihre gnadenlose Vorbereitung fort.

Evon atmete tief aus und zog aus meinem Mund raus. Er fasste mein Kinn, damit ich zu ihm aufblickte und sein Daumen wischte einen Tropfen Sperma von meinem Mundwinkel und ich leckte ihn ab.

Das hätte reichen sollen. Zwei Orgasmen kurz nacheinander, aber ich wollte mehr. Ich war schließlich noch nicht gefickt worden und ich wollte sie in mir haben, ich brauchte die Verbindung. Es war wunderbar, stark, aber nicht genug. "Bitte."

Diesmal war es keine Forderung. Ich bettelte und versteckte meine Bedürftigkeit nicht vor Evon. Seine Augen waren noch ganz glasig, aber ich erkannte dort noch etwas anderes, eine Milde, die ich nie an ihm gesehen hatte. "Soll Liam deinen Arsch füllen?"

"Ich brauche …" Ich wusste nicht, wie ich es ausdrücken sollte. Es ging jetzt nicht um einen weiteren Orgasmus. Es ging um mehr. So viel mehr.

"Sie ist soweit," sagte Liam.

Rager verpasste meinem Kitzler einen letzten Kuss, dann kam er zwischen meinen Beinen hervorgerutscht.

Evon trat beiseite, damit er auf die Knie gehen konnte. "Ich möchte nicht, dass du sie in den Arsch fickst, wenn ich da unten bin. Ich will nicht, dass deine Eier gegen meinen Kopf baumeln."

Obwohl er das ernst meinte, war Ragers Ton verspielt und ich konnte Liam lachen hören, als seine Finger aus mir herausflutschten.

"Sie hat ein Bett verdient, wenn sie dir ihre Jungfräulichkeit schenkt," befahl Evon.

Rager schaufelte mich daraufhin in seine Arme und trug mich ins andere Zimmer. Evon eilte voraus und schnappte sich zwei Kopfkissen, die er an der Bettkante zu einem Stapel häufte. Rager stellte mich wieder auf meine Füße, beugte sich nach unten und küsste mich. Dann blickte er mir in die Augen. "Bereit?"

Ich schätzte seine Sorge um mich, sein Nachhaken, bevor ich etwas Durchgeknalltes tun würde, wie Liams enormen Schwanz in meinen Po zu nehmen. Zu meiner Rechten konnte ich sehen, wie Liam sich mit Gleitgel einschmierte und seinen Schwanz einkleisterte bis er glänzte.

Ja, ein kurzes Nachfragen war das schon wert. Ich blickte erneut in Ragers bernsteinfarbene Augen und legte die Hände an seinen bronzefarbenen Schopf. Dann zog ich ihn nach unten und küsste ihn noch einmal, ich bettelte, damit er mich mit seinem Mund fickte. Er presste mich an seine Brust und nahm sich, was er haben wollte. Seine Zunge stieß tief in mich hinein, er kostete meinen Mund, wie er meine Muschi gekostet hatte. Der Mix der Aromen schien exotisch und verboten.

Ich war so versaut, meine Eltern würden sich sicher im Grabe umdrehen und das war mir egal. Ich zog meine Lippen von seinen und blickte zu Liam, der uns mit dem Schwanz in der Hand zusah und auf meinen halb geöffneten Mund starrte. "Ich bin bereit."

Liam kam näher, nahm mein Kinn aus Ragers Händen und küsste mich genau so, wie Rager es eben hatte, hart, fordernd, als ob er nie genug bekommen würde. Als er fertig war, legte er eine Hand auf meinen Hintern und begann, mein leeres, immer noch gut eingeschmiertes und sehnsüchtiges Poloch zu streicheln. "Ganz richtig. Du bist soweit und du wirst es lieben. Weißt du, warum ich mir da so sicher bin?"

Ich schüttelte den Kopf.

"Weil du mein perfektes Match bist."

Rager half mir dabei, mich über dem Kissen nach vorne zu beugen, er hob mich sogar nach oben, damit ich übers Bett gebeugt war. Mit den beiden Kopfkissen unter meinen Hüften konnten meine Füße nicht mal mehr den Boden berühren, so hoch war das Bett. Es war für riesige Viken gedacht, nicht für zierliche Erdenfrauen, die in den Arsch gefickt wurden.

Die Kissen waren weich, das Zimmer angenehm warm. Meine Haut war empfindlich, ich hatte den Nachgeschmack von Evons Samen im Mund und die Macht des Samens wütete weiter in meinen Adern.

Rager setzte sich zu meiner Rechten aufs Bett und Evon zu meiner Linken. Jeder nahm eine meiner Pobacken in die Hand und sie öffneten mich für Liam, sie hielten die weichen Hügel meines Hinterns weit auseinandergespreizt, sodass die Dehnung mich nach Luft schnappen ließ noch bevor Liam überhaupt an mich herangetreten war. Wäre ich nicht so verdammt geil gewesen, hätte ich mich wohl geschämt. Alle drei meiner Partner hatten beste Aussicht auf meine willige Muschi und meinen präparierten Hintereingang.

Diese drei hier zu ficken war ganz und gar nicht sittsam. Es war nicht prüde. Es war heiß und sinnlich, schlüpfrig und versaut. Richtiges Ficken eben.

Und ich wollte mehr davon. Liam sollte sich nehmen was er wollte, sollte mir genau das geben, was ich brauchte. Er lag richtig. Ich würde es lieben, denn wir waren füreinander auserwählt worden. Ich atmete tief durch und ließ alles raus. Auf die Ellenbogen gestützt blickte ich über meine Schulter, ich sah Liam, Schwanz in der Hand, wie er mich anstarrte. Wie er wartete.

"Ich will euch alle drei." Ich war nicht mehr zu retten. Ich wollte einen harten Schwanz in meiner Muschi. Ich wollte Rager einen blasen, während Evon mich fickte und Liam mich von hinten füllte. Ich wollte diese Männer *besitzen*, so wie sie mich vereinnahmt hatten. Total. Restlos.

Evon schlug mich auf den Arsch und ich musste mich winden. "Bald, Liebes. Du bist erst seit einem Tag hier. Dir bleiben dreißig Tage, um das Match zu akzeptieren. Wenn wir dich gemeinsam ausfüllen, wird die offizielle Beanspruchung vollzogen sein. Es wird dann kein Zurück geben. Keine zweite Chance."

"Danach kannst du es dir nicht mehr anders überlegen," fügte Rager hinzu.

Evon beugte sich vor und flüstere mir ins Ohr. "Du machst uns ganz wild, Bella. Aber wir werden dich nicht überstürzt nehmen. Nein. Sobald wir dich beanspruchen, ist es für immer."

Ich leckte mir die Lippen, dann nickte ich. Ich verstand. Ich schätzte sogar ihre Rücksichtnahme. Aber ich war weiterhin notgeil und leer. "Liam." Sein Name auf meinen Lippen war nichts Geringeres als eine Forderung.

Er trat an mich heran, legte seinen Schwanz an mein letztes jungfräuliches Loch und presste vorsichtig hinein. Ich spürte einen Finger, wie er seine Eichel umkreiste und meine Haut presste und dehnte um den Weg zu ebnen.

Ein Paar Hände glitten meinen verschwitzten Rücken auf und ab, trösteten mich. Rager beugte sich nach unten und stützte sich auf einem Ellbogen ab, damit ich ihm ins Gesicht sehen konnte. Sein Blick wanderte meinen Rücken entlang, er beobachtete Liam und sein goldener Blick verdunkelte sich vor Lust.

"So verfickt heiß, Bella. Lass ihn rein. Öffne dich, damit er dich ficken kann. Ich möchte es sehen."

Sein Ton war nicht befehlend wie Evons. Er klang verheißungsvoll und versicherte mir, dass ich Liams Eindringen einfach nur lieben würde. Rager würde nicht zulassen, dass irgendjemand mich auf eine Art berührte, die mir missfiel, selbst meine anderen Partner nicht. Die Gewissheit, dass er auf mich aufpasste, dass er bei mir war, ließ mich die Arme entspannen, sodass ich aufs Bett fiel.

Evons Hand strich über mein Haar, strich es mir aus dem Gesicht.

Ich musste seufzen und in diesem Moment glitt Liam in mich hinein.

Ich verkrampfte, aber sie alle redeten auf mich ein. *Gutes Mädchen. Ja, ich bin drin. Guck mal, wie du Liams Schwanz nimmst. So tief ist er drin. Du bist so verdammt sexy, Bella. So heiß. Gefällt es dir? Willst du mehr?*

Schmeicheleien und Lob, versautes Gerede und Verheißungen, Rager und Evon ließen nichts ungesagt, während Liam anfing, mich in langsamen, tiefen Stößen zu ficken. Rein. Raus. Das heiße Gleiten eines harten Mannes eroberte mein letztes unbeflecktes Loch, füllte mich aus und markierte mich auf eine Weise, die ich niemals abschütteln, niemals vergessen konnte. Es war für immer. Ich würde für immer ihm gehören, für immer ihnen gehören, sie überwältigten mich, fickten mich, bis ich kaum noch laufen konnte, bis mein Körper erschöpft zusammenbrechen würde. Gesättigt. Sie würden nie genug von mir bekommen, würden sich nie nach einer Anderen sehnen und diese Gewissheit setzte mich in Flammen.

Ich winselte und keuchte, krallte mich in die Decke und blickte zu Rager, dann zu Evon. "Mehr."

10

Bella

"Gut so, Liebes?" erkundigte sich Liams ächzende Stimme und stieß etwas fester zu, sodass ich auf dem Bett nach vorne geschoben wurde, bis Rager und Evon ihre Hände an meine Schultern legten, um Liams Stöße abzufedern.

Ich verdrehte die Augen und meine Hände verkrampften sich, als ich mich an der Decke festkrallte und mein Körper sich um seinen riesigen Schwanz zusammenzog.

Liam stöhnte und ich spannte noch fester. "Verflucht, ich muss kommen, du quetschst zu sehr."

Ich tat es nochmal.

"Scheiße, soll ich etwa kommen?"

Er klatschte mir leicht auf den Arsch, weil er es aber offensichtlich genoss, drückte ich ihn weiter zusammen und er versohlte mich unentwegt.

Evon langte zwischen meine Beine, fand meinen Kitzler und zog und zwackte mit zwei Fingern, dann rieb er mich und wurde dabei immer schneller.

Rager neigte sich vor und nahm meinen Mund, seine Zunge drang im Gleichklang zu Liams Stößen in mich ein. Liams Hände schoben meine Schenkel auseinander und meiner Kehle entwich ein gebrochener Schrei, denn die kühlere Raumluft schreckte meine Muschi regelrecht auf. Evon ließ sich aber nicht beirren und drang weiter in meine feuchte Mitte ein, während Liam tief in mich hineindrückte. Tiefer.

"Komm, Liebes," befahl Evon. "So dass du Liam den Schwanz abklemmst."

Noch mehr Lust würde ich nicht aushalten. Es war wie ein Staudamm im Monsun, er füllte und füllte sich und quoll irgendwann über.

Ich verkrampfte und ein Schrei wollte meiner Kehle entweichen, als jeder Nerv in meinem Körper, jedes noch so winzige Nervenende um Evons Finger und Liams gigantischen Schwanz herum erwachte und wie eine Leuchtrakete aufloderte.

Rager erstickte mein Geschrei mit seinem Kuss, seine Hände hatten mich am Schopf gepackt und hielten mich fest, als Liams Hüften nur so buckelten.

"Scheiße, ich kann's nicht mehr halten." Liams Worte tönten im selben Moment, als ein heißer Schwall seines Samens mich ausfüllte. Er stöhnte, dann hielt er ganz still, seine Hüften pressten gegen meinen brennenden Arsch und sein Samen kleidete mein Innerstes aus.

Evon spielte mit den Fingern herum und fand meine empfindlichste Stelle, als meine Muschi bereits auf Liams Samen reagierte und der Orgasmus dauerte und dauerte, bis mir die Luft wegblieb und ich glauben musste mein Herz würde mir gleich in der Brust explodieren. Als es vorbei war, glitten Evon Finger sanft ein und aus, es war eher eine Liebkosung als ein Fingerfick. Rager ließ meine Haare los und besänftigte mich, er streichelte mir den Rücken und sein Kuss wurde ganz sanft. Geduldig. Anhimmelnd.

Ich fühlte mich geliebt. Beschützt. Sicher. Mein

Körper war dermaßen außer sich, selbst die Macht von Liams Samen war jetzt nur noch eine leichte Turbulenz in meinem Kreislauf, eine Wärme, die mir den Wunsch gab mich auszustrecken und mich auf den Rücken zu legen, meine Beine breit zu machen und immer wieder und stundenlang in die Muschi gefickt zu werden.

Gott, ich würde wohl nie genug bekommen. Von ihnen. Und ich war ziemlich sicher, dass das nicht die Macht des Samens war, die mich so denken ließ.

Liam und ich atmeten schwer, unsere Haut war schweißbedeckt. Langsam, sehr vorsichtig zog er aus mir heraus und sein Samen folgte.

Ich wurde angepackt und auf den Rücken gedreht, so wie ich es mir vorgestellt hatte. Aber meine Augen waren geschlossen und ich vermisste bereits die exquisite Mischung aus Lust und einem kleinen Bissen Schmerz. Mein Arsch tat weh—er war gut bestückt und ich war eine Novizin—und mein Hintern kribbelte, weil er versohlt wurde, aber das Stechen wandelte sich in ein angenehmes Glühen.

Erst als ich spürte, wie ein Schwanz in meine Muschi glitt, öffnete ich die Augen. Ich war dermaßen feucht, dass die Penetration mühelos war. Meine Augenlider flatterten und ich traf auf Ragers lüsternen, goldenen Blick. Er lächelte, seine Hände streichelten meine Brüste, die Berührung war sanft. Ehrfürchtig.

"Ich bin dran," sprach er. Ich lächelte ebenfalls und umfasste seine Handgelenke, ich hielt ihn fest, während ich die Hüften hob und ihn tiefer nahm.

"Ja, Rager. Erfüll mich," forderte ich. Meine Muschi war beim letzten Orgasmus einfach nicht voll genug gewesen. Leer. Sie war angeschwollen und so eng. Ich stöhnte und schluckte einen Schrei herunter, obwohl seine Hüften ganz sachte ein und aus glitten. Mein Partner ließ sich Zeit. "Zu langsam," maulte ich, aber er lachte nur.

"Ich bin sehr geduldig."

"Ich aber nicht," Evon fiel ihm fast ins Wort und

schob Ragers Hände von meinen Brüsten weg, damit sein Mund ihren Platz einnehmen konnte. Er ging an meine Nippel, saugte an ihnen, während Rager mich fickte. Eine seiner Hände fand den Weg zu meinem Arsch und er zog mich einmal mehr auseinander, er packte meinen nackten Hintern und öffnete mich.

Mit einem Stöhnen sank Rager noch tiefer in mich hinein, dann legte er eine Hand an meinen Oberschenkel und drückte nach oben, sodass meine Muschi von beiden Seiten regelrecht auseinandergezogen wurde. "Verdammt, Evon. Du bist ein Bastard."

Ragers Hals verschnürte sich, als sein Schwanz zuckte und buckelte und mich mit seinem Samen auskleidete.

Evon hob nicht einmal den Kopf von meinem Nippel, sondern lächelte nur, während er weiter an mir herumlutschte. Mein Rücken hob sich vom Bett und ich vergrub meine Hände in Evons Haar, als die Macht von Ragers Samen mich mit einem langsamen, rollenden Orgasmus traf. Wie geschmolzenes Karamell floss er durch mich hindurch, langsam und klebrig und so verdammt lecker.

Evon blickte auf und grinste wie ein ungezogener kleiner Junge. "Ich bin dran."

Bevor ich irgendetwas darauf entgegnen konnte, hatte er auch schon Ragers Platz eingenommen. Sein dicker Schwanz glitt mit einem festen, schnellen Stoß in mich hinein. Während Rager langsam und genüsslich vorgegangen war, so war Evon das ganze Gegenteil davon. Jeder seiner Stöße war energisch, abgemessen und verlangte von meinem Körper eine Gegenreaktion. Seine Hände fielen auf mein Abdomen und mit dem einigen Finger streichelte er meinen Kitzler, während er mich wie eine Maschine durchfickte und mich über den Abgrund stieß.

Meine Muschi pulsierte nur so, ich schlang meine Beine um seine Lenden und verhakte die Fußgelenke, damit ich ihn tief in mir drin halten konnte, denn ich musste noch einmal kommen.

Als ich wieder zur Besinnung kam, blickte mein Partner auf mich herunter, seine Augen waren dabei, mich regelrecht zu verschlingen. "Verdammt, du bist so wunderschön, Liebes. Ich werde es dir noch mal besorgen."

Die anderen beiden zu meiner Seite sahen gebannt zu, als er erneut in mich hineinrammelte, ihre Blicke waren sehnsüchtig und zufrieden. Ich war mir nicht sicher, ob ich meine Partner, dieses hemmungslose Vergnügen, überleben würde. Evon aber hielt Wort und ich entschloss, dass es den Versuch wert war.

≈

Bella, IQC-Kommandozentrale

Der futuristische Arbeitsstuhl war gut gepolstert und für lange, bewegungsarme Arbeitsstunden gedacht. Ich aber musste andauernd von Seite zu Seite rutschen. Mein Arsch tat weh, weil, … ähm … genau. Ich würde jetzt nicht darüber nachdenken. Ein Gefrierbeutel Erbsen hätte mir gutgetan, aber darum würde ich auch nicht bitten, selbst wenn sie hier auf Viken wüssten, was Erbsen waren.

Evon saß hinter mir und wir wurden von zwei IQC-Sicherheitsoffizieren überwacht oder besser gesagt video-überwacht. Ihre Kameras verfolgten jede Bewegung meiner Finger auf ihrer Anlage, jedes Bildschirmflackern und jeden Aufruf. Seit Stunden saß ich bereits hier, mein Geist war in diesem hoch konzentrierten Zustand, in dem die Dinge einfach ohne Grund einen Sinn ergaben, in dem ich Muster erkannte, die ich eigentlich gar nicht hätte wahrnehmen dürfen und wo neue Informationen von meinem Hirn fast schon unbewusst verarbeitet wurden.

Programmierer und Hacker liebten diesen geistigen Höhenflug, den Moment, wenn wir mit der Maschine, mit der eigenartigen Sprache, die sie sprach, eins wurden. Es war unmöglich dieses Gefühl, wenn alles miteinander klickte, zu beschreiben, wenn das Undenkbare einen Sinn ergab, wenn ich auf eine unerklärliche, intuitive Art und Weise mit dem System kommunizierte.

Ich war schon immer ein Ass im Codieren gewesen, seit meiner frühen Jugend machten die Computer genau das, was ich von ihnen wollte, auch wenn ich manchmal nicht ganz verstand, wie ich das überhaupt fertigbrachte.

Zu anderen Zeiten war ich vorsätzlich und gemein vorgegangen, soll heißen: ich war in das Design von jemand anderem eingedrungen, hatte ihren Code aufgebrochen und ihn ausbluten lassen, das System abgewürgt und das Programm gezwungen sich selbst zu zerstören.

Jetzt aber? Gott, mit dieser NPU, die Aufseherin Egara mir ins Hirn eingepflanzt hatte? Das Gerät sollte sich mit meinem Sprachzentrum vernetzen und als Dolmetscher fungieren, damit ich alle Sprachen der interstellaren Koalition verstand. Mit meinen Partnern klappte das ganz gut, auch wenn ich irgendwie wusste, dass die kein Englisch redeten. Aber der Code in meinem Schädel? Die zusätzliche Verstandeskraft, mit der ich Sprache und Strukturen verarbeitete? Es war, als wäre *ich* die Maschine. Meine Fähigkeit, dem System genau das mitzuteilen, was ich von ihm wollte, war jetzt zehnmal so ausgeprägt. Vielleicht mehr.

"Heilige Scheiße. Ich bin eine verdammte K.I.," keuchte ich.

"Was, Liebes? Gibt es ein Problem?" Evon sprang sofort auf und türmte sich wie ein Schatten hinter mir auf. Ich spürte seinen Atem im Nacken, seine Hände ruhten auf meinen Schultern.

Ich schüttelte nur den Kopf und wimmelte ihn mit einer unachtsamen Handbewegung wieder ab, ich schenkte seiner Frage kaum Beachtung, obwohl die

Wärme seiner Hände nachwirkte, nachdem er sich wieder gesetzt hatte. Ich wollte jetzt nicht mit ihm reden. Ich wollte ihn nicht bei mir haben, nicht jetzt. In diesem Moment wollte ich mich in meine eigene Blase zurückziehen, wo der Code durch mich hindurchströmte, als wäre er meine Muttersprache und wo nichts anderes existierte. Ich war *im Flow* und weder er noch sonst irgendwer sollte mich gefälligst stören. Wenn sie mir jetzt dazwischenkommen würden, dann würde es Stunden dauern, bis ich wieder dort hinkommen würde.

Und ich stand kurz davor, ihr System zu knacken. Für Liam. Für uns alle.

Nur … noch … ein …

"Hab's." Ein zufriedenes, ja triumphierendes Gefühl überkam mich, und ich war drin. Wie von selbst erschloss sich mir ihr gesamtes System. Ich sah das Steuernetzwerk, die Firewalls um die einzelnen Sicherheitscodes, das System, das sie schützte.

Und in nur wenigen Augenblicken nahm ich alles auseinander und machte mich auf die Suche nach der Spur, die, wie ich wusste, dort irgendwo zu finden war.

Irgendjemand hatte sich Zugang zu Liams Codes verschafft und so etwas hinterließ immer eine Brotkrümelspur, der man folgen konnte. Ein paar Minuten später war es soweit. Die Identifikationsnummer einer Arbeitsstation. Ein Zeitstempel.

Kurze Zeit später? Die Aufnahmen der Überwachungskamera. Ein verlassener Stuhl. Jemand kommt näher. Blondes Haar. Ein bekanntes Gesicht. Wie hypnotisiert starrte ich auf den Bildschirm.

"Oh Scheiße," flüsterte ich.

"Was ist, Liebes?" Evon stand einmal mehr direkt hinter mir, als ich die Aufnahmen der Überwachungskamera in einem kleinen Fenster am unteren Bildschirmrand abspielte, in denen seine Schwester sich an den Computer setzt und Liams Anklage wegen Mordes einfädelt.

Evons Hand kam auf meiner Schulter zum Ruhen und er lehnte sich ganz nah an mein Ohr heran, seine Stimme war kaum mehr ein hörbares Flüstern. "Ist das Thalia?"

"Ja." Ich wusste nicht, was ich darauf sagen sollte. Wie sagte man einem Mann, den man kaum kannte, dass sein eigenes Fleisch und Blut ihn hintergangen hatte? Verraten hatte, was er sein gesamtes Leben lang zu schützen versucht hatte? Zum Teufel, sie hatte ihre gesamte Familie hintergangen. Ich wusste, wie Evons Vater und Bruder zum Dienst am Planeten standen.

"Schalt es ab. Los." Die Hand auf meiner Schulter kniff bis zur Schmerzgrenze zu, plötzlich aber ließ Evon wieder los.

"Was ist mit dem Gremium? Und Liam? Wir müssen es jemandem sagen—"

Er ächzte. "Nein. Schalt es ab. Da muss ein Fehler vorliegen."

Wie bitte? Ich blickte ihn an und blinzelte, verwirrt. "Nein. Tut mir leid. Da ist kein Fehler."

Er ging zur Tür zurück. "Schalt es ab. Sofort. Das ist ein Befehl."

Ich sprang auf und wandte mich zu ihm um. "Ich bin keine Soldatin, Evon."

"Schalt. Es. Ab. Sofort!" Er schob mich sanft beiseite und schloss die Anwendung, in ein paar Sekunden schloss er das Fenster, in welches Stunden der Arbeit geflossen waren. Seine Finger glitten dabei flink über die Steuerung und verrieten, dass er im Cyberbereich versierter war, als er hatte durchblicken lassen.

Ich wollte ihn aufhalten. "Was zur Hölle machst du da?"

Seine eisblauen Augen trafen meinen Blick. Die Hitze, die da sonst zu sehen war, war jetzt gänzlich verschwunden. "Überlass das mir."

Sollte das ein verdammter Scherz sein, oder was? "Evon, ich habe Stunden gebraucht, um an diese Daten zu kommen. Stunden." Ich fuchtelte mit den Händen herum, um das Ausmaß meiner Frustration zu verdeutlichen.

"Das weiß ich, Bella. Zeit zu gehen." Er zog an meiner Hand und wollte mich zum Ausgang zerren, aber ich nagelte meine Fersen in den Boden und weigerte mich nachzugeben.

Ich war seiner Kraft und Größe keinesfalls gewachsen, leistete aber ordentlich Widerstand. "Nein. Was ist mit Liam? Die Anhörung ist in weniger als drei Stunden."

"Sei still. Du gehst jetzt in unser Quartier zurück. Ich werde mich darum kümmern." Sein Gesicht verhärtete sich zusehends. Seine hellblauen Augen waren kalt und unnachgiebig, kein Vergleich zu jener hitzigen blauen Flamme von vorhin, als er bis zu den Eiern in meiner Muschi steckte und so getan hatte, als ob ich ihm etwas bedeutete. Als ob er sich um mich sorgte. Als ob ich ihm wichtiger war als seine bescheuerte Familienehre.

Wie bitte?

Was hier gerade vor sich ging, wollte mir einfach nicht in den Kopf. War Evon bereit, Liam und Rager deswegen zu hintergehen? Zu vertuschen, was Thalia getan hatte? Wie weit würde er gehen, um seine *echte* Familie zu schützen, seine Schwester? "Evon—ich glaube, du verstehst nicht."

Er hörte mir gar nicht zu und betätigte die Kommunikationsanlage an der Wand. Er drückte viel energischer als notwendig daran herum. "Rager? Evon hier. Wo bist du?"

Ich hörte, wie mein anderer Partner antwortete. "Bin gerade von der Patrouille zurück."

Evon hob leicht das Kinn. "Bist du in unserem Quartier?"

"Ja."

"Gut." Evon blickte auf mich und sprach. "Bleib dort." Er beendete das Gespräch und kam auf mich zu.

131

"Lass uns gehen. Dein Job ist erledigt. Du hast genug getan."

Ich schüttelte den Kopf. "Nein."

"Sofort." Er seufzte. "Ich hab' jetzt keine Zeit für deine Kindereien."

Ich wollte ihm am liebsten an die Gurgel gehen. Ich würde in die Luft springen müssen, um an ihn ranzukommen, aber ich würde es tun. Aber ja.

Alles, was ich bisher zu wissen geglaubt hatte, mein Vertrauen, das ich so leichtfertig verschenkt hatte, hinterließ plötzlich einen bitteren, verkohlten Nachgeschmack in meinem Mund. Auf diesem verfluchten Planeten ging es nur um die Ehre. Er würde eher die Wahrheit verschleiern, als seiner schrecklich netten Familie schaden. Und wir? *Unsere* Familie—also Rager, Liam, Evon und ich—hatte nie eine Chance bekommen. Die Tyrells waren keinen Deut besser als die korrupten Politiker auf der Erde, wo die Mächtigen ihresgleichen in Schutz nahmen. Lügen. Hinterlist. Ausbeutung. Und ich hatte mich ordentlich in Evon verknallt.

Ich war der Hoffnung auf etwas … Besseres verfallen.

Ich schluckte die Tränen herunter und biss meine Lippe, damit ich jetzt nicht etwas sagen würde, was ich nicht mehr zurücknehmen konnte. Mit Vernunft war ihm nicht mehr beizukommen, vielleicht aber würde Rager oder Liam zuhören. Evon liebte seine Schwester, also konnte ich nachvollziehen, dass er die Sache irgendwie schönreden wollte. Dass er an einen Irrtum glauben wollte. Selbst nachdem er den Beweis mit eigenen Augen gesehen hatte.

Er öffnete die Tür und deutete mit dem Arm in Richtung Flur. Ich kannte den Weg. Der Stützpunkt war nicht besonders groß und ich hatte schon immer einen ausgezeichneten Orientierungssinn. Als seine Hand auf meinem unteren Rücken aufsetzte, stieß ich ihn zurück. Seine Berührung fühlte sich dreckig an.

Der fünf-Minuten-Spaziergang kam mir vor wie eine

Stunde und erst als die Tür zu unserem Quartier aufging, blickte ich kurz über meine Schulter und fand Evons wuterfüllten Blick vor. Nun, ich war auch nicht gerade glücklich mit ihm.

"Geh nach drinnen, Bella." Seine Stimme hatte einen gereizten Unterton. Einen, den ich zuvor vernommen hatte, als er mit seinem Bruder gestritten hatte, aber nie mit mir. "Rager wird sich deiner annehmen."

Damit machte er auf dem Absatz kehrt und marschierte mit stolzem Haupt und zusammengepresstem Kiefer davon.

Als ich unser Quartier betrat und das nach unserer letzten Runde hemmungslosem Sex vollkommen zerwühlte Bett betrachtete, wurde mir klar, dass ich einen klassischen weiblichen Fehler begangen hatte, nämlich zu glauben, dass Ficken viel mehr bedeutete, als es tatsächlich der Fall war. Dass Orgasmen schon alles in Ordnung bringen würden.

Ficken. Ja. Das war das passende Wort. Evon hatte mich gefickt. Mich benutzt. Und als es brenzlig wurde, zog er die Familie, die Schwester seiner Partnerin vor.

Ich schluckte und versuchte, den schmerzhaften Knoten in meinem Hals loszuwerden. Wenn ich jetzt zu heulen anfing, dann würde ich nicht mehr aufhören. Ich konnte Rager die Sache aber nicht erklären, wenn ich wie eine Vollidiotin rumstammelte. Ich musste mich zusammenreißen und kalte, harte Fakten abliefern. Daten. Das, was ich in der Hand hatte.

Die Tür glitt wieder zu und aus dem Bad hörte ich Ragers Stimme. Ich ging näher und wollte die Tür zu machen, damit ich ihn nicht beim Duschen zuhören musste und an seinen nackten Körper dachte. Dafür war ich jetzt nicht in der richtigen Stimmung.

Selbst außer mir vor Wut war die Vorstellung, wie Rager mich ausfüllte, mich mit seinen gemächlichen Liebeskünsten tröstete, zu verlockend. Ich weigerte mich dermaßen schwach zu sein. Ich weigerte mich, ihm in die

Arme zu fallen und mich der Lust hinzugeben, nur weil Evon mir das Herz gebrochen hatte. Ich würde nicht zu jener bedürftiger, unselbstständiger Frauenspezies werden, die ich so sehr verabscheute.

Jetzt war nicht der Zeitpunkt, um mich ihm erneut hinzugeben. Es würde sich toll anfühlen und mich ein bisschen ablenken, aber das war auch schon alles. Alles Hässliche wäre immer noch da, nachdem der Orgasmus verflogen sein würde.

Nein, ich legte mir meinen Plan zurecht, während ich die Tür schloss. Rager würde aus der Dusche kommen und sich anziehen. Dann würden wir Liam rufen und ich würde ihnen erzählen, was Sache war. Sicher, Evon wollte seiner Schwester den Rücken frei halten, aber Liam war unschuldig und ich konnte es beweisen. Auch wenn Evons wahre Loyalitäten woanders lagen konnte ich mir nicht vorstellen, dass er seinem Freund die Hinrichtung wünschte. Ich kannte weder die Gesetze noch Bräuche auf Viken, aber meine Partner kannten sie. Und sie kannten Evon. Wir würden zusammen eine Lösung finden.

Oder lag ich diesbezüglich etwa auch falsch? Ich war nie eine dieser Menschen gewesen, die intuitiv wussten, was in anderen vorging. Ganz im Gegenteil. Es fiel mir schwer mit Menschen umzugehen, allgemein fand ich sie kompliziert und unvernünftig. Mir wiederum wurde gesagt, ich sei merkwürdig, verschroben und eigenwillig, unzugänglich und schwer zu deuten.

Vielleicht lag es also an mir. Vielleicht würde mein Mangel an sozialem Geschick diesmal wirklich wehtun. Vielleicht wusste ich einfach nicht genug über meine Partner oder deren Hintergründe. Konnte ich mich dermaßen täuschen? War das Programm für interstellare Bräute doch nicht so toll, wie es immer hieß? Konnten drei Männer mich wie ihr Ein und Alles niederstrecken und durchficken, während ich ihnen aber in Wirklichkeit vollkommen egal war?

Ja. Das konnten sie. Ich wollte nicht darüber nachdenken, wollte die Möglichkeit nicht einmal in Betracht
ziehen, aber insgesamt war ich realistisch. Diese ganze
Bräute-Geschichte war ein wilder Traum gewesen, bei der
ich alles riskiert und auf so etwas wie den Lottogewinn
gehofft hatte.

Ich wischte mir eine Träne aus den Augen und schüttelte mich von Kopf bis Fuß, um mich aus dem Würge-
griff meiner Gedanken zu befreien. Nein. Was auch
immer Sache war, Liam war unschuldig und ich konnte es
beweisen. Er würde nicht sterben, nicht, wenn ich ihn
retten konnte. Und jetzt, nachdem ich einmal im Viken-
schen Sicherheitsnetzwerk drin gewesen war, würde es
nicht lange dauern, um mich noch einmal dort rein-
zuhacken.

Als ich mit der Hand die Badezimmertür betätigen
wollte, hörte ich plötzlich eine eindeutig weibliche
Stimme im Bad.

"Rager, gib mir deinen großen Schwanz. Lass mich
nicht erst betteln."

135

11

Bella

"*R*ager, *gib mir deinen großen Schwanz. Lass mich nicht erst betteln.*"

Wie angewurzelt stand ich da. Mit zusammengebissenen Zähnen musste ich erst mal hart schlucken. Diese Stimme. Ich kannte diese schrille Frauenstimme. Ich wollte zwar nicht sehen, was im Bad vor sich ging, aber ich musste sicher gehen. Ganz sicher.

Also lugte ich um den Türrahmen herum und lehnte mich gerade so weit nach vorne, um eine nackte weibliche Gestalt zu erspähen, die in Richtung Dusche schlenderte. Rager war außer Sichtweite, aber die Frau, die hüftwackelnd zur Dusche ging, war groß, geschmeidig und stark, mit langen blonden Haaren, das offen am Rücken hinunterhing. Wie ein paar Kostbarkeiten hielt sie ihre Brüste mit den Händen bedeckt und mit einem sehnsüchtigen Lächeln leckte sie sich die Lippen, sie erwartete den *großen Schwanz* meines Partners.

Thalia.

Ich kannte sie kaum, aber auf Viken kannte ich auch

sonst kaum jemanden. Da waren meine drei Partner, Dravon, Evons Vater und Thalia. Mit Thalia hatte ich etwas Zeit verbracht und ich hatte ihr vertraut, denn ich hatte Evon vertraut. Sie hatte mir sogar geholfen, wie eine beste Freundin Klamotten für mich rauszusuchen.

Welch' ein Fehler. Ich wusste, dass jemand auf Viken ihr das Herz gestohlen hatte. Ich war zwar kein sozialer Schmetterling, trotzdem hatte ich das in der kurzen Zeit, die wir miteinander verbracht hatten mitbekommen. Sie war nett zu mir gewesen, aber jetzt? Thalia war dabei, mit Rager zu ficken?

Nein. Rager war dabei, Thalia zu ficken.

Wer also war die Nebenfrau? Sie? Oder ich?

Ohne einen Mucks zu machen entfernte ich mich und überließ sie ihrem Treiben, auf Zehenspitzen rannte ich zur Tür. Zum Glück waren die Türen auf Viken gänzlich geräuschlos und Rager—und seine Bumskumpanin—hatten nicht einmal mitbekommen, dass ich hier war. Ich wusste nicht, wohin ich gehen sollte, nur … weg.

Benommen stolperte ich den Gang entlang, ich zitterte und klammerte die Arme um den Bauch, als die Übelkeit mich beinahe erstickte. Gott, ich war so eine Vollidiotin. Ich hatte mich in diese drei Typen verliebt, war dem Märchen vom *perfekten Match* verfallen, der Lüge vom einzig wahren Partner, der alle meine unbewussten Sehnsüchte erfüllen würde. Einer oder mehrere, die mich genauso wollten, wie ich war. Die mich akzeptieren würden.

Mich lieben würden.

Sie hätten mich lieben sollen. Mich an erste Stelle setzen sollen. Sich für immer um mich kümmern sollen. Wir hätten sollten ein gemeinsames Team bilden, eine Familie, eine eingeschworene Gemeinschaft mit einer unzerstörbaren Verbindung.

In Teufels Namen, wir waren füreinander ausgewählt worden.

Das abgewürgte Lachen, das mir plötzlich entfuhr,

versprühte kein bisschen Humor. Ein brüllender Schmerz machte sich in mir breit, er besetzte mein Gehirn und rüttelte an meinen Knochen, bis sogar meine Augäpfel zitterten. Ich konnte nicht mehr klar denken. Mich nicht konzentrieren. Ich konnte nur noch fühlen und mein Selbsthass nahm ungeahnte Ausmaße an, das Gefühl drückte mich nieder, bis ich den Rücken rund machte und wie eine achtzigjährige die Schultern nach vorne krümmte.

Wie dämlich. Ich war ein verdammtes Genie, oder? In fast jede Art von System konnte ich mich reinhacken, nebenbei im Schlaf komplizierte Codes schreiben und doch war ich auf den ältesten Trick des Universums reingefallen. Sie hatten mich benutzt, meinen Körper benutzt, mich glauben lassen, dass ich ihnen etwas bedeutete.

Ich hatte mich verliebt und das war der schlimmste Schmerz von allen. Ich hatte ihnen alles gegeben, Herz und Leib und Seele. Und es war alles eine Lüge.

Evon war die Familie wichtiger als die Wahrheit, wichtiger als ich. Er hatte meine Fähigkeiten zwar geschätzt, sich aber trotzdem abgewandt. Er hatte sich von mir abgewandt. Ich konnte nicht mit einem Partner leben, der die Wahrheit verleugnete. Der sie versteckt hielt, um andere zu beschützen. Genau aus diesem Grund war ich durchs verfluchte halbe Universum gereist, um dieser Art Szenario aus dem Weg zu gehen. Aber nein. Abartigkeiten und erbärmliche Leute gab es wohl überall.

Und dazu zählte auch Rager. Ich fuhr mir übers Gesicht, raufte meine Haare und lief weiter. Zwei Krieger räumten den Weg, als ich vorbeiging. Gott verdammt, Rager!

Er war der Süßeste von ihnen, der Sanfte. Zumindest mir gegenüber. Nie hatte ich jemanden getroffen, der so viel Geduld mitbrachte. Wäre ich nicht so schnell gekommen, dann hätte er ohne Zweifel den Kopf zwischen meinen Beinen stecken lassen und mich stundenlang verwöhnt. Er hatte ein verschmitztes Lächeln und einen harten Schwanz. Ich dachte, beides wäre nur für mich bestimmt, für seine verfickte Partnerin, aber nein.

Wie lange die Sache mit Thalia wohl schon lief? Ich war keine Jungfrau mehr und auch wenn sie es nicht explizit angesprochen hatten, so konnten Evon, Rager und Liam nie und nimmer unschuldig gewesen sein. Sie hatten zuvor gefickt und offensichtlich hatte Rager mit Thalia gefickt. Er fickte sie *immer noch*.

Was für ein Tag. Ein geschäftiger Tag und trotzdem konnte er nicht die Finger von ihr lassen. In vierundzwanzig Stunden hatten sie mich zweimal genommen und das reichte ihm nicht?

"Was für eine Scheiße." Schluss damit. Zwei von dreien waren totale Ärsche.

Stopp. Ich machte abrupt Halt und ein großes Licht ging mir auf. Evon nahm Thalia in Schutz. Rager fickte mit Thalia. Sollte das heißen, sie schmiedeten ein Komplott, um Liam zu beschuldigen? Sie *halfen* Thalia? Beide waren ihre Komplizen? Sie waren es, die die gestohlenen Güter transportierten? Die Aufnahmen mit dem Mord hatte ich zwar nicht gesehen, aber war einer von beiden etwa der Täter? Oh Gott. War ich mit ein paar Mördern verpartnert worden?

Was war mit Liam? Ihm wurde das alles in die Schuhe geschoben und sollte die Wahrheit nicht herauskommen, dann würde er hingerichtet werden. Evon aber hatte nur die Monitore abgeschaltet, war vor der Wahrheit davongelaufen. Als er alle Indizien in schwarz-weiß vor Augen hatte, hatte er sich abgewandt.

Und mein anderer Partner? Liam war unschuldig, seine zwei Kumpels stellten ihm eine Falle. Sie waren so eng befreundet, dass sie sich eine Partnerin teilten. Liam war aber immer noch perfekt. Perfekt für mich.

Kopfschüttelnd strichen meine Finger über die glatte Wand. Von den anderen beiden hatte ich ebenfalls geglaubt, dass sie perfekt waren und wo waren wir jetzt gelandet? An der verdammten Wand entlang streifend.

Nein. Ich würde nicht länger herumstreifen. Das war nicht nötig. Ich *brauchte* diese Partner nicht. Ich hatte dreißig Tage. Oder jetzt neunundzwanzig. Egal. Den Allgemeinen Geschäftsbedingungen für interstellare Bräute nach konnte ich meine Partner ablehnen und mir jemand anderes zuteilen lassen.

In weniger als einem Tag war ich getestet und quer durchs Universum transportiert worden. Also konnte ich noch vor dem Abendessen woanders auf Viken unterkommen.

Gut. Ich hielt inne, blickte mich um und versuchte, mich an den Grundriss dieses Stützpunktes zu erinnern, den ich zuvor auf einer Karte gesehen hatte. In meinem Geiste sah ich die Umrisse von Räumen und Gängen, Trakte und Stationen tauchten wie von Zauberhand auf.

Mein Hirn funktionierte zum Glück noch. Mein Herz schmerzte, es hatte diesem Verpartnerungssystem der Aliens vertraut, hatte Jahre des Misstrauens in den Wind geblasen und *geglaubt.*

Aber nicht länger. Ich rechnete mir irgendwie aus, wo sich das Testzentrum von meinem Standpunkt aus befinden musste und machte mich auf den Weg dorthin.

Die Tür ging auf und dahinter saß ein Vike an seinem Schreibtisch. Er trug dieselbe grau und burgunderfarbene Uniform, die ich schon an Aufseherin Egara gesehen hatte und blickte zu mir hoch. Er war älter, etwa um die sechzig. An der Brust trug er das interstellare-Bräute-Logo und seine Augen blickten milde. Er erinnerte mich an einen alten Landarzt, der mit seinen Patienten Händchen hielt und den Kindern Lutschern schenkte. Er hatte ein ruhiges Auftreten und ein freundliches Lächeln. Ich konnte mir denken, dass er gut darin war, nervösen Kriegern die Scheu zu nehmen.

"Ich bin Aufseher Vora. Sie sind eine Braut von der Erde und gestern erst angekommen. Isabella Martinez."

Er stand auf und verneigte sich zur Begrüßung. "Wie kann ich ihnen behilflich sein?"

Der Vike war ähnlich groß wie meine Partner— Moment, sie waren nicht länger meine Partner. Als ich mich umblickte, erkannte ich den Untersuchungsstuhl, der genauso aussah wie der auf der Erde.

"Ich bin hier, um von meinen Rechten als frische Braut Gebrauch zu machen. Die dreißig Tage sind noch nicht um und ich wünsche mir neue Partner."

Seine ergrauten Augenbrauen zogen sich nach oben.

"Neue Partner? Aber sie haben doch schon drei."

Ich nickte. "Ja, ich bin mir der Anzahl meiner Partner überaus bewusst. Glauben sie mir. Aber sie passen nicht zu mir. Ihrem System ist ein Fehler unterlaufen. Ich brauche neue Partner," wiederholte ich, ohne klein beizugeben. Ich hatte die verdammte Broschüre gelesen, stapelweise Papiere unterzeichnet. Ich kannte meine Rechte. Ich hätte meinen Partnern dreißig Tage Zeit lassen müssen, um mich zu umwerben, aber sie hatten es bereits verkackt. Neunundzwanzig Tage länger war einfach unzumutbar.

Der Mann verknotete nervös die Hände. "Sie sind die erste Partnerin im IQC mit diesem Problem."

Ich trat einen weiteren Schritt in den Raum, worauf sich die Tür hinter mir schloss. "Das ist kein *Problem*. Es ist eine Vorschrift. Wenn ich in den ersten dreißig Tagen meine Partner nicht behalten möchte, dann kann ich ein neues Match anfordern."

Gott, würde ich etwa *drei* neue Partner zugesprochen bekommen? Wollte ich weniger? Würde ein einziger Mann mir jetzt, nachdem ich drei gehabt hatte, reichen?

Die Antwort darauf war nein. In nicht einmal einem Tag hatten meine neuen Partner mich ruiniert. Aber da draußen musste es andere Viken-Trios geben, die nach einer Braut Ausschau hielten. Viken, die keine Saboteure, Lügner oder Mörder waren. Männer, die ihre Frauen nicht mit einer großen blonden Frau mit dicken Titten und langen, langen Beinen in der Dusche betrogen. Ihre Beine waren wirklich so viel länger als meine.

"Sind sie offiziell beansprucht worden? Ich kann ihnen keine neuen Partner organisieren, wenn sie bereits jemand anderes gehören."

Meine Wangen fingen an zu glühen, als ich an all die Dinge dachte, die ich mit meinen Männern angestellt hatte. Es war dunkel und schmutzig, sinnlich und heiß. Wild. Aber es war auch mehr als das. Ich spürte eine Verbindung und ich dachte nicht einmal an die bescheuerte Macht des Samens oder sogar Liebe. Nein, es war eine tiefere Verbindung. Ich hatte geglaubt, das Match wäre perfekt. Aber nein. Ich war nur benutzt worden. Ich hatte sie angebettelt, damit sie mich zusammen nehmen würden, mich beanspruchten und sie hatten sich geweigert. Es war zu früh. Sie hatten so getan, als würden sie mich vor einer übereilten Entscheidung bewahren wollen, vor einer lebenslangen Verbindlichkeit, die in der Hitze des Moments beschlossen wurde. Und da stand ich nun und war dankbar, dass sie mir meinen Wunsch verweigert hatten.

Ich war ein Dummchen.

Und das war es, was mir die Tränen in die Augen trieb. Zuerst hatte ich nur geglaubt, dass Evon sich für seine Familie entschieden hatte, dass er dermaßen loyal und stolz auf Ruf und Ansehen seiner Familie war, dass er bereit war zu lügen, um sie zu schützen. Aber nein. Es war mehr als das. Er war ein Mittäter. Er war einer von ihnen. Und Rager? Er *beschützte* nicht nur Evons Schwester, sondern er *fickte* sie auch.

Ein neuer Schwall Tränen bahnte sich an und quoll über. Mit den Fingern wischte ich sie weg.

"Nein. Ich bin nicht beansprucht worden." Dann sprang ich auf den Untersuchungsstuhl und machte es mir bequem. Hätte er einen weißen Kittel und keine Uniform an, hätte ich ihn für einen Zahnarzt gehalten. "Bringen wir es hinter uns." Ich schluckte, versuchte nicht zu schniefen. "Ich brauche neue Partner. In ein paar Stunden muss ich zu einer Anhörung mit dem Kommandanten antreten. Sobald das erledigt ist, kann ich hier weg." Ich blickte ihm in die Augen und stellte sicher, dass er verstand, wie ernst ich es meinte. "Und ich möchte sofort hier weg."

"Evon, Liam und Rager sind feine Krieger. Gute Viken."

Ich lachte, jedoch ohne jeden Humor. "Liam ja. Die anderen …" Ich verkniff mir den Rest und zuckte mit den Achseln. Ich konnte ihm seine Ahnungslosigkeit nicht zum Vorwurf machen. Ich war mit ihnen zusammen gewesen. Schlimmer, ich hatte ihnen meinen Körper, mein Herz geschenkt.

Ich ließ den Kopf hängen und hielt mein Gesicht in den Händen, weil ich unkontrolliert schluchzen musste. Heiße Tränen benetzten meine Handflächen. Ja, ich war hysterisch. Schwach. Gebrochen. Ich war alles, was ich hasste. Aber etwas Mitleid durfte ich mir schon zugestehen. Ich hatte ein paar Arschlöcher dem Knast vorgezogen, nur um in die Muschi und in den Arsch gefickt zu werden, und um dann nochmal sozusagen von ihren Lügen gefickt zu werden.

Der Aufseher rührte sich, sprach leise, blickte aber nicht zu mir auf. Egal. Ich wollte nur noch von diesem verfickten Stützpunkt verschwinden und von vorne anfangen. Schon wieder.

~

*L*iam

. . .

"*W*as?" ich brüllte, obwohl die zusätzliche Lautstärke durch das Handgelenksmikrofon gar nicht nötig war, damit der Aufseher mich hörte, schon gar nicht mitten in der Cafeteria.

Die anwesenden Garden blickten von ihren Tellern auf, einige gingen sofort in Alarmbereitschaft über und unterbrachen ihre Mahlzeit. Ich hörte nur, wie der Aufseher im Testzentrum sich wiederholte.

"Ihre Partnerin verlangt nach einer Neuverpartnerung. Sie wartet hier, auf dem Untersuchungsstuhl. Sie ist fuchsteufelswild. Sie sollten besser kommen."

Ich sprang auf und mein Stuhl quietschte über den Boden, um dann mit einem lauten Krachen umzukippen.

Meine Patrouilleneinheit erhob sich ebenfalls, die drei Männer waren bereit, jedem meiner Befehle Folge zu leisten.

Es wurde ganz still im Raum und alle Blicke waren auf das Spektakel gerichtet, aber das war mir gleichgültig. Bella wollte mich verlassen, sie wollte uns verlassen.

Und das konnte sie durchaus. Wir hatten sie noch nicht beansprucht. Sie hatte darum gebettelt und wir hatten uns geweigert. Wir hatten ihr dieses Schlupfloch gelassen und plötzlich war mir egal, ob es richtig so oder falsch war. Ich wünschte mir nur, dass wir sie zusammen genommen hätten, sie für immer an uns gebunden hätten. Sie jetzt an einen Anderen zu verlieren würde uns zerstören. Es wäre unser Ende.

"Ich komme gleich." Ich stapfte aus der Cafeteria und in den Gang hinaus, ich vergaß mein Mittagessen, den Stuhl und die verwunderten Blicke. Als mein Team mir folgen wollte, schickte ich die Männer zu ihrer Mahlzeit zurück.

Bella wollte neu verpartnert werden? Jetzt? Was zum Teufel war seit unserer Verabschiedung passiert? Das letzte Mal, als ich sie gesehen hatte, lag sie nackt und zufrieden zwischen Rager und Evon gekuschelt, nachdem zahllose Orgasmen sie erschöpft hatten.

Jetzt—ein paar Stunden später—wollte sie uns plötzlich verlassen? Sie wollte unser Match ablehnen und sich neue Partner zuteilen lassen?

Ich beschleunigte mein Tempo. Dann rannte ich. Leute traten hastig beiseite, wohl eher wegen meines Ausdrucks als wegen meines Tempos. Auf gar keinen Fall würde sie woanders hingehen. Irgendetwas musste vorgefallen sein, mit Rager oder Evon. Oder mit beiden, aber nicht mit mir. Nein, Bella gehörte mir.

Ich würde sie nicht gehen lassen.

Als ich den kleinen Raum betrat, saß sie geknickt auf dem Untersuchungsstuhl und weinte. Ich war außer Atem, mein Herz raste wie wild. Ich verspürte mehr Panik als bei einem Kampf gegen die Hive. Bella war wütend. Richtig wütend. Ich hatte keine Ahnung, was ich mit einer weinenden Frau machen sollte, aber es ging hier um meine Frau. Ich musste es also herausfinden.

Der Aufseher schien zu gleichen Teilen besorgt und erleichtert zu gleich zu sein. Ohne ein Wort zu sagen, machte er sich davon und die Tür schloss sich hinter ihm. Wir waren allein.

Sie wirkte so klein, so verletzlich und ihr Anblick schmerzte. Was auch immer der Grund war, wer auch immer sie so verletzt hatte, ich würde ihn umbringen. Oder ihn zumindest zum Krüppel machen. Er würde es bereuen.

Ich lief zu ihr hinüber und schaufelte sie in meine Arme. Erst dann bemerkte sie keuchend, dass ich da war. Ich setzte mich auf den Stuhl—genau dorthin, wo ich mit ihr verkuppelt wurde—und hielt sie auf meinem Schoß. Ich legte mein Kinn auf ihren schwarzen Scheitel und zog sie an meine Brust.

"Wein dich aus und dann sagst du mir, was passiert ist." Ich blieb leise und sachlich, damit sie sich wieder beruhigte.

Sie aber schüttelte nur den Kopf und wollte sich aus meinem Griff befreien. "Liam. Du verstehst nicht. Es … es ist wirklich ernst."

"So schlimm, dass du woanders hin willst?" fragte ich und starrte an die Wand. Ich begann innerlich zu brodeln, erstickte aber meine Wut. "So schlimm, dass du mich verlassen willst? Warum?"

"Ich werde mich nicht mit Lügnern verpartnern. Mördern."

Ich verstummte. Mein Atem stockte und mein Herzschlag setzte aus. Ich musste sie ansehen, also setzte ich sie auf den benachbarten Untersuchungsstuhl und legte sie hin. Mit den Händen stützte ich mich auf den Armlehnen ihres Stuhles ab, damit ich sie festnageln konnte. Ich blickte auf sie herab und sah unvergossene Tränen in ihren dunklen, aufgebrachten Augen.

"Erkläre."

Sie befeuchtete ihre Lippen, atmete tief durch. "Evon und Rager. Sie waren es."

"Waren was?"

"Die Diebstähle. Deine Sicherheitscodes. Der Mord."

Damit hatte ich nun nicht gerechnet. Vielleicht war Evon zu dominant geworden und hatte sie verschreckt. Angesichts ihrer Bereitschaft sich ihm zu unterwerfen, schien das zwar unwahrscheinlich, aber nicht vollkommen unmöglich. Vielleicht hatte er ihr einen Orgasmus vorenthalten. Vielleicht war die geballte Macht unseres Samens zu viel für ihren kleinen menschlichen Organismus und hatte sie emotional überwältigt. Vielleicht hatte sie Heimweh bekommen, denn Viken war höchstwahrscheinlich kein Vergleich zu ihrer Heimat, der Erde.

Aber nie und nimmer hätte ich erwartet, dass Evon und Rager der Grund waren. Ich glaubte das einfach nicht, aber Bella tat es und nur darum ging es jetzt.

"Woher weißt du das?"

Sie kniff die Augen zusammen und schwieg.

"Du glaubst mir nicht," sagte sie schließlich etwas unterkühlt. Sie wollte aufstehen, aber auf gar keinen Fall würde ich sie von diesem Stuhl entwischen lassen. Mit einem Arm auf die Lehne gestützt drückte ich sie mit der anderen Hand zurück, meine Handfläche presste zwischen ihre Brüste und hielt sie an Ort und Stelle. Sanft, aber unnachgiebig.

"Du bist überzeugt, dass das die Wahrheit ist und ich glaube dir." Wieder vergoss sie eine Träne. Ich schaute ihr in die Augen, wollte, dass sie mich anblickte. "Aber das sind ernste Worte und ich will wissen, was für Beweise du dafür hast. Du bist intelligent. Du bist eine ehrbare Frau, die niemanden ohne Grund beschuldigen würde."

Daraufhin entspannte sie sich ein wenig. Meine Hand blieb, wo sie war; nicht, um sie festzunageln, sondern um ihren Herzschlag zu spüren.

"Evon ist mit mir zur Kommandozentrale gegangen. Es hat ein paar Stunden gedauert, aber ich habe mich in euer System gehackt."

Ich lächelte. Ich musste einfach. Meine wunderschöne, brillante Partnerin.

"Ich habe herausbekommen, dass Thalia deine Sicherheitscodes benutzt hat. Evon und ich haben ihr zugesehen. Er hat das Video gesehen. Dann ist er wütend geworden und hat es abgeschaltet."

"Video?"

"Die Sicherheitskameras, die Aufzeichnungen. Du warst es nicht, das habe ich ihm gesagt." Sie schluchzte, dann redete sie weiter. "Es war Thalia, nicht du."

Ich riss die Augen auf, setzte mich gerade hin. Mein Verstand drehte sich wie wild. So viele Fragen taten sich auf. Meine Partnerin war ins Netzwerk von Viken eingebrochen? Ihre Fähigkeit erfüllte mich mit Stolz, selbst als ein fremdartiger Schmerz sich in meiner Brust breit machte. Es ging um meinen besten Freund, um unsere zerbrechliche, junge Familie.

Evon musste am Boden zerstört sein. Seine Schwester

hatte uns alle hintergangen, seine Familie betrogen? Sie war für die Sicherheitslücke verantwortlich? Die illegalen Transporte? Den ermordeten Wachmann? Warum? Ich legte meine Hand an Bellas Wange. "Liebes, ich bin so stolz auf dich. Aber ich verstehe das nicht. Evon und Rager sollen das gewesen sein? Und Thalia? Verfickt. Thalia?" Ich wollte weiterreden, ihr verdeutlichen, wie sehr dieser Verrat Evon zusetzen musste, aber Bella wandte sich abrupt von mir ab.

"Nein. Das war Ragers Job."

Ich runzelte die Stirn. "Was?"

"Thalia ficken." Sie hob das Kinn an, ihre Tränen waren jetzt versiegt. An deren Stelle erblickte ich die eiserne Entschlossenheit einer gehörnten Frau. Kummer. Vernichtender Schmerz, der ihr Herz für immer für uns verschließen würde.

"Erklär bitte."

"Rager fickt mit Thalia."

Ich stand auf und begann hin und her zu laufen, während ich mir mit der Hand durchs Haar fuhr. Ich wollte laut herausplärren, dass das unmöglich war, dass Rager nie dazu in der Lage wäre. Evons Schwester war für ihn wie seine *eigene* Schwester. Sie interessierte ihn nicht. Falls doch, dann hätte er sie schon vor Jahren genommen, als sie ihn zum ersten Mal gefragt hatte. Seit Jahren war sie hinter ihm her gewesen. Jeder im IQC wusste, dass sie wie besessen von Rager war. Aber Bella war neu hier, sie kannte die Geschichte nicht.

Wie kam es, dass sie dermaßen an seinen Gefühlen zweifelte? Zum Teufel, eben noch hatte er den Kopf zwischen ihren Beinen stecken gehabt, während ich ihren Arsch bearbeitete. Wie konnte sie nur so denken? Vor ein paar Stunden hatte ich etwas in ihrem Blick erkannt, das meinen gesamten Körper vor Freude aufjauchzen ließ. Liebe. Vertrauen. Zärtlichkeit. Dinge, die mir keine Frau bisher gegeben hatte. Von *meiner* Frau. Rager und Evon waren genauso verzaubert wie ich. Ich hatte jahrelang mit ihnen gedient und kannte sie fast so gut wie mich selbst. Sie waren hin und weg für Bella, genau wie ich.

"Bella, da muss ein Irrtum vorliegen. Du bist unsere Partnerin. Deinetwegen würde wir über Leichen gehen. Wir würden alles für dich tun. Was du da sagst ist einfach unmöglich." Ich prüfte ihr Antlitz auf Zweifel, auf Verunsicherung. Nichts dergleichen war zu sehen. Stattdessen sah ich Kummer, denselben Schmerz, den ich in meinen Eingeweiden verspürte, wenn ich daran dachte, dass sie mich verlassen könnte.

"Rager fickt mit Thalia." Diesmal sprach sie langsam und betonte dabei jedes einzelne Wort. Es war keine Vermutung. Sie hatte Beweise.

"Hast du die beiden gesehen?" Es konnte keine andere Erklärung geben.

"Als Evon mich zu unserer Suite gebracht hat, war Rager in der Dusche. Ich wollte die Badezimmertür schließen, um besser nachdenken zu können und …"

"Und?" Ich wollte es nicht hören, aber ich würde stark für sie sein.

"Ich habe Rager und Thalia im Bad gehört. Zusammen. Also habe ich durch die Tür gelinst—" ihre Stimme stockte und sie schlang sich die Hände um den Bauch, als ob sie grässliche Schmerzen hätte. Dann beugte sie sich nach vorne und begann, vor und zurück zu wippen, wie ein traumatisiertes Kind.

"Du hast sie gesehen." Ich versuchte ihr zu folgen. Rager und Thalia zusammen in der Dusche? Evon, der wegen ihrer Entdeckung ausflippte? Der sie ohne Erklärung einfach zurückließ? Das ergab alles keinen Sinn, aber Bellas Kummer war sehr real. Der Ausdruck in ihren Augen war eindeutig. Sie war weder dumm, noch neigte sie zur Hysterie, wie sie bei der Anhörung gestern bewiesen hatte. Sie hatte Evons Vater die Stirn geboten. Ich hatte keine andere Wahl, als ihren Worten Glauben zu schenken.

Aber nichts von alledem ergab Sinn. Evon hatte für

seine Familie nicht viel übrig. Die Spannungen waren über die Jahre stärker geworden und hatten jetzt, als Evon sich eine Partnerin genommen und sich für seine neue Familie entschieden hatte, ihren Höhepunkt erreicht. Hätte Rager Dravon bei der Anhörung nicht eine verpasst, dann hätte Evon das übernommen. Und Thalia? Eine Verräterin? Eine Mörderin? Nein.

Rager und Thalia, zusammen?

"Sie war nackt, Liam. Rager war schon unter der Dusche und sie war nackt." Bella schloss ihre Augen und eine frische Träne glitt über ihre Wange. "Und ich habe sie *gehört*." Die Verachtung in ihren Worten war so bitter, dass meine Ohren schmerzten.

"Du hast sie zusammen gehört?"

Sie nickte. "Thalia sagte und ich zitierte: '*Rager, gib mir deinen großen Schwanz. Lass mich nicht erst betteln.*'"

Das ergab keinen Sinn. Nichts von alledem. Während sie weiter redete versuchte ich, das Ganze irgendwie zu verstehen. Ich sackte auf dem Stuhl neben ihr zusammen.

"Thalia ist Evon wichtiger als ich. Er hat den Bildschirm runtergefahren und meinen Backend-Zugang geschlossen. Er wollte nicht, dass ich weiter nach Beweisen suche. Er hat mich weggejagt und mir gesagt, ich solle mir keine Gedanken darum machen und ihm die Sache überlassen, bevor er mich wie Müll, wie einen lästigen Gegenstand an der Suite abgeliefert hat. Du hättest seine Augen sehen sollen, Liam." Sie atmete tief durch und blickte mit durchtränkten Wimpern zu mir auf. "Evon war unglaublich wütend. Ich dachte, dass er auf mich wütend war, böse, weil Thalia erwischt worden war. Vielleicht wollte er sich überlegen, wie er sie schützen könnte. Aber dann habe ich Thalia und Rager zusammen gehört und alles wurde mir klar. Es hat Klick gemacht, verstehst du?

"Die drei stecken unter einer Decke. Evon und Thalia und Rager. Sie alle sind verantwortlich." Bella hob ihre zierliche Hand an mein Gesicht und ihr Ausdruck war nicht länger zornig, verärgert oder verletzt. Nein, ich erblickte nichts als Mitleid und dieses Mitleid galt mir.

"Sie arbeiten zusammen. Sie haben die Anklage wegen Mordes eingefädelt, und den Rest auch. Ich musste dich warnen, Liam. Ich musste dich warnen und ich werde es dem Kommandanten erzählen. Ich kann nicht zulassen, dass sie dich hinrichten. Aber danach kann ich nicht hierbleiben. Ich kann einfach nicht."

Ich nahm sie in meine Arme und hielt sie lange Minuten über einfach nur fest, als sie an meiner Brust schluchzte und ihr Schmerz jede Zelle meines Körpers mit Entsetzen erfüllte. Meine Hand strich über ihren Rücken und als sie sich wieder beruhigte, ließ ich sie los und legte meine Hände an ihr Gesicht.

"Ich werde rausfinden, was hier los ist, Bella. Das verspreche ich." Ich küsste sie zärtlich und hoffte, dass es kein Abschiedskuss sein würde. Ich kostete ihre Lieblichkeit. Nein, es würde nicht das letzte Mal sein.

Entschlossen blickte ich ihr in die Augen. "Du wartest hier bis zur Anhörung. Ich werde Aufseher Vora informieren, dass er niemanden zu dir hereinlässt. Ich werde herausfinden, was vor sich geht. Wenn das, was du da sagst, stimmen sollte, so werde ich dich persönlich von hier fortbringen, Bella. Aber du gehörst mir und ich werde dich nicht aufgeben."

Bella

*L*iam war gegangen. Evon war auch weg. Rager war … nun, wahrscheinlich steckte er noch bis zu den Eiern in dieser Schlampe Thalia.

Der Kummer hatte mich hart wie Stein gemacht. Liam, der gute Liam wollte den Glauben an seine Kumpels noch nicht aufgeben. Hoffentlich lag er richtig. Aber ich war Realistin, oder? Und kalte, harte Fakten konnten schlecht wegargumentiert werden.

Evon war bereit zu lügen und die Wahrheit zu verschleiern, um seine Schwester zu schützen, vielleicht würde er sogar soweit gehen und Liam dafür hinrichten lassen.

Rager war nie wirklich ein Teil unserer Familie gewesen. Er hatte niemals mir gehört. Ich konnte mich nur noch fragen, ob er nicht jedes Mal, wenn er mich berührt hatte, nicht insgeheim an *sie* gedacht hatte.

Die Vorstellung jagte mir einen Schauer über den Rücken.

Und Liam. Wenigstens hatte ich ihm geholfen seine

Unschuld zu beweisen. Vielleicht war zwischen uns noch etwas zu retten? Vielleicht auch nicht.

Würde er die Vergangenheit hinter sich lassen können? Sollte ich mich ihm verweigern, dann würde ich ihm alles auf einmal kaputt machen, seine engsten Freunde und mich. Für ihn würde eine Welt zusammenbrechen und ich wäre am Epizentrum der Detonation.

Ich stöhnte, mein Kopf schmerzte. In Momenten wie diesen kam mir immer das Zeitgefühl abhanden. Minuten wurden zu Stunden, eine Stunde zu einer ganzen Ewigkeit. Ich hatte im Gefängnis gesessen. Ich kannte mich also aus.

Ich war dabei, hin und her zu laufen und hatte die Tür im Rücken, als ich das leise Gleiten der Türöffnung hörte. Ich wandte mich um und erwartete Aufseher Vora, der wohl nach mir schauen, mir Essen und Trinken bringen und mir Gesellschaft leisten würde. Nach Plaudereien war mir aber gar nicht zumute. Nach wenigen Minuten einsilbiger Antworten meinerseits und ausgiebigem Schweigen hatte er zuvor aufgegeben und mich in Ruhe gelassen.

"Aufseher? Mir geht's gut. Danke trotzdem." Die Worte waren meinem Munde entwichen, noch bevor ich mich umdrehen konnte, um ihn freundlich lächelnd davon zu scheuchen.

"Ich bin nicht der Aufseher, Bella." Thalia stand in der Tür. Hinter ihr erkannte ich die regungslose Gestalt von Aufseher Vora. Ich erschrak.

"Hast du ihn auch umgebracht?" fragte ich.

Sie zog eine Augenbraue und gleichzeitig ihre Space-Kanone hoch. "Er kommt wieder in Ordnung. Er ist nur betäubt. Ich töte keine Unschuldigen."

Das klang nach purem Hohn. "Was ist mit dem toten Wachmann?"

Thalia trat ein und bediente sich sogleich mit einem Schluck von dem leicht gesüßten Saft, den ich nicht ausgetrunken hatte. Dann mampfte sie gemütlich ein paar

Stücke Frucht und Käse, während ich ihr zusah. Wartete. Sie wollte mir verdeutlichen, dass sie das Tempo vorgab. Ihre Agenda. Sie hatte hier das Sagen. Sie zuckte kaum mit der Wimper und wandte nicht eine Sekunde den Blick von mir. "Er war einer von uns, ein Spitzel. Er hatte vor mich zu verpfeifen, also haben meine Freunde sich seiner angenommen."

"Du hast beschissene Freunde."

"Nein. Ich habe echte Freunde. Treue Freunde. Freunde, die für mich töten würden, für mich sterben würden." Ihr Blick wurde immer erboster und ich bemerkte schließlich den liederlichen Zustand ihrer Uniform, als ob sie sie in Eile übergeworfen und nicht einmal zurechtgezogen hatte. Ihr Haar war nicht wie sonst zu einem Zopf geflochten. Es war lose und hing ihr ins Gesicht, als ob sie es mit den Händen zurechtgemacht hatte.

Oder als ob Rager das erledigt hatte, als ob sie ihm einen geblasen und seinen Samen runtergeschluckt hatte, ganz der verlogenen Schlampe entsprechend, die sie schließlich auch war.

"Was willst du, Thalia?" Ich verschränkte die Arme vor der Brust, schob meine Hüfte vor. Sie glaubte wohl, dass sie die Oberhand hatte, aber sie hatte meinen Partner gefickt und ich war mehr als angepisst. "Du hast schon gewonnen. *Gewonnen.* Warum bist du überhaupt hier?" musste ich fragen. Sie hatte Rager. Evon stand auf ihrer Seite, beschützte sie. Das einzige, was sich ihrem Ziel in den Weg stellte—war ich. Ups.

"Du willst mich auch umbringen."

Das war keine Frage und sie stritt es nicht ab.

"Nicht ganz. Aber ich muss dich loswerden. Ich kann nicht zulassen, wie du Rager den Kopf verdrehst." Sie trat an mich heran und schwang ihre Waffe nach unten. "Auf geht's, Bella. Zur Tür hinaus, dann links den Gang hinunter. Solltest du Dummheiten machen, dann werde ich dich umbringen und danach werde ich Liam umbringen, weil du mich wütend gemacht hast."

Ich kannte dieses Szenario aus einem Dutzend Filmen, hatte Geiselnahmen in den Nachrichten gesehen. Früher wollte ich gerne glauben, dass ich mutig sein würde, dass ich in den Pistolenlauf blicken und den Kidnapper zum Teufel jagen würde. Oder die Kidnapperin.

Aber von dem Moment an, als sie Liam bedrohte, war ich ihr gefügig und das wusste sie. Rager? Sie würde niemals ihrem Liebhaber schaden. Nie hätte ich geglaubt, wie gefährlich sie war. Genau wie Evon. Er war ihr Bruder, ihre Familie.

Liam aber? Sie hatten bereits deutlich gemacht, dass sie bereit waren ihn zu opfern, und der Gedanke daran war für mich unerträglich.

Ich tat genau, was sie von mir wollte, allerdings erhobenen Hauptes. Ich trug dieselbe Art beigefarbener Montur und Stiefel wie zuvor. Die Schuhe waren mit Pelz gefüttert und warm genug, um die Kälte auf dem Stützpunkt fernzuhalten, aber mit Thalia im Nacken musste ich trotzdem zittern. Was blieb mir auch anderes übrig? Sie hatte nicht nur eine einfache Waffe, sondern eine Space-Kanone. Den Aufseher hatte sie ihren Worten nach betäubt. Das Ding hatte also verschiedene Einstellungen, nicht nur Kugelmunition. Und ich war hier aufgetaucht und war ihr mit Rager in die Quere gekommen. Oder hatte ihn zumindest abgelenkt. Der Gedanke, Rager mit ihr zu teilen ließ mir die Galle hochkommen. Ich musste davon ausgehen, dass sie genauso dachte, besonders da ich mit ihm verpartnert war. Unsere rechtskräftige Verbindung würde jede noch so hitzige Leidenschaft zwischen den beiden ausstechen. Und das machte sie zu einer tödlichen Bedrohung.

Ich musste etwas unternehmen, ihr die Waffe irgendwie abnehmen.

Gott, ich wollte sie nicht töten, was aber, wenn sie

ansonsten mich erledigen würde? Vielleicht stand ihre Knarre noch auf den Modus „betäuben"?

Die Zeit eilte mir davon. Als wir die letzte Tür erreichten, setzte mein Verstand aus. Keine der Karten, die ich vorher gesehen hatte, wollte mir wieder einfallen.

"Mach die Tür auf, Bella." Sie stieß mir obendrein noch in den Rücken und ich versuchte nicht vor Schmerz aufzuschreien und tat, was sie von mir wollte.

Die Tür schob sich auf und mir wurde klar, warum ich nicht wusste, was mich dahinter erwartete.

Nichts. Nichts als weiße Landschaft. Bitterkalt. Eisig.

"Geh. Du kannst weiterlaufen oder gleich hier verrecken."

Blinzelnd und vom grellen Licht der Eislandschaft geblendet, setzte ich zum allerersten Mal Fuß auf diesen Planeten und versuchte darüber zu ignorieren, dass die Tränen auf meinen Wangen augenblicklich zu Eis wurden.

~

*E*von, IQC, VIP-Besucherquartiere

"*D*as haben sie bereits deutlich gemacht, Captain." Die Stimme meines Vaters klang gewohnt bieder, war aber mit einer Gleichgültigkeit eingefärbt, die ich so noch nie erlebt hatte. Wir befanden uns in einem weiträumigen Besucherquartier. Während ich im Türrahmen stand, hatte er es sich in einem Sessel gemüt-lich gemacht, der über ein großes Fenster beste Aussicht auf die zugefrorene Landschaft bot. Ich bezweifelte, dass er von der krassen Schönheit überhaupt Notiz nahm. Die Art, wie der Wind Schneeböen in die Lüfte trug und endlose bunte Regenbögen in die Landschaft zauberte. Der glitzernde Schnee, der ein endloses Tränenmeer auf weißer Leinwand zu zeichnen schien. Der Himmel war kristallin und blau und so klar, dass man auch mitten am Tag andere Planeten blinken und funkeln sehen konnte.

Ich kannte jeden einzelnen beim Namen, denn seit meiner Schulzeit hatte ich eine Leidenschaft für alle Dinge des Weltalls.

Dieser Ort passte zu mir. Ich war glücklich, hier als Teil der royalen Garde zu dienen. Die bedrohliche Pracht der eisigen Tundra schien etwas in meinem Inneren anzusprechen, was ich nie wirklich analysiert oder zu deuten versucht hatte. Die Luft hier roch wild, nach einem nicht enden wollenden Kreislauf von Freiheit und Risiko.

Mein Vater? Er liebte Viken, bevorzugte aber große Städte, wo er Leute treffen und sich der großen Politik widmen konnte. Der Dienst am Volke lag ihm im Blut und mir ebenfalls. Von unserer Familie wurde auch nichts anderes erwartet, aber nur ungern hatte er mich als Koalitionskämpfer gesehen. Nachdem ich als Aufklärungspilot der interstellaren Flotte beigetreten war, war unser Verhältnis angespannt. Aber dieser Schock hatte sich schon vor Jahren wieder gelegt.

Dass Thalia in meine Fußstapfen getreten war und Viken hinter sich gelassen hatte, hatte er mir aber nie wirklich verziehen. Das war vor einigen Jahren. Vor meinem Beitritt zur Flotte hatte ich lange darüber nachgedacht, ich war mir der Risiken bewusst. Ich hatte überlebt. Und obwohl mein Vater mir meine Entscheidung nur schwer nachsehen konnte, versprühten seine Augen eine Mischung aus Neid und Respekt. Ich war ein gestandener Mann, keine Schachfigur, die sich auf dem Familienschachbrett herumschieben ließ. Ich hatte Viken wahrhaftiger gedient, als Leute wie mein Bruder es je nachvollziehen konnten. Ich hatte für Viken gekämpft, den Planeten vor einem Feind geschützt, der zu bedrohlich war, als dass er ignoriert werden konnte. Indem ich der Flotte beigetreten war, hatte ich meine Familie beschützt.

Mein Vater hatte das nie verstanden. Er würde es auch nie verstehen, denn anders als ich—und anders als Krieger wie Rager und Liam—hatten Dravon wie auch mein Vater die Hive nie mit eigenen Augen gesehen. Nie würde er das wahre Grauen unseres Feindes begreifen können, die Abscheulichkeit und das Böse, das ihm inne lag.

Bellas Ankunft hatte meinen Standpunkt nur gefestigt. Ich glaubte an meine Familie, liebte sie und ihren selbstlosen Dienst. Ich aber würde weiter auf meine eigene Art dienen, und zwar zusammen mit meiner eigenen Familie. Sie kam an erster Stelle.

Liam war kein Verräter. Bella hatte den Beweis erbracht. Wir standen jetzt aber vor einem neuen Problem, einer größeren Bedrohung. Meine Schwester konnte nicht allein gehandelt haben. Und obwohl es mir das Herz brach, wusste ich auch, dass sie seit vielen Monaten unzufrieden war.

Ich war bestürzt, aber nicht überrascht. Und diese Tatsache allein verriet mir alles, was ich wissen musste. Wir mussten jetzt die restlichen Verräter entlarven. Das IQC-Feld und der umliegende Stützpunkt waren kritisch für Vikens Wohlstand und Sicherheit. Nichts durfte die Anlage gefährden. Schon gar nicht meine Schwester.

"Das habe ich, Vater. Und ich habe meine Meinung nicht geändert. Meine Familie geht vor. Dasselbe hast du als Kommandant immer unserer Jugend eingetrichtert. Du musst es etwa tausendmal wiederholt haben, als ich ein Junge war. Und Bella ist jetzt meine Familie. Bella, Liam und Rager."

"Du bist immer noch ein Tyrell," konterte er. "Diese Familie muss vorgehen."

"Nicht mehr. Entweder du akzeptierst meine Familie, oder nicht. Sie kommt für mich an erster Stelle."

"Warum bist du dann hier?" Dravon kam aus einem der Schlafzimmer dazu und machte eine gereizte Miene, als er mich erblickte. Seine Nase war wieder in Ordnung, als ob Rager sie ihm nie gebrochen hatte, ohne Zweifel das Ergebnis einer Behandlung mit dem ReGen-Stift. Sein verdrießlicher Blick und verbissener Kiefer waren aber genug Indiz dafür, dass er seine Meinung nicht geändert hatte.

"Weil er mein Sohn ist. Sei etwas respektvoller." Mein Vater drehte sich in seinem Sessel um und blickte meinen Bruder stirnrunzelnd an. "Oder soll ich Rager rufen, damit er dir nochmal die Nase bricht?"

"Danke, Vater." Ich neigte respektvoll den Kopf. Zur Unterstützung schenkte er mir zwar keine Umarmung, so wie Ragers Vater es wohl tun würde, aber das war mehr, als ich erwartet hatte. Sein Ehrgefühl war intakt, es steckte ihm sozusagen in den Knochen.

Thalias Verrat würde ihn am meisten schmerzen.

"Ich bin hier, um über eine Entdeckung zu reden, die Bella gemacht hat. Sie hat unser System gehackt, Kommandant." Ich passte meine Anrede an, damit er verstand, dass ich es ernst meinte, denn es ging jetzt um mehr als nur unsere Familie. Wir hatten unsere Jobs zu erledigen.

"Das hat sie?" Er lehnte sich vorwärts und war eindeutig interessiert, jetzt, als die unangenehme Diskussion über Familie und Loyalitäten aus dem Weg geräumt war.

"Ziemlich mühelos, Kommandant. In weniger als vier Stunden konnte sie sich Zugang zu unserem gesamten Sicherheitsnetzwerk verschaffen." Mir war bewusst, dass Stolz in meiner Stimme mitschwang und ich versuchte nicht einmal, ihn zu verstecken. Meine Partnerin war ein Genie und hoch qualifiziert. Ihr beim Arbeiten zuzusehen war faszinierend und um ihrer Intelligenz willen bewunderte ich sie umso mehr. Als sie sich umgewandt und mir zu verstehen gegeben hatte, dass sie keine Soldatin war, die man einfach so herumscheuchen konnte, war mein Schwanz dermaßen hart geworden, dass ich fast wäre wie ein unbefleckter Teenie in meiner Hose abgegangen wäre.

Götter, sie war wunderschön. Ich konnte es nicht erwarten sie zu beanspruchen, sie für immer zu unserer Frau zu machen.

Erst mal aber musste ich mich um Thalia und ihre Helfer, also die VSS-Leute, die unseren Stützpunkt infiltriert hatten, kümmern.

"Und was hat sie herausgefunden?" Er war jetzt wieder voll und ganz Kommandant, sein Tablet war gezückt, damit er sich Notizen machen und Befehle versenden konnte. Bereit, tätig zu werden.

"Liam ist unschuldig."

Dravon verdrehte die Augen. "Liam? Schon klar, dass du das sagen würdest, großer Bruder. Aber wir alle wissen, dass er hingerichtet wird," sprach er und setzte sich unserem Vater gegenüber.

Zähneknirschend stand ich zwischen den beiden, ich wollte deswegen jetzt nicht in einen Streit geraten. Es gab ein größeres Problem. Thalia.

Also atmete ich tief durch und ließ es raus.

"Der wahre Täter konnte identifiziert werden. Wir haben die gesamten Überwachungsaufnahmen des Verräters, wie er an die Steuerung herantritt und die Sicherheitscodes austauscht. Und dabei handelt es sich nicht um Liam."

Das, was ich da gleich sagen würde, drehte mir den Magen um. Thalia war meine kleine Schwester. Den Männern auf Viken wurde von klein auf beigebracht, ihre weiblichen Familienmitglieder zu beschützen. Genau das hatte ich auch getan, hatte sichergestellt, dass sie in meiner Nähe stationiert wurde, damit ich ein Auge auf sie werfen konnte, sie beschützen konnte, obwohl sie längst erwachsen war.

Trotzdem war sie Amok gelaufen, statt Viken zu dienen, machte sie jetzt…was? Ich konnte nicht nachvollziehen, warum sie uns hintergangen hatte. Ragers Entscheidung, sich eine Braut zu teilen hatte ihr offensichtlich missfallen und ihre krankhafte Verliebtheit in ihn war mehr als nur eine mädchenhafte Schwärmerei.

Mein Vater würde ihr niemals verzeihen. Auch wenn ich Bella meiner Familie vorzog, würde ich in seinen Augen immer noch ein echter Viken bleiben. Aber Thalia? Sobald er die Wahrheit erfahren würde? Das würde ihm übel zusetzen.

"Ist dein kleiner *Hacker* wirklich reingekommen? Bist du sicher, dass sie dich nicht reingelegt hat? Liams Unschuld zu beweisen ist schließlich in ihrem eigenen Interesse," wandte Dravon ein. Obwohl er abwertend und beleidigend klang, nahm ich es als ein Kompliment.

Mein Mundwinkel zog sich nach oben und ich erinnerte mich an den begeisterten Jubel in Bellas Augen, die Art, wie sie vor Freude strahlte, als sie das komplexe Sicherheitssystem durchbrach. Ich war so verdammt stolz auf sie, war so verblüfft, dass ich mich in diesem Moment in sie verliebt hatte. Aber meine Freude blieb nur ein helles Flackern und wurde umgehend ausgelöscht, als ich den Monitor, den Verräter sah. Die Wahrheit.

"In der Tat."

Als ich an seinem Köder nicht anbeißen wollte, sackte er wieder in seinem Sessel zusammen.

Mein Vater betrachtete mich eindringlich. Er kannte mich gut, wusste, dass das Schlimmste noch bevor stand. "Und? Du bist aus einem Grund gekommen. Sag mir, was dir nicht über die Zunge kommt."

Ich konnte mich kaum in Worte fassen. Niemals hätte ich gedacht, so etwas einmal auszusprechen. "Es tut mir leid, Vater, aber Thalia ist der Verräter."

Mein Vater stand auf, trat einen Schritt auf mich zu, sein Gesicht kochte vor Wut. Vielleicht dachte er an all die privaten Informationen über ihn, die Bella nach nur ein paar Sekunden hervorgekramt hatte, oder vielleicht wurde ihm auch bewusst, dass ich niemals mit so etwas an ihn herantreten würde, wenn auch nur der geringste

Zweifel daran bestand. Ich liebte meine Schwester. Verrat hin oder her, ich würde sie weiterhin lieben.

"Bist du sicher?" wollte er wissen.

Ich nickte und Dravon erhob sich ebenfalls. "Das kannst du ihm nicht abnehmen! Thalia würde so etwas niemals tun. Diebstahl? Mörder?"

"Die Monitore lügen nicht."

"Nein, aber du vielleicht schon. Wie weit würdest du wohl gehen, um deinen Kumpel Liam zu retten?" frotzelte Dravon.

Ich funkelte ihn kurz an. Als wir jünger waren, wurden wir oft für Zwillinge gehalten. Wir sahen uns immer noch recht ähnlich, aber seine unbeirrbaren Ideologien hatten ihn unbarmherzig gemacht. Teile davon erkannte ich in mir selbst wieder. Diese Einsicht war vollkommen neu für mich und wurde von Bella und ihrem Einfühlungsvermögen beflügelt. Innerhalb nur einer Tages war ich irgendwie weicher geworden. Sicher, die Aufnahmen, in denen Thalia die Sicherheitscodes zugunsten ihrer Freunde vom VSS manipulierte, ließen mich weiter in Schwarz und Weiß denken, aber es gab jetzt auch etwas dazwischen, eine Grauzone. Im Bett hatte ich Bella sogar die Führung überlassen.

Ich wurde weichherziger. Aber ich musste immer noch mit meinem Vater klar kommen. Und mit Dravon.

"Thalia war es. Du kannst Liam nochmal vernehmen, aber die Beweismittel werden seine Unschuld ohne jeden Zweifel beweisen. Und sobald die Anhörung vorüber ist, werde ich ein Sicherheitsteam zusammentrommeln und unsere Schwester verhaften müssen."

"Ich will diesen Beweis sehen!" sprach Dravon. Er wurde zusehends zorniger; die Vorstellung, dass seine Schwester schuldig war, brachte seine gesamte Rage hervor. Aber war es die Wut oder der Stolz, was seine Aggressivität nährte? Ging es ihm um unsere Schwester, oder um den unvermeidbaren Skandal, mit dem unser

Familienname belastet sein würde, sobald er in die Stadt zurückkehren würde?

"Wir werden den Beweis bei der Anhörung sehen," sagte mein Vater mit resignierter Stimme, schwächer, als ich ihn je gehört hatte.

Das Mikrofon an meinem Handgelenk piepte, dann ertönte Ragers Stimme. "Evon."

Wir alle starrten auf mein Handgelenk.

"Rager. Ich bin bei meiner Familie."

"Ist Thalia bei dir?" fragte er. Er klang irgendwie … fertig. Warum erkundigte er sich nach Thalia, wenn er mit Bella in der Suite war?

"Nein. Sie ist nicht hier. Was ist los?"

"Thalia. Sie hat mich betäubt. Ich … ich habe ihr einen Korb gegeben und sie ist übergeschnappt. Ich wollte sie beruhigen und das Letzte woran ich mich erinnern kann, war als sie sagte, sie würde sicher gehen, dass wir immer zusammen bleiben würden."

Ich blickte zu meinem Vater, dann zu meinem Bruder. Ihre Augen waren weit aufgerissen, denn die Wahrheit kam jetzt nicht nur aus meinem Munde, sondern aus Ragers ebenfalls.

"Bist du verletzt?"

"Ich war in der verdammten Dusche, als sie mir einen Elektroschock verpasst hat." Er seufzte, der Ton drang viel zu laut durch das Gerät. "Das Wasser hat die Ionenladung verdammt verstärkt. Ich kann mich kaum bewegen."

"Ich rufe ein Rettungsteam," rief Dravon und eilte zur Kommunikationseinheit an der Wand. Einen Moment lang starrte ich ihn an, seine Hilfsbereitschaft überraschte mich. Noch vor einer Minute war er außer sich vor Wut gewesen.

"Hilfe ist unterwegs," versicherte ich Rager. "Warte. Wo ist Bella?"

"Sie ist bei dir."

Ich erstarrte. "Sie ist nicht bei mir. Ich habe sie zur

Suite gebracht, damit sie bei dir bleibt. Ich habe sie rein-gehen sehen."

"Was?" Rager klang jetzt ganz anders. Dann begann er wild zu stammeln. "Sie ist niemals angekommen. Ich war in der Dusche und Thalia ist zu mir hereingekom-men. Sie war verdammt nochmal nackt, Evon."

Ich blickte zu meinem Vater und Dravon kam wieder hinzu. "Das Rettungsteam ist unterwegs, Rager. Und wir alle wissen, dass meine Schwester seit Langem hinter dir her war."

"Ja, ich weiß," knurrte Rager. "Und ich habe ihr schon vor Jahren verdeutlicht, dass das Interesse nicht gegenseitig ist. Ich habe eine Partnerin. Ich will Bella. Nur Bella." Seine Stimme wurde schwächer, sie klang heiser, als ob er gleich ohnmächtig werden würde. Dann vernahm ich weitere Stimmen und seufzte erleichtert, als ich das Rettungsteam dazukommen hörte.

Mein Vater ergriff das Wort und wandte sich an das Team. "Hier spricht Kommandant Tyrell. Wie ist Ragers Zustand?"

"Wir haben ihn, Kommandant." Eine nüchterne Stimme tönte durch das Mikrofon, eine Sanitäterin, deren Stimme ich wiedererkannte. "Er ist betäubt worden, aber sein Zustand ist nicht kritisch. In ein paar Stunden wird der wieder auf den Beinen sein. Vielleicht schon eher."

"Halten sie mich auf dem Laufenden."

"Jawohl, Sir."

Das Gerät verstummte und ich machte mich sofort auf den Weg zur Tür.

"Wohin gehst du verflucht nochmal?" wollte Vater von mir wissen.

"Ich muss Bella finden." Mein Verstand kreiste, aber die Aufregung war nach Stunden des hilflosen Wartens eine willkommene Abwechslung. Ich betätigte die Kommunikationseinheit an der Wand. "Liam?"

Innerhalb von Sekunden hatte das System meinen Kumpel aufgespürt. "Evon." Liams Stimme klang eigenartig, verhalten, als ob wir Fremde wären. Da wir beide letzte Nacht noch unsere Schwänze in unserer Partnerin vergraben hatten und danach im gleichen Bett eingeschlafen waren, verwunderte mich seine kühle Art.

"Was zum Teufel ist los, Liam? Wo ist Bella?"

Endlos lange Sekunden verstrichen, während mein Rücken und meine Brust vor Anspannung ganz steif wurden und mein gesamter Körper wie von einer unsichtbaren Faust zusammengedrückt wurde. "Liam? Verflucht. Rede mit mir. Thalia ist der Verräter. Ich habe Bella zu unserer Suite gebracht, um mich mit dem Kommandanten zu treffen, aber Rager sagt, dass sie dort nie aufgetaucht ist. Thalia wollte sich ihm in der Dusche anbieten und als er sie abblitzen ließ, hat sie ihm eine mit der Ionenpistole verpasst. Sie hat gesagt, sie würde sicherstellen, dass die beiden für immer zusammenbleiben würden. Ich frage dich also ein letztes Mal, Bruder, wo ist unsere Partnerin? Ist sie bei dir? Ist sie sicher?"

Liams Seufzer sprach Bände. "Nein. Sie ist bei Aufseher Vora."

"Was? Warum ist sie im Testzentrum?" Blanker Terror überkam mich, ließ beinahe meine Knie einknicken. Ich presste die Stirn gegen die Wand und wartete auf Liams Antwort.

"Evon, sie hat ein neues Match angefordert."

Nein. Nein. Nein. Nein. Nein … ich wollte nicht mehr hören, aber Liam redete weiter, trieb mir den Dolch tiefer ins Herz.

"Sie war überzeugt, dass du und Rager uns hintergangen habt. Sie hat Rager mit Thalia in der Dusche gesehen. Weil du dich geweigert hast, ihre Entdeckung sofort dem Gremium zu melden ist sie ihrerseits davon ausgegangen, dass du sie Sache vertuschen wolltest, um Thalia zu beschützen, dass dir deine Schwester mehr bedeutet als unsere Familie. Sie war vollkommen hysterisch."

Ich rammte meine Faust gegen die Wand. Es war

meine Schuld. Ich hätte behutsamer mit ihr umgehen müssen. Ich hätte mich erklären müssen. Aber ich hatte getan, was ich immer getan hatte, nämlich Befehle erteilen und blind erwarten, dass die anderen mir einfach vertrauten.

Mit meiner zarten Bella, so musste ich mir eingestehen, hatte ich mir dieses Recht noch nicht erarbeitet. Und jetzt? Jetzt könnte ich deswegen alles verlieren.

Mein Vater rief Aufseher Vora über sein persönliches Kommunikationsgerät, aber jemand anderes antwortete.

"Verzeihung, Kommandant, aber Aufseher Vora ist nicht hier."

"Wo ist er?"

"Er ist auf der Krankenstation. Wir sichten gerade die Sicherheitsaufzeichnungen, er hatte eine Frau bei sich im Abfertigungszentrum. Eine neue Braut. Aber der Angreifer hat sie als Geisel genommen."

Ich atmete schwer, jedes Luftmolekül brannte wie Säure in meinen Lungen.

"Wo sind sie jetzt?" brüllte ich quer durch den Raum. Liams Schweigen am anderen Ende der Leitung verriet mir, dass er ebenfalls mithörte.

"Das wissen wir nicht, Sir."

"Was meinen sie, sie wissen es nicht?" fragte ich nach.

"Bei dem Angreifer handelt es sich um Lieutenant Thalia Tyrell. Tut mir leid, Sir."

"Lassen sie die beschissenen Entschuldigungen und sagen sie mir, wo sie Bella hingebracht hat!" Ich lief auf meinen Vater zu, als könnte ich dem jungen Offizier am anderen Ende der Leitung an die Gurgel gehen. "Wo sind sie hin?"

"Wir konnten ihnen bis zum nordöstlichen Ausgang nachspüren."

"Scheiße." Liams Aufschrei war laut und deutlich zu hören.

Mein Vater erhob die Hand und da er ruhiger war als ich, gab ich schließlich nach. "Schaltet die Satellitenortung an. In der Tundra müssten wir sie aufspüren können."

"Wir sind schon dabei, Sir."

Mein Blut köchelte jetzt auf kleiner Flamme. Thalia hatte meine Partnerin in die Eishölle verschleppt. Warum? Was zum Teufel wollte sie da draußen mit ihr anstellen?

Nichts Gutes jedenfalls. Sie hatte Rager bereits mit einer Ionenpistole angegriffen und sie liebte ihn abgöttisch. Ich wollte nicht darüber nachdenken, was sie Bella alles antun könnte. Jener Person, die ihr und Rager in die Quere gekommen war.

Ich wollte aufbrechen, als Dravon plötzlich durchs Zimmer stürzte und seine Ionenwaffe mitsamt Holster zusammensammelte. "Ich komme mit dir."

Ich warf meinem Bruder einen prüfenden Blick zu, denn von ihm erwartete ich überhaupt nichts und schon gar keine Hilfe. "Ich werde Thalia suchen. Ich werde alles tun, um meine Partnerin zu beschützen. Alles," wiederholte ich.

Er funkelte meinen Vater an, dann traf sein Blick meinen. Er hob den Kopf ein Stück höher. "Ich verstehe. Ich werde in der Zentrale bleiben und die Satellitenbilder auswerten. Von dort aus kann ich dich lotsen."

Ich nickte, während er bereits Befehle in sein Armband brüllte. Keine Ahnung, warum er es sich plötzlich anders überlegt hatte, aber jetzt war auch nicht der passende Moment darüber nachzudenken.

"Wir haben eine Geiselnahme," sprach ich. "Ruft die Eliteeinheit zusammen. Wir müssen nach draußen."

Liams Stimme hallte quer durch den Raum. "Nordwestlicher Ausgang, Evon. Wir treffen uns dort."

13

Rager, IQC, Privatquartiere

ie Sanitäterin wedelte mit ihrem Gerät an mir herum, während ich mir etwas überzog. Als ich gefunden wurde, lag ich nackt in der Dusche. Meine Eier hingen für jedermann sichtbar und das war mir scheißegal. Der heftige Elektroschock, den Thalia mir verpasst hatte, hatte mich regelrecht außer Gefecht gesetzt. Mein Körper erholte sich langsam und ich war in der Lage mich mit Evon zu verständigen. Mit jedem Vorbeiziehen des ReGen-Stifts erstarkten meine Muskeln und mein Verstand setzte wieder ein.

Sobald es einigermaßen möglich war, stand ich vom nassen Fliesenboden auf und stolperte Richtung Wandkommode, um mir etwas überzuziehen. Als die Sanitäterin protestieren wollte, warf ich ihr einen unnachgiebigen Blick zu. "Sie können mitkommen oder bleiben, wo sie sind."

So harte Töne anzuschlagen entsprach gar nicht meiner Art, aber Bella war irgendwo da draußen. Nicht draußen im IQC, sondern *draußen*. Mit Thalia, die verflucht nochmal übergeschnappt war.

Die Frau hatte mich zu Tode erschreckt. Ich stand gerade unter dem heißen Duschstrahl und war dabei mir den Schwanz zu streicheln, weil ich daran denken musste, Bellas Muschi nochmal auszuschlecken, als ich plötzlich ihre Stimme hörte. Mit steifem Schwanz drehte ich mich zu ihr um und erblickte nicht die Frau meiner Träume, sondern Thalia. Nackt.

Sie war prachtvoll, feingliedrig und mit perfekten Titten. Aber mein Schwanz erschlaffte sogleich. Sie war nicht die Frau, die ich wollte, die Frau, nach der mein Körper sich sehnte. Ihr anzügliches Gerede konnte auch nichts daran ausrichten. Als ich sie fortschickte, ihr sagte, dass Bella die einzige Frau für mich war, rastete Thalia aus. Keine Ahnung, wo sie die verdammte Ionenkanone gebunkert hatte, aber einen Moment später lag ich auch schon brutzelnd auf dem Fliesenboden und ihre hasserfüllten Augen blickten auf mich herunter. Selbst unter dem heißen Wasserstrahl ließen ihre Worte mich erschaudern.

"Ich kümmere mich um alles, Rager. Dann können wir für immer zusammen sein."

Sie ließ mich liegen, zuckend, mit versengtem Rückgrat und verschmorten Nerven. Was hatte sie bloß vor? Wie wollte sie sicher gehen, dass wir zusammen sein würden, dass nichts—und niemand—sich ihr in den Weg stellte?

Bei dem Gedanken stülpte ich schnell meine Stiefel über und schnappte meine Ionenpistole vom Tisch. Die Sanitäterin folgte mir auf Schritt und Tritt und wedelte mit der blauen Leuchte herum. Bis auf den verdammten Brummschädel fühlte ich mich besser, ich war in Ordnung. Einigermaßen.

"Genug." Den Hive war ich in schlechterer Verfassung gegenübergetreten. Die verfluchten Kopfschmerzen oder irgendwelche anderen Wehwehchen waren jetzt scheißegal. Ich konnte wieder laufen und musste meine Partnerin suchen.

Ich nahm ihr den Stab aus den Fingern und atmete tief durch. "Danke für eure Hilfe. Euch alle." Ich blickte zu den anderen beiden Sanitätern, die mir zur Hilfe geeilt waren und jetzt nur rumstanden. "Aber ich muss los. Sofort." Dann hielt ich den Stab hoch. "Den hier werde ich mitnehmen."

Mir blieb keine Zeit für Plaudereien, also stapfte ich umgehend aus der Suite.

"Evon," sprach ich in mein Handgelenk. Mit dem blauen Stab wedelte ich mir weiter über Kopf und Torso, weil der Gang etwas verschwommen wirkte. "Standort."

"Nördlicher Ausgang. Liam ist eben eingetroffen. Wir warten hier mit Dravon."

Ich bog nach links ab. Dravon war bei Evon? Das hörte sich verrückt an, aber *alles* war gerade irgendwie irrsinnig. Ich würde mich später damit befassen.

"In zwei Minuten bin ich da."

"Zu lange," sagte Liam. "Wir treffen uns draußen. Thalia hat Bella nach draußen aufs Südplateau geführt."

"Meine Schwester will unsere Partnerin umbringen," sprach Evon.

Die Wut, die ich sonst mühelos im Zaum hielt, erwachte jetzt laut brüllend zum Leben. Mein Schädel hämmerte, aber ich hielt mir den Stab an den Kopf und ließ das blaue Licht seine Arbeit machen während ich weiter lief. Wenn Evon das sagte, dann war es ernst. Ich wusste, wie krass und entschlossen seine Familie war. Wie er es ihnen gleichtun wollte, dann aber seinen eigenen Weg gegangen war. Er kämpfte täglich gegen seine Prägung, selbst in der Anhörung. An seiner Stelle musste ich Dravon die Fresse polieren und ich würde es wieder tun. Zum Teufel, ich würde Thalia die Fresse polieren oder Schlimmeres mit ihr anstellen, sollte sie meiner Partnerin auch nur eine Frostbeule beschert haben.

"So weit wird es nicht kommen," sprach ich und

meine Stimme war düster, wütend. So untypisch für mich. Ich mochte der Verträglichste unter uns sein, aber in diesem Moment war meine Geduld am Ende, also lief ich schneller. Noch schneller. Abgründige Wut, der bestialische Teil meines Wesens erwachte mit einem lautlosen Aufheulen aus den Tiefen meiner Seele zum Leben. Niemand würde mir meine Partnerin nehmen. Eher würde ich Thalia die Arme ausreißen.

"Mein Vater übermittelt uns die Koordinaten," fügte Evon hinzu.

"Ich höre dich auch, Rager," sagte daraufhin der Kommandant, seine Stimme klang überraschend hilfsbereit. Ausnahmsweise. "Ich sehe deine Position. Beim nächsten Gang musst du links abbiegen. Ja, gut so. Ich werde dich zu ihnen führen, wie mein Sohn schon gesagt hat."

Ich war nicht sicher, ob er mich zu Evon und Liam oder zu Thalia und meiner Partnerin lotsen würde. Es war so oder so die richtige Richtung. Ich behandelte mich weiter selbst und rannte dem Ausgang entgegen, ich war auf dem richtigen Weg. Zu meiner Zukunft. Ich musste sie nur retten.

*B*ella

*S*cheiße, war das kalt. Meine Augen schmerzten aufgrund des gleißenden Lichts, meine Wangen wurden vom Wind gepeitscht. Dennoch war ich praktisch überhitzt, weil ich mit Thalias lächerlichem Tempo mithalten musste. An einigen Stellen reichte der Schnee bis zu den Knien, an anderen bedeckte er nur spärlich den felsigen Untergrund. Thalia trieb mich weiter voran, wenn ich ins Stolpern geriet, stieß sie mich mit dem Lauf ihrer Pistole. Wenn ich einmal nicht kooperierte, bedrohte sie das Leben meiner Partner.

Schweiß lief mir den Rücken entlang. Ich war bei weitem keine Spitzenathletin, aber die Wut trieb mich an. Und das ununterbrochene Herumgestochere an meinem Rücken erinnerte mich daran, *warum* ich stinkwütend war. Warum machte sie das? Sie und Rager hatten ihren Spaß, spielten ihr Spielchen. So ungern ich es auch eingestehen wollte, sie hatte bereits gewonnen.

"Ich war im Testzentrum, um neue Partner anzufordern," erklärte ich. Ich hoffte, dass der Wind ihr meine Worte zu Ohren trug. Umblicken würde ich mich nämlich nicht. Ich spürte ihre verdammte Knarre, also musste ich sie nicht auch zu Gesicht bekommen.

Meine Füße waren schwer und der Marsch durch die Schneedecke war mühselig. In der Nähe der Hauptgebäude war der Schnee tief gewesen, aber je weiter wir uns entfernten, desto dünner wurde der Schnee, er wurde barsch und der Untergrund immer unfreundlicher. Ich stapfte jetzt nicht länger durch Schneewehen, sondern wir kraxelten über schroffe Felsen und sich dahinschlängelnde Eisspalten. Der Wind peitschte unentwegt auf die Landschaft ein und verhärtete die gefrorene Feuchtigkeit zu einer Kruste, die laut unter unseren Stiefeln knirschte und auf der nur pudrige Fußabdrücke zurückblieben.

"Ich will Rager überhaupt nicht," bot ich an. "Du liebst ihn. Du sollst ihn haben, Thalia." Damit handelte ich mir einen groben Rüffel in den Nacken ein. Ich zuckte zusammen.

"Lügnerin," konterte sie.

"Du hast gesagt, dass du mich nicht töten wirst. Und du hast gewonnen. Du kannst ihn haben. Ich habe bei Aufseher Vora ein neues Match angefordert, neue Partner. Bring mich einfach zurück. Bis zum Abendessen bin ich weg."

"Du wirst schon bald weg sein. An einem Ort, wo Rager dich niemals finden wird."

Scheiße. Wollte sie mich etwa abknallen und hier draußen den Wölfen zum Fraß überlassen? Hatten sie hier Wölfe? Oder Eisbären? Irgendetwas, das mich gerne aufessen würde? "Warum knallst du mich nicht einfach ab, damit wir es hinter uns haben?" Es war dämlich ihr solche Ideen in den Kopf zu setzen, aber ich wollte herausfinden, ob sie mich der kargen Tundra dem Tode überlassen würde.

"Oh, nein. Das wäre zu einfach. Ich werde dich woanders hinschicken. Und du wirst nie zurückkehren."

Ich blickte mich um. Sollte sie mich hier aussetzen, würde ich einfach zum IQC zurückmarschieren. Mein Orientierungssinn war ganz gut und es war nicht gerade so, dass ich mich verirren könnte. Außer Felsen und Schnee gab es da nichts. Alles sah gleich aus und unsere Fußabdrücke wurden sehr wahrscheinlich verweht.

"Mich hinter einem Felsen auszusetzen wird aber nicht funktionieren."

Daraufhin lachte sie. "Dich hinter einem Felsen aussetzen? Götter, ich dachte, du wärst richtig clever. Ich hab' dich sogar gemocht. Vermassel das jetzt nicht."

Nun blickte ich doch mit zusammengekniffenen Augen über meine Schultern. Ihre Wangen waren knallrot, ihr blondes Haar vom Wind zerzaust. Und, klar, sie hielt dieses Ionendingsbums auf mich gerichtet. So viel zum Thema beste Freundin. Sie hatte mir zwar geholfen, ein paar Klamotten zusammenzusuchen, dabei hatte sie mich aber insgeheim verachtet. Sie musste sich ins Fäustchen gelacht haben, weil ich von ihr und Rager keine Ahnung hatte, aber sie musste auch eifersüchtig gewesen sein, weil er mich gefickt hatte.

Genau das vermittelte ich ihr auch.

"Rager gehört mir," keifte sie. "Zu wissen, dass sein Schwanz in dir drin war, dass sein Mund auf deiner Muschi war. Götter, dass seine Hände dich überall berührt haben… ch würde dir am liebsten weh tun. Er war für mich bestimmt."

Ich wirbelte herum. Sie stoppte und ich starrte sie an. Ihr Gesicht war von Sonne und Schnee hell erleuchtet. Ihre Wangen waren rot, ihre Augen wild und ihr Haar wurde zur Seite geweht.

"Für dich bestimmt? Thalia, du warst splitterfasernackt in der Dusche mit ihm."

Sie grinste. Nicht, weil wir Freunde waren, sondern weil ich ihre Feindin war. "Also hast du uns gesehen, oder?" Dann verflüchtigte sich ihr Lächeln und bitterböser Hass blickte mich an. "Du hast gesehen, wie er mich abgelehnt hat. Wie er mir gesagt hat, dass du die Einzige für ihn bist."

Das hatte ich nun nicht erwartet. So sehr überrumpelten mich ihre Worte, dass ich nicht einmal den darauffolgenden Hieb auf meinen Kopf abwehren konnte. Ich stolperte, fiel auf meine Knie.

"Verflucht," stöhnte ich. Ich hatte mich früher hin und wieder gerauft, also Zickenkriege mit anderen Weibern erlebt. Hirnlose Barstreitereien im Suff. Aber das hier? Das hier war etwas anderes. Sie war bewaffnet und mehr als angepisst und eben hatte sie mir mit ihrer Knarre eine verpasst.

Mein Kopf schmerzte wie verrückt und meine Sicht wurde schummrig. Ich schmeckte Blut und war ziemlich sicher, dass mein Kiefer gebrochen war. Und trotz allem wurde mir plötzlich ganz warm.

Rager hatte sie abgelehnt? Sie waren beide nackt. Sie wollte seinen Schwanz haben. Aber ich war weggerannt. Hatte das Finale verpasst. Sie würde mir kein Märchen erzählen. Sie hatte keinen Grund, mich jetzt anzulügen. Nicht hier draußen. Wenn er sie gefickt hatte, dann würde ich glauben, dass sie mich verhöhnte.

"Steh auf." Mit dem Stiefel versetzte sie mir einen Tritt in die Rippen und ich verspürte einen scharfen, stechenden Schmerz. Ich musste laut aufschreien, als eine meiner Rippen mit einem malmenden Gefühl knackste. "Geh weiter."

Sie trat mich erneut und ich ächzte, stand aber auf und hielt eine Hand an mein Gesicht. Mein Kopf pochte und pulsierte, aber ich ignorierte das ausgedehnte Kribbeln, das sich einstellte. Gott sei Dank gab es Endorphine, oder was auch immer das war, denn der Schmerz verblasste zu einem dumpfen Hämmern. Rager hatte sie nicht gefickt und ich fühlte mich ... besser. Aber ich war immer noch durcheinander. Wenn er sie abgelehnt hatte, warum würde er sie dann unterstützen?

Wir marschierten ein paar Minuten lang weiter und dann befahl sie mir anzuhalten. Wir waren mitten im Nirgendwo, in einer Art Nordpol-Nirgendwo. Ich konnte nicht weglaufen; es gab kein Versteck, keine Deckung vor Schüssen. Wir befanden uns inmitten einer ausgedehnten Ebene, der Schnee war harsch und glatt und erstreckte sich endlos in alle Richtungen. Von hier aus sah es aus, als ob die Schneedecke sich über Meilen und Meilen erstreckte. Ein Ozean aus Schnee.

Sie machte Halt und ich blickte kurz über meine Schulter. Sie schaute auf ihr Kommunikationsarmband, ließ eine Tasche von ihrem Rücken rutschen und auf den festgedrückten Schnee fallen. Mir war nicht einmal aufgefallen, dass sie eine Tasche trug. Natürlich, eine große, alte Space-Knarre bot schon genug Ablenkung. Mit einem Tritt gegen meine Beine zwang sie mich in die Knie.

Ohne Worte sah ich zu, wie sie ein paar komische Masten und Metallstäbe in einem Viereck um mich herum aufbaute. Ihre Waffe hatte sie dafür auf dem Boden abgelegt, aber sie war zu weit weg von mir, als dass ich sie ihr hätte abnehmen können. Es sah aus, als ob sie ein Zelt aufbauen würde ... oder einen Käfig. Ich blickte mich um und legte zum Schutz vor dem Licht meine Hand an die Stirn. Das IQC war außer Sichtweite. Nichts außer Schnee und dunklen, schroffen Felsen war zu sehen. Und eine Maschine, so eine Art Schneemobil kam auf uns zugefahren.

175

Ich beobachtete und konnte sehen, wie jemand von dem Gefährt herunterhüpfte und mein Herz hämmerte gegen meine gebrochenen Rippen. Feste. Mein Herz hämmerte vor Hoffnung, als sie sich näherten. Ich wurde gerettet. Gott sei Dank.

Ich begann zu zittern. Durch das Adrenalin wurde mir irgendwie ganz komisch zumute. Das Schwitzen hatte aufgehört und jetzt war mir kalt. So kalt. Ich konnte meine Hände, meine Füße nicht mehr spüren. Ich wollte lächeln, aber meine Lippen reagierten nicht mehr. Ich hätte aufstehen und ihnen im Zickzack entgegenlaufen sollen, damit Thalia ihre Treffsicherheit austesten konnte. Aber die Idee waberte wie Nebel durch meinen Verstand und mein Körper wollte sich einfach nicht rühren.

"Eintreffend." Die Stimme wurde aus Thalias Sprech-gerät vom Wind zu mir herübergeweht und ich runzelte die Stirn.

Thalia hockte auf einem Knie und blickte nach oben. Ihre schweren Hosen schützten vor der Kälte des Bodens, ganz anders als mein beigefarbenes Paar. Ja, sie waren mit Pelz gefüttert, aber das Material war nicht dick genug und reichte nicht, um die klirrend kalte Luft von mir fern-zuhalten.

Thalia erhob sich, schnappte sich ihre Waffe, dann wartete sie auf die beiden Männer—ihre Größe war ein verräterisches Zeichen—, die sich uns näherten.

Oh. Das waren keine Retter. Das waren ihre Kompli-zen. Wie Thalia hatten sie schwere Hosen und Stiefel an, ihre Mäntel waren ihrem Sektor entsprechend gefärbt, aber ebenfalls schwer und mit etwas Glänzendem bedeckt, das, so musste ich annehmen, den Wind abhalten sollte. Ich konnte ihre Augen nicht sehen, denn sie waren hinter reflektierenden Brillen versteckt. Sogar ihr Haar war unter Hüte gehüllt.

"Du hättest einen Rover nehmen können, Thalia," stammelte der eine. "Niemand wird für einen Leichnam zahlen."

Was? Redeten sie etwa über mich?

"Ihr geht's bestens. Vertrau mir. Die kleine Schlampe ist zäher, als sie aussieht."

Heilige Scheiße. Ja, sie redeten über mich. Wollten sie mich etwa verkaufen? Jemand würde ihnen Geld für mich zahlen?

Diese dick angezogenen Männer zu sehen machte mir bewusst, wie eiskalt meine Ohrläppchen waren, wie taub meine Lippen sich anfühlten. Ich klemmte meine Hände unter die Achseln und ließ die Schultern hängen, um mich zusammenzurollen, aber nichts, was ich tat, wollte helfen. Ich musste unentwegt zittern.

"Einen zu klauen wäre zu offensichtlich gewesen. Einen zu verfolgen sogar noch einfacher," entgegnete Thalia. Kopfschüttelnd blickte sie auf das Fahrzeug der Männer. "Wie dumm. Ihr hättet laufen sollen."

"Niemand sucht nach uns, Thalia. Als wir deine Nachricht bekommen haben, war es schon zu spät um umzukehren."

"Na schön. Ich will jetzt nicht rumdiskutieren. Lasst uns die Sache durchziehen und dann von hier verschwinden, helft mir mit dem Aufbau."

Es war offensichtlich, wer das Sagen hatte. Die beiden Männer nahmen die Metallstücke und fügten sie geschickt zusammen. Das eine Mal, als ich Campen gegangen war—ich war eine Bett-und-Badezimmer-Camperin—hatte ich eine Stunde gebraucht, um mein Zelt aufzubauen und am Ende hatte ich noch eine extra Stange übrig.

Als sie wieder aufstanden, betrachtete ich ihre Konstruktion. Ich blinzelte, schaute nochmal hin. Ein Zelt war es nicht. Warum hatte ich mich so auf ein Zelt versteift? Ich war dabei, den Verstand zu verlieren. In vier Ecken standen vier Pfosten mit eigenartigen, schwarzen Kisten obendrauf. Sie waren in etwa drei Metern Entfernung voneinander aufgestellt und bildeten ein Quadrat. Die meiste Zeit hatte es gedauert, die Pfosten perfekt aufeinander auszurichten und das Unterstück im harten Boden zu verankern. Vier Pfosten. Das war alles. Keine Nylonplane. Kein Zelt.

"Wo ist das Zelt?" fragte ich sie. Ich wollte die Augen schließen und ein Nickerchen machen. Was auch immer diese Typen vorhatten, hier draußen würden sie kaum etwas zustande bekommen.

Alle drei blickten zu mir. Sie waren nicht am Bibbern. Sie hatten sich nicht wärmend aneinandergeschmiegt. "Zelt?" fragte Thalia. Achselzuckend blickte sie zu ihren Kohorten.

"Wir müssen sie transportieren bevor sie erfriert," sagte der Typ zu ihrer Linken.

Ich war am Erfrieren? Mir war kalt, aber gleich sterben? Ich wollte nur ein Nickerchen halten, nicht sterben.

Thalia stelzte zu mir herüber, packte mich am Arm und blickte mit purer Boshaftigkeit auf mich herunter. "Wo du hingehst, ist es schön warm. Mit ganz viel Sand und Sonne."

Ich dachte an die Karibik. Palmen. Fruchtige Drinks mit Schirmchen. "Klingt nett," antwortete ich mit klirrenden Zähnen.

"Nett?" Thalia zuckte unter ihrem dicken Mantel kaum merklich mit den Achseln. "Die Raiders auf Hobart 6 werden dich auch sehr nett finden. Und die Waffen, die ich im Gegenzug bekomme, sind auch *nett* für mich."

Ich blickte verwundert und meine Wangen stachen unangenehm. Sonnenbrand? Windbrand? Nein, warte, Tränen. Ich hatte gefrorene Tränen auf den Wangen. Ich hob meine Hände und wollte die gefrorenen Bahnen befühlen, aber meine Finger waren zu taub, um irgendetwas zu spüren. "Du gibst mich den Raiders?" Ich hatte keine Ahnung, was Raiders waren, aber es hörte sich nicht gut an.

"Ich *verkaufe* dich," sprach sie knapp.

"Die Koordinaten sind eingegeben," sagte einer der Typen, Tablet in der Hand.

"Gut. Wenn du weg bist, wird Rager mir allein gehören. Genau wie die Waffen."

Mit knirschenden Sohlen entfernte sie sich und ließ mich allein im Zentrum der Konstruktion zurück.

"Du wirst mich hier lassen?" fragte ich.

Sie ging nicht weit weg, nur etwa drei Meter. "Ich werde dich nicht hier lassen." Sie deutete auf die Pfosten. "Du stehst auf einer temporären Transportstation. Mach's gut, Bella."

Die Worte purzelten aus dem Spalt zwischen meinen Lippen hervor, meine Wangen und Zunge waren vollkommen taub. "Ich gehe nicht nach … wo auch immer. Ich gehe zum Testzentrum für neue Partner."

"Hab's dir gesagt. Sie hat nicht einmal einen Mantel an," sagte einer der Männer. Ich konnte nicht mehr ausmachen, welcher der Typen es war.

"Wenigstens macht sie keinen Aufstand," sprach der andere. "Die Kälte hat sie gefügig gemacht."

"Schafft sie hier raus," drängte Thalia. "Rozin wartet nicht gerne."

"Du musst es wissen." Der erste Mann kicherte, aber Thalia ignorierte ihn komplett und starrte mich an, als ob sie mit eigenen Augen sehen musste, wie ich mich in Luft auflösen würde.

Transportplattform. Gefügig gemacht. Raiders. Mein Hirn war vernebelt, aber mir war klar, dass das hier nicht gut war. Ich wollte nicht nach Hobart 1 oder 4 geschickt werden. Sonne hin oder her. Mit meinen Partnern könnte ich es auch schön warm haben. Nein, nicht mit Rager und Liam und Evon. Mit neuen Partnern. Großen Kerlen mit warmen Körpern und einem weichen Bett. Dicken Bettdecken.

Nein. Nicht Rager und Evon. Die wollten mich nicht.

Aber Rager war gar nicht mit Thalia zusammen. Also wollte er mich vielleicht doch.

179

Es war viel zu kompliziert. Echt. Ich wollte nur meine Partner. Ich wollte sie bei mir haben, sie sollten mich beschützen, mich wärmen, mich halten.

Ich würde nicht zulassen, dass Thalia mich fortschicken würde. Wenn ich schon irgendwohin gehen würde, dann würde ich selbst darüber entscheiden.

"Nie im Leben!" zischte ich böse. Hätte ich mehr als ein Flüstern zustande gebracht, dann hätte ich mich wie ein knallhartes Miststück angehört.

E von

"*B*is jetzt dachte ich immer, diese Dinger wären schnell." Ich war dabei, einen der beiden Rover über das holprige Terrain zu steuern und murrte vor mich hin.

Dravon war neben mir, Liam und Rager saßen hinten. Liams dreiköpfige Wachtruppe steuerte den anderen Rover und folgte uns. Ich war mehr als gewillt gewesen, den ganzen Weg zu wo auch immer Thalia und Bella sich aufhielten zu laufen, aber Liams gesunder Vikenverstand hatte gesiegt. Rager, der sonst immer so ruhig blieb, war zu außer sich; zu zornig, um irgendwie von Nutzen zu sein. Er würde wie eine Atlanische Bestie kämpfen, aber alles zu seiner Zeit. Im Moment klammerte er sich an seinem Sitz fest. Ich konnte ihn zwar nicht sehen, aber ich wusste es. Ich war ebenso nervös und meine Hände waren praktisch dabei, die Steuerung zu erwürgen.

"Sie sind zu Fuß gegangen. Vater hat es bestätigt. Wir werden sie so schneller einholen." Dravons Worte klangen vernünftig und trieben mich weiter an. "Du bist in die Sache zu sehr emotional involviert."

Ich drehte mich zu meinem Bruder um. Er blickte blinzelnd aus dem Fenster.

"Und du etwa nicht?"

Einen kurzen Moment lang trafen sich unsere Blicke. "Deine Schwester ist eine Verräterin. Deine Partnerin ist ihr ausgeliefert. Ich würde sagen, für dich sieht es schlechter aus als für mich."

Ich ächzte nur. Was sollte ich darauf auch sagen? Dass unsere Schwester nicht die war, für die wir sie gehalten hatten, schmerzte. Aber sie war kein Kind mehr. Ihre Entscheidungen, ihre Taten hatte nur sie zu verantworten.

Sie hatte Bella in ihr krankes Spielchen hineingezogen. Schwester hin oder her, ich würde meine Partnerin zurückholen.

"Da!" Liam deutete über meine Schulter. Vor uns waren vier Leute zu sehen, aber sie waren zu weit weg, um genau auszumachen, was sie im Schilde führten. Ich wollte beschleunigen, aber der Rover fuhr schon mit Höchstgeschwindigkeit. Je näher wir ihnen kamen, desto rasanter wurde mein Puls.

Ich konnte den Moment ausmachen, als sie uns hörten. Sie hielten kurz inne, dann begannen zwei von ihnen wie wild herumzuwuseln. Sie trugen schwere Außenbekleidung. Eine Person aber nicht. Außer einer vermischten sich alle mit dem Schnee. Nur ihr dunkles Haar verhinderte, dass die Landschaft sie nicht verschluckte.

"Bella hat keinerlei Ausrüstung an," bemerkte Rager mit einem Knurren. Er hatte sich zwischen Dravon und mich gedrängelt.

"Wie lange ist sie schon hier draußen, eine Stunde?" fragte Dravon und seine Stimme klang beunruhigt.

"Verflucht!" Liams Ausruf sprach mir aus dem Herzen.

Bella war seit mindestens einer Stunde in der klirrenden Kälte hier draußen, mit einfachsten Klamotten am Leib. Sie war gelaufen, was ein bisschen aufwärmend wirken musste, aber nichtsdestotrotz musste sie ausgekühlt sein. Ohne Schutz vor dem unerbittlichen Wetter hier gab es kein Überleben.

Direkt vor dem Grüppchen brachte ich den Rover zum Halten. Da waren zwei Garden, Thalia und Bella. Der andere Rover kam hinter ihnen zum Stehen und zwei unserer besten Scharfschützen kletterten aufs Dach des Gefährts. Diese Verräter würden nirgendwohin verschwinden, jedenfalls nicht zu Fuß.

Noch bevor ich den Motor abgestellt hatte, war Rager aus dem Wagen herausgesprungen, der Rest von uns folgte ihm.

"Bella!" brüllte er und riss sich den Mantel vom Leib, als er auf sie zu stürzte.

Mit eingezogenen Schultern und zusammenge-pressten Knien hockte sie auf dem Boden. Sie hatte die Hände unter die Achseln geklemmt und sich vom Wind abgewandt. Aber sie saß mitten in einem … oh nein.

Einer provisorischen Transportstation. Thalia würde sie irgendwohin schicken.

"Stopp," brüllte Thalia, dann feuerte sie ihre Ionen-pistole auf den Boden, und zwar kurz vor Rager. Er hatte seinen Mantel in einer Hand und hielt an. Er drehte sich nicht zu meiner Schwester um, sondern blickte nur auf Bella und warf ihr den Mantel zu.

Bella wollte ihn packen, fiel aber zur Seite. Scheiße. Sie war so weiß wie der Schnee, aber ihre Wangen leuch-teten rot. Genau wie ihre Finger. Die war dabei, vor unseren Augen zu erfrieren.

"Thalia, lass sie gehen," sprach ich.

Meine Schwester würdigte mich keines Blickes, sondern starrte Rager an.

"Sie geht ja schon," sagte sie. "Sie geht nach Hobart 6."

"Was?" fragte Rager und drehte sich mit gestreckten Armen zu Thalia um. Liams Männer hatten ihre Waffen gezückt, sie zielten auf die beiden Viken und Thalia. Wir waren in einer Pattsituation, aber Thalia hatte immer noch die Oberhand.

Hobart 6 war ein Außenposten im Sonnensystem von Atlan. Der Planet war bekannt für seine Raiders und militanten Piraten und kein sicherer Ort für eine alleinstehende Frau. Basierend auf dem, was Thalia in jüngster Zeit so alles angestellt hatte, würde sie meine Partnerin diesen Leuten als Zahlung schicken. Verflucht.

"Sie wird verschwinden und wir können zusammen sein," sprach Thalia.

Rager ging einen Schritt auf sie zu. Liam bewegte sich langsam zu Bella hin. Er würde sie nicht retten, mit Ionenpistolen auf sie gerichtet würde er das nicht wagen, er würde sie nur abschirmen. Dravon ging ebenfalls dazwischen. Sie waren groß, groß genug, um eine Wand zu formen. Ich blieb stehen, um die Situation im Auge zu behalten. Ich konnte nicht ausschließlich auf Bella fokussiert bleiben. Oder Thalia.

Wo war die Steuerung der Transportstation?

"Sie ist meine Partnerin, Thalia. Es ist zu spät," sprach Rager. Seine Worte wirkten wie ein Erdbeben. Die Wahrheit musste ausgesprochen werden, aber meiner Schwester könnte das den letzten Stoß verpassen. Und das tat es.

"Ich *weiß*, dass du mich nicht willst. Weil sie hier ist. Wenn sie weg ist, können wir zusammen sein."

Kopfschüttelnd trat Rager an Thalia heran. Ihr Finger huschte über das Tablet in ihren Händen.

"Sie hat die Koordinaten," bemerkte Dravon.

Er lag richtig. Jetzt konnte ich das Summen der Transportanlage hören, ich spürte die Vibrationen unter meinen Füßen.

"Bella, geh raus dort," rief ich.

Sie blickte mich an. Ihre Augen waren glasig, ihr Blick verschwommen.

Ich ging auf sie zu. Sie war nur ein paar Meter

entfernt. Ich hätte sie einfach hochheben und in den Armen halten können. Aber diese paar Meter …

Einer von Thalias Banditen feuerte in Richtung Bella, woraufhin einer von Liams Männern ihn erschoss. Alles ging so schnell und noch bevor ich blinzeln konnte lag der Verräter tot auf dem Boden.

Bella erstarrte.

"Stopp!" schrie ich. "Gib auf, Thalia, du bist umzingelt. Einer deiner Männer ist tot."

"Du wirst mich nicht töten. Ich bin deine Schwester." Sie wirbelte herum und blickte mich an. In diesem Moment erkannte ich sie nicht einmal wieder. Ich erkannte weder das kleine Mädchen von einst, noch die Kriegerin, zu der sie geworden war. Ihr Gesicht war vor Hass und Zorn, Obsession und Verzweiflung wie ausgewechselt.

"Du Verräterin," sprach Dravon. "Du hast einen unschuldigen Wachmann getötet. Waffen und Ausrüstung für den VSS gestohlen. Du willst Bella nach Hobart 6 schicken, wozu? Ein Geschäft?"

"Ich bin nicht wie du, Dravon. Oder wie Evon. Sie geht nach Hobart 6. Der Deal ist besiegelt." Thalia drehte sich langsam um und blickte wehmütig zu Bella. "Ich bin deine Schwester. Du wirst mich nicht töten. Was würde Vater dazu sagen?"

Ihre Finger arbeiteten weiter und ich vernahm das familiäre Surren kurz vorm Transport. "Nein!" brüllte ich.

Dann passierte alles gleichzeitig. Liam machte einen Satz auf Thalia zu, um sich das Tablet zu schnappen. Ich stürmte auf den verbleibenden Banditen zu und entriss ihm die Waffe. Rager wollte zu Bella, aber Dravon stieß ihn zur Seite. Rager krachte auf den Boden und Dravon sprang in die Transportfläche. Er hob Bella hoch und beförderte sie mit einem Satz aus der Station. Das Knistern begann und dann war er fort.

"Dravon!" brüllte Thalia.

Bella lag reglos vor der Transportfläche. Rager stand auf und stolperte auf sie zu. Liams Wachmann legte den anderen Verräter in Fesseln, Liam hielt Thalia fest, entwaffnete sie und ließ ihre Pistole zu Boden fallen, dann stieß er sie weg.

Dravon war weg. Er war an Bellas Stelle transportiert worden. Er hatte sie beschützt, sie von was auch immer sie auf Hobart 6 erwartete gerettet. Es war zwar nicht ideal, aber Dravon würde damit klar kommen.

Thalia sah zu, wie Rager sich um Bella kümmerte, wie er sie in seine Arme hob und seinen Mantel um sie legte.

"Rager!" brüllte Thalia verzweifelt.

Rager schaute kurz zu mir. Ich erkannte die Härte in seinem Blick, obwohl er sich gerade behutsam um unsere Partnerin kümmerte. "Sie braucht einen ReGen-Tank."

Seine Worte ließen mein Blut gefrieren. Die ReGen-Stifte kamen mit den meisten Verletzungen klar. Die Ganzkörpertanks aber waren für ernsthafte Verletzungen vorbehalten, sie konnten jemand zurückholen, der schon halbtot war. Wir verfügten nur über eine Handvoll Tanks auf Viken und einer davon war im IQC. Vor Zorn und nicht vor Kälte zitternd blickte ich zu den Männern, die jetzt vom Dach des anderen Rovers heruntergestiegen waren. Sie waren schwer bewaffnet und tödlich, was bestens zu meiner Stimmung passte, als ich meine Schwester zum letzten Mal anblickte. "Schafft mir die Verräterin aus den Augen. Ich will sie nie wieder sehen."

Liams Wachleute zerrten Thalia und ihren Kumpanen zum Rover, während Rager zu unserem Gefährt stapfte und mit Bella in den Armen einstieg.

14

Bella

Das erste, was ich hören konnte, war das Rauschen meines eigenen Atems, als ob ich eine Tauchermaske aufhatte, oder als ob mein Kopf in einer Kiste steckte.

Neugierig öffnete ich die Augen.

Keine Kiste, sondern eine Röhre. Ich wäre wohl ausgeflippt, aber die Decke war durchsichtig und ich war nicht klaustrophobisch. Außerdem kribbelte das blaue Licht um mich herum so angenehm. Es war ein wohliges, ich-spüre-keine-Schmerzen-mehr-Gefühl.

Ich dämmerte vor mich hin, döste wie ein schläfriges Kätzchen, es war so wohltuend. Ich versuchte nicht daran zu denken, was mich draußen erwartete. Rager. Evon und seine Familie. Liam und sein stoisches Schweigen.

Ich wollte nur geliebt werden, eine Familie haben, jemanden, der sich um mich sorgte. Nichts davon hatte funktioniert und ich hatte die Männer, die mich liebten, mehr verletzt als ihnen gutgetan.

Liebe. Ja. Als ich in der Kälte am Verrecken war,

konnte ich nur an meine Männer denken, ich wollte in ihrer Mitte sein, von ihnen gehalten und verwöhnt werden, während sie mich hielten und alles entgegen nahmen, was ich ihnen geben konnte.

Gesichter kamen und gingen und ich blinzelte verwirrt. Ich kam mir vor, als wäre ich betrunken, weder in der Lage noch gewillt, mich zu konzentrieren. Evon. Sein Vater. Ich hörte ein paar schroff geflüsterte Worte und wollte hinhören, aber das Licht war zu warm und ich war zu müde und ließ mich schließlich wieder forttragen. Liam und Rager waren da. Alle drei meiner Partner schauten in einer beständigen Abfolge besorgter Gesichter bei mir vorbei.

Bald, wollte ich sagen. Bald würde ich nicht mehr müde sein. Aber keine Worte wollten kommen. Vielleicht war ich tot. Aber sie waren da. Ich war sicher, warm und von meinen Partnern umgeben. Wenn es so im Himmel aussah, dann war das gar nicht so schlecht …

*L*iam, drei Tage später

*I*ch marschierte in unserer Suite auf und ab und die Wände kamen mir wie ein Gefängnis vor. Ich wartete auf unsere Partnerin, denn sie war bei einer Unterredung mit Evons Vater und den Anderen.

Wir alle waren aus dem Konferenzzimmer verbannt worden, ihre Partner durften wegen Sicherheitsbestimmungen der Koalitionsflotte nicht anwesend sein. Was jede Zelle meines Körpers in Rage trieb. Wir waren keine Gefahr für sie; unsere Aufgabe war es, sie zu beschützen. Zwischen Partnern gab es keine Geheimnisse, aber Evons Vater schien das anders zu sehen.

187

Gestern waren mehrere Schlachtschiffkommandanten eingetroffen, zusammen mit zwei Ratsmitgliedern von Prillon Prime und einem zwielichtigen Bastard, der sich selbst als Mitglied des Geheimdienstes der interstellaren Flotte ausgab. Er war ein Prillonischer Doktor namens Mersan und alles an ihm versetzte mir eine Gänsehaut.

Spione. Kommandanten. Politiker. Und unsere Partnerin saß seit mindestens vier Stunden in einer Besprechung mit ihnen fest.

"Setz dich hin, Liam. Deinetwegen werde ich noch etwas zertrümmern." Rager saß in einem Sessel, die Füße weit von sich gespreizt, die Finger vor der Brust verschränkt und den Kopf nach hinten gelehnt, sodass sein Gesicht zur Decke zeigte. Er hatte die Augen geschlossen, aber ich ließ mich nicht beirren. Keiner von uns war jetzt ruhig.

Zuerst wäre Bella fast draufgegangen, und jetzt das hier.

"Was zum Teufel wollen die hier?" fragte ich. "Vier Stunden geht das schon so."

Evon stand gegen die Wand gelehnt und tat so, als würde er seinen Patrouillenplan durchlesen. "Sie wollen herausfinden, was wir sowieso schon wissen."

"Und das ist was?" fragte ich.

"Das Bella außergewöhnlich ist. Und brillant," sagte Evon.

"Und gefährlich." Rager fügte das Letztere hinzu und mir wurde bewusst, wie Recht er hatte. In nur wenigen Stunden war Bella in die gesamte Kommandostruktur der interstellaren Flotte eingebrochen, etwas, das nicht einmal die Hive fertiggebracht hatten. Und die interstellare Flotte? Dabei ging es nicht nur ums ICQ oder selbst Viken. Nein, es war das Militär aller Koalitionsplaneten wie Atlan, Prillon Prime und vielen anderen. Hunderten mehr.

Als die Tür unerwartet aufging, blickte ich mich um

und unsere Partnerin trat ein. Aber sie sah überhaupt nicht mehr aus wie unsere Bella, nein.

Rager stand auf.

Ihr langes schwarzes Haar war zu einem strengen Zopf zurückgezogen und sie trug nicht länger ihre Zivilistenkleidung, sondern die Uniform einer Seniorofffizierin der Koalitionsflotte. Keine Viken-Uniform. Nein, unsere Partnerin trug das marmorierte schwarz-braun-grau, das wir alle getragen hatten, als wir auf dem Schlachtschiff dienten. Die Uniform betonte jede ihrer Kurven und an ihrer Hüfte war eine Waffe festgeschnallt.

Selbst Rager verlor die Fassung, als die Tür sich hinter ihr wieder schloss.

"Was zum Teufel, Bella?"

Sie lächelte und wirbelte wie eine Prinzessin herum, die auf einer Party ihr neues Kleid vorführte. "Ist das nicht irre oder was? Ich bin ein Captain der Koalitionsflotte *und* beim Geheimdienst." Die Hände auf die Hüften gestützt grinste sie uns an. "Jetzt kann ich euch offiziell herumkommandieren. Natürlich unter einer Bedingung."

Evon stand auf und pirschte wie ein Raubtier auf sie zu.

Rager schloss seufzend die Augen und atmete dreimal tief durch. "Bei den Göttern, warum trägt sie eine Ionenkanone?"

Ich? Ich ging auf sie zu, nahm ihr Gesicht in meine Hände und küsste sie, weil ich gar nicht anders konnte. Mir war egal, ob sie Captain oder Köchin war, solange sie uns gehörte.

"Bella, wovon redest du da? Was ist passiert?" Evon stand neben mir, aber ich würde sie nicht loslassen. Statt ihren Lippen widmete ich mich ihrem Hals, damit sie antworten konnte. Das war doch recht großzügig.

"Wegen meiner Hacker-Kenntnisse und zusammen mit dieser neuen NPU wollen sie, dass ich bei den Geheimdienstprogrammierern mitarbeite und unser Sicherheitssystem ausbaue, damit die Hive nicht—" ich traf eine besonders empfindliche Stelle hinter ihrem Ohr und sie stöhnte, bevor sie weiter sprechen konnte, "—ins Koalitionsnetzwerk eindringen können."

"Was ist die Bedingung, Liebes?" Rager kam wie ein Schatten herangeschlichen und stand jetzt zu meiner Rechten. "Und warum trägst du eine Waffe?"

Mit dem Rücken zur Tür hatten wir sie jetzt umzingelt. Aber sie protestierte nicht. Nein, sie heftete sich an mich dran, sodass ihre neue Waffe sich in meinen Schenkel bohrte.

"Die Waffe ist Vorschrift. Ich werde mich nicht lebend schnappen lassen."

Das mussten wir erst einmal sacken lassen und mir wurde klar, wie wichtig sie für den Planeten, die Flotte geworden war. In falschen Händen konnten ihre Fähigkeiten ganze Welten auslöschen. Würden die Hive das Sicherheitssystem der Koalition knacken, dann würden sie Milliarden Leben zerstören. Der Krieg wäre vorbei, wir würden ihn verlieren. Mit Bella an unserer Seite hatten wir eine Chance.

"Wir werden dich zu jeder Zeit beschützen," bekräftigte ich.

Sie zog die Augenbraue hoch. "Die haben mir schon eine ganze Einheit zugeteilt, um mich rund um die Uhr zu beschützen, das wird also kein Problem sein. Sie geben mir auch noch mehr Ausrüstung und ein paar Programmierer, die mit mir arbeiten werden. Ihrer Meinung nach befindet sich Viken an einer geeigneten Stelle im Koalitionsgebiet, um hier eine Geheimdienstzentrale einzurichten. Und mit den Kommunikationsanlagen hier im ICQ ..."

"Was?" Evon trat nach vorne und öffnete mit einer Handgeste die Tür. Tatsächlich standen vor der Tür zwei ungewohnte Krieger in Koalitionsuniform und hielten Wache. Sie nickten zum Gruß und ihre scharfsinnigen, ernsten Augen suchten sofort nach Bella und stellten sicher, dass sie unversehrt war.

Evon nickte ihnen kurz zu und schloss die Tür. "Wir werden hier also von ein paar stocksteifen Geheimdienstleuten bewacht. Das ist wahrscheinlich ganz gut so, aber was ist die Bedingung, von der du geredet hast?" Er hatte keine Einwände. Von uns dreien war er der ranghöchste Offizier und er hatte bereits im Sicherheitsbereich gearbeitet. Evon wusste genau, was auf dem Spiel stand.

Bella lächelte und warf zu meinem Vergnügen den Kopf in den Nacken. "Jungs, die Bedingung ist, dass ich so bald wie möglich offiziell beansprucht werde. Sie wollen wissen, dass ich fest mit euch zusammen bin, dass ich nirgendwo hingehen werde."

~

*E*von

*I*hre Worte wirkten auf meinen Schwanz wie ein Stromschlag. Sie so glücklich, so voller Leidenschaft zu sehen freute mich mehr, als alles andere. Dravon war von seinem Ausflug nach Hobart 6 zurückgekehrt und Thalia saß sicher im Gefängnis und das Einzige, was mir Sorgen bereitete war sie.

Bella.

Mein Ein und Alles. Diese Familie war jetzt mein gesamtes Leben und ich würde alles tun, um sie zu schützen. Dass die Koalitionskommandanten und die Regierenden von Prillon Prime die Fähigkeiten meiner Partnerin anerkannten, erfüllte mich mit Stolz. Und dass sie Tag und Nacht bewacht wurde, selbst wenn einer ihrer Partner nicht bei ihr war, beruhigte mich.

Ich konnte sie nicht noch einmal verlieren. Ich konnte nicht noch einmal mitansehen, wie ihr Körper in einem ReGen-Tank ums Überleben kämpfte. Thalias Verrat hatte mir das Herz gebrochen, aber Bella zu verlieren würde mich umbringen.

Liam hielt sie in den Armen und küsste sie und ich verspürte das dringende Bedürfnis, ihn zur Seite zu schieben und sie eigenhändig zu nehmen.

Aber meine eiserne Disziplin musste diesen Drang im Zaum halten, ihn umleiten. Das Gefühl brannte wie Feuer in meinen Adern und mein Schwanz schwoll bis zur Schmerzgrenze an.

"Weißt du, wie man damit umgeht?" fragte Rager. Seine Hand langte nach der Waffe an ihrer Hüfte, wanderte aber unversehens auf ihren runden Arsch.

"Nö." Sie lachte und vergrub ihre Hand in seinem Haar. "Willst du es mir beibringen?"

"Natürlich." Eine Berührung, ein Lächeln und Rager war wieder guter Laune. Zugegebenermaßen, ich verspürte dieselbe Freude, dieselbe Zärtlichkeit, die seine Augen versprühten. Dieselbe Lust.

Wir alle gehörten ihr—und Liam bekam den ganzen Spaß.

"Lass sie los." Mein eisiger Befehlston ließ Liam und Rager unverzüglich zurücktreten, sodass wir alle den gleichen Abstand zu ihr hielten. Sie wusste, wer jetzt das Sagen hatte und blickte mir mit einer Mischung aus Scheu und Verlangen in die Augen.

Die erstere Emotion wollte ich nie wieder an ihr sehen. "Du bezweifelst meine Liebe für dich?"

Sie musterte mich, dann schüttelte sie den Kopf.

Nach Thalias Gehirnwäscherei befürchtete ich, dass sie uns alle zerstört hatte. Aber Bellas nur knapp vereitelter Kältetod hatte uns allen Klarheit verschafft. Alles, was wirklich wichtig war, hatte sich herauskristallisiert.

Ich hatte ihr einen begründeten Anlass gegeben, einmal an mir zu zweifeln. Für diesen Fehltritt würde ich den Rest meines Lebens büßen.

Ich ging vor ihr auf die Knie und blickte zu ihr auf. Ich würde jetzt nicht jene Antwort von ihr verlangen, die ich hören wollte. Das war ihre Entscheidung. Denn sobald sie uns gehörte, würden wir sie niemals gehen lassen. "Bella, ich liebe dich. Willst du uns? Willst du bleiben und dich von uns für immer beanspruchen lassen?"

"Ja."

*R*ager

*D*ieses eine Wort war wie ein Peitschenknall und wir alle regten uns gleichzeitig. Ich nahm die Ionenpistole von ihrer Hüfte, während Liam ihr Oberteil auszog und ihre zarte Haut, ihre üppigen Brüste entblößte.

Evon kniete weiterhin nieder und er warf mir einen unmissverständlichen Blick zu, als er ihre Hosen runterzog und seinen Mund in ihrer Schenkelspalte vergrub.

"Bastard," grummelte ich, selbst als Bella fast das Gleichgewicht verlor. Mein Mund wollte so gerne seinen Platz einnehmen.

Ich fing sie auf und hielt sie fest, damit Evon sie verwöhnen konnte, während Liam sie ihrer Stiefel entledigte.

Ich dachte, Evon würde aufhören und das Kommando übernehmen, aber anscheinend hatte mein Kumpel soeben entdeckt, wie lieblich ihre Muschi auf seiner Zunge schmeckte. Ohne Evons eisernes Händchen würde das hier schnell vonstattengehen, wie ein aufbrausender Sturm der Lust und Triebe.

Wir hatten sie nicht angerührt, seit wir sie vor drei Tagen auf die Krankenstation gebracht hatten. Sie hatte sich in einem ReGen-Tank erholt, aber sie war erschöpft und gekränkt gewesen. Am Boden zerstört. Also hatten

wir sie aufgepäppelt, sie massiert und gefüttert und sichergestellt, dass sie immer einen wärmenden Partner an ihrer
Seite hatte, der sie tröstete, sobald ihr die Tränen kamen.
Wir hatten bewiesen, dass wir ihre Partner waren, dass
das, was auch immer sie geglaubt hatte, nichts als Lügen
waren.

Jetzt aber schien sie vollständig geheilt zu sein—im
Körper wie im Geiste—und mein Schwanz stand regelrecht stramm, als der liebliche Duft ihrer Haut mich
neckte. Ihre Lippen waren so nahe. Ihre runden, vollen
Brüste verjüngten sich zu harten Spitzen. Ich nahm eine
in die Hand und knetete ihren Nippel, während Evon ihr
Bein anhob und ihr Knie auf seiner Schulter ablegte,
damit er sie mit der Zunge ficken konnte.

Bella kollabierte buchstäblich in meinen Armen und
ich blickte zu Liam.

"Nimm was du brauchst, Liam. Es ist soweit."
Normalerweise war ich nicht derjenige, der die Befehle
erteilte, aber ich war viel zu aufgewiegelt. Meine berüch-
tigte Geduld war verflogen.

Liam ging zur Schublade, in der er das Gleitgel
bunkerte. Er wollte sicher gehen, dass Bella bereit für ihn
war und dann küsste er sie, heftig und inbrünstig und mit
allen den Gefühlen, die sich in den letzten Tagen aufge-
staut hatten. Wie ich diese Frau liebte. Anders ließ sich die
bittersüße Freude, die ich in meinem Herzen spürte, als
ich sie in den Armen hielt nicht erklären.

Weil Evon sowieso nur protestieren würde, ignorierte
ich ihn und hob Bella ganz in meine Arme, um sie zum
Bett zu tragen. Wenn er sie wollte, sollte er einfach nach-
kommen. Liam hatte sich bereits ausgezogen und wartete,
Schwanz hart. Evon folgte, ohne zu diskutieren und ich
hörte, wie seine Uniform ebenfalls zu Boden fiel.

Bella schlang ihre Arme um mich, ihre kleinen Hände
spielten mit meinem Nackenhaar und ich wartete nur
noch auf Evon.

Wir hatten alles vorher durchgesprochen, schon bevor

wir den Beschluss gefasst hatten, eine Braut anzufordern und sie nach dem Vorbild der drei Könige zu nehmen. Ihr Mund gehörte mir, soviel war klar, genau wie für Liam fest stand, dass er ihren Arsch nehmen würde und dass Evon ihre Muschi ficken würde. Wir würden sie mit unserem Samen füllen und zusehen, wie sie sich vor Lust winden und schreien würde, während wir sie alle auf einmal eroberten.

Wie erwartet legte Evon sich am unteren Ende der Matratze auf den Rücken. Sein Schwanz ragte freudig empor und seine Knie hingen über der Kante, damit seine Füße den Boden berührten.

Sobald er in Position war, legte ich unsere Partnerin auf seine Brust und sie reagierte sofort, denn sie suchte nach seinem Mund während ihre nasse, dick angeschwollen Pflaume an seinem Schwanz rieb. Mein Schwanz wollte nur allzu gerne genau dort rein, aber ihr Mund würde sich mindestens genauso perfekt anfühlen.

Ohne irgendeine Erlaubnis abzuwarten, stützte sie sich ab und schob sie sich nach unten, um Evons Schwanz mit einem schnellen Rutsch in sich aufzunehmen. Er stöhnte erleichtert und ich wollte auch so verwöhnt werden. Also ging ich neben ihrem Kopf in Position, damit ihr Mund perfekt auf meinen sehnsüchtigen Schwanz ausgerichtet war.

*B*ella

*E*vons Schwanz war enorm, aber ich wusste, was mich erwartete. Mehr. Liam würde in meinem Poloch stecken und Ragers harte Länge in meinem Rachen. Und ich wollte sie alle.

Jetzt verfickt sofort.

Vielleicht war es, weil ich fast erfroren wäre oder vielleicht war es auch die Aufregung über meine neue, herausfordernde Aufgabe in der Koalitionsflotte, vielleicht wollte ich einfach nicht länger alleine sein, mich nicht länger fragen, ob ich die richtigen Entscheidungen traf.

Und ich hatte mich entschieden. Diese Männer gehörten mir und ich würde sie nicht aufgeben.

Die letzten Tage waren sie so zärtlich, umsorgend und liebevoll gewesen. Ohne mich dabei auf sexuelle Art anzurühren. Zuerst brauchte ich genau das. Aber je besser ich mich fühlte, desto bedürftiger wurde ich. Ich glaubte ihren Worten. Ich kannte die Wahrheit. Ich war in der Lage, sie von Thalias Lügen und Täuschungen zu unterscheiden. Liam war frei, unschuldig. Rager hatte nie etwas von Thalia gewollt. Sie hatte ihm eine Falle gestellt, genau wie mir. Und Evon? Er war einfach nur ausgerastet, als er die Wahrheit erfahren hatte, jedoch nicht meinetwegen, sondern wegen seiner Schwester. Zwischen uns gab es keine Geheimnisse mehr. Und sobald ich Liams und Ragers Schwänze in mir haben würde, würden wir vereint sein.

Diese drei gehörten mir. Nur mir.

Wenn irgendwann noch einmal so eine Thalia aufkreuzen sollte, dann besser nur, wenn ich meine Kanone nicht dabei hatte.

Ich war dabei Evons Schwanz zu reiten und grinste, als er unter mir stöhnte und seine Lider vor Lust nur so flatterten. Ich fühlte mich wie eine Wilde, eine komplette Schurkin. Ich konnte weder mich selbst, noch die entfesselte Leidenschaft wiedererkennen, die wegen der Männer durch mich hindurch rauschte. Nur ihretwegen.

Meine Muschi war so feucht, so heiß auf Evon. Allein von seinem Schwanz musste ich fast kommen. An die Macht des Samens hatte ich mich gewöhnt; sein Vorsaft zuckte durch mich hindurch und machte mich ganz verrückt nach meinen anderen beiden Männern.

Sie dachten, dass sie mich beanspruchen würden, aber sie irrten sich. Und wie.

Ich war dabei, sie zu beanspruchen. Und zwar alle drei.

Ich stützte mich auf Evons Oberkörper, setzte mich auf und rammte mich auf seinem Schwanz nach unten, bis mein Arsch auf seinen Schenkeln ruhte. Dann kreiste ich die Hüften, damit mein Kitzler sich an ihm rieb.

So gut. Gott, es war so verdammt gut.

"Liam. Ich brauche dich," hauchte ich. Ja, solange er nicht an meinem Arsch herumspielte, ihn füllte, fühlte ich mich leer. Das letzte Mal fühlte sich dermaßen gut an, ich wollte mehr. Mein Po sehnte sich nach ihm.

Ich musste nicht lange auf ihn warten. Innerhalb von Sekunden packte seine feste Hand meinen Nacken und drückte mich nach unten, sodass mein Arsch nach oben ragte, genau dort, wo er ihn haben wollte.

Ein warmer Schwall Flüssigkeit füllte mich, dann sein Finger, als er das Öl in mich hinein arbeitete und mich vorbereitete. Mit Evon in meiner Muschi war mein Arsch so viel enger. Meine beiden Löcher würden rappelvoll sein. Das würde eng werden.

Evon zog mich auf seinen Mund hinunter und stieß mit der Zunge in mich hinein, während Liams Schwanz in Stellung ging.

"Bella. Götter, Bella," knurrte Liam. "Ich liebe dich."

"Ich liebe dich auch." Ich fasste nach hinten, um sein Handgelenk auf meiner Hüfte zu packen. Ich drückte ihn und ließ los, damit er verstand, dass ich es auch so meinte. Seine Worte machten mich immer heißer und meine Muschi verspannte sich wie eine Faust um Evons harte Länge herum. Aber diese Anspannung ließ meinen anderen Partner außen vor, also öffnete ich mich, entspannte ich mich so gut wie möglich, während er in mich eindrang, in mich hineinglitt und mich praller ausfüllte, als ich es je für möglich gehalten hatte.

Ein lustvolles Wimmern und ich passte mich ihrer

Größe an, es dehnte und brannte heftiger als erwartet, es fühlte sich aber so mächtig, so richtig an.

Meine Stirn legte ich auf Evons Stirn, damit ich in seine eisblauen Augen blicken konnte, wie lodernde Zwillingsflammen. "Evon, ich liebe dich."

"Ich liebe dich auch."

Sie bewegten sich im Akkord und in mir baute sich der Orgasmus auf, als ihre Vorsäfte meine Körperhöhlen auskleideten. Ich rang um meine Kontrolle.

Aber so wollte ich es nicht. Nicht ohne Rager.

"Rager." Ich musste nur den Kopf wenden und da war er, sein riesiger Schwanz geschwollen und bereit für mich, mit einem glitzernden Tropfen an der Spitze.

Es war soweit, aber ich musste ihm erst noch sagen, was in mir vorging. Seit Tagen, als meine Männer mich verhätschelt, gefüttert und gehalten hatten, musste ich darüber nachdenken. Sie waren meine Felsen in der Brandung, so geduldig und liebevoll, sie waren mehr, als ich mir je erhofft hätte. Ich liebte sie, alle drei von ihnen und sie verdienten es zu wissen, dass sie mich erobert hatten, mein Herz wie auch meine Seele.

Ich blickte flüchtig zu ihm auf. "Rager, ich liebe dich."

"Bella, Liebes." Seine Hand vergriff sich in meinem Haar und die Venen an seiner Schläfe standen hervor, als er zusah, wie meine anderen Partner mich fickten. "Ich liebe dich, Bella."

Lächelnd schluckte ich ihn runter, auf einem Arm stützte ich mich ab und mit der anderen Hand bearbeitete ich seinen Schaft, während ich saugte und mit der Zunge seine Eichel umspielte.

Als ich laut aufstöhnte, stöhnten sie ebenfalls und sie bewegten sich gleichzeitig, bis ich es nicht mehr aushielt. Die Macht des Samens, ihre Schwänze, die Wonne, die sie mir abverlangten war einfach zu viel.

Ich explodierte, zerbrach in eine Million Stücke, aber ich ließ alles los und schenkte ihnen Körper und Seele, denn ich wusste, dass meine Partner mich auffangen und wieder zusammensetzen würden. Ich war diejenige, die uns zusammen hielt. Ich machte aus uns eine Familie. Und nichts würde uns je trennen.

Lies als Kampf um ihre Partnerin nächstes!

Chloe, einst Kommandantin im Geheimdienst der Koalitionsflotte, musste nach einer desaströsen Mission verletzt und gedemütigt zur Erde zurückkehren. Aber sie hat zu viel gesehen, um sich im zivilen Leben zurechtzufinden. Also setzt sie alles daran wieder ins Weltall zu gelangen—wo sie schließlich hingehört—und meldet sich freiwillig als interstellare Braut. Schockiert stellt sie fest, dass ihr Partner ein Mensch ist, aber er ist anders als alle anderen … und er hat einen zweiten Partner für Chloe parat, einen riesigen Prillonischen Krieger, der nicht minder dazu entschlossen ist ihren Körper zu verwöhnen und ihr Herz zu erobern.

Captain Seth Mills, Leiter einer ReCon-Einheit, hat sich nach dem Verlust seiner beiden Brüder ganz dem Kampf gegen die Hive verschrieben. Seine neue Braut ist eine unwillkommene Überraschung für ihn und den Bräuchen des Planeten Prillon Prime entsprechend nimmt er sich einen zweiten Mann, um die unschuldige Frau, die das Schicksal ihm zugewiesen hat zu beschützen. Ganz gleich wie sehr er ihrem Charme auch zu widerstehen versucht, eine Berührung, ein Kuss reichen aus und er muss sich eingestehen, dass er sie nie mehr gehen lassen kann.

Obgleich sie sich den dominanten Berührungen ihrer Partner unterwirft, Chloe ist weder unerfahren noch naiv. Schließlich ist sie eine Flottenkommandantin mit folgenschweren Geheimnissen. Als die gesamte Kampfgruppe in eine tödliche Falle der Hive gerät, wird sie plötzlich zur einzigen Hoffnung für die Koalitionstruppen, und zwar ohne Rücksicht auf Verluste. Aber Chloes Partner werden sie nicht alleine in die Schlacht ziehen lassen. Egal, wie riskant das Gefecht auch sein mag, sie sind bereit, alles zu opfern … und um ihre Partnerin zu kämpfen.

Lies als Kampf um ihre Partnerin nächstes!

WILLKOMMENSGESCHENK!

TRAGE DICH FÜR MEINEN NEWSLETTER EIN, UM LESEPROBEN, VORSCHAUEN UND EIN WILLKOMMENSGESCHENK ZU ERHALTEN!

http://kostenlosescifiromantik.com

INTERSTELLARE BRÄUTE®
PROGRAMM

DEIN Partner ist irgendwo da draußen. Mach noch heute den Test und finde deinen perfekten Partner. Bist du bereit für einen sexy Alienpartner (oder zwei)?

Melde dich jetzt freiwillig!
interstellarebraut.com

Cyborg-Daddy wider Wissen

Cyborg Fever

Rogue Cyborg

Cyborg's Secret Baby

Interstellar Brides® Program: The Virgins

The Alien's Mate

Claiming His Virgin

His Virgin Mate

His Virgin Bride

Interstellar Brides® Program: Ascension Saga

Ascension Saga, book 1

Ascension Saga, book 2

Ascension Saga, book 3

Trinity: Ascension Saga - Volume 1

Ascension Saga, book 4

Ascension Saga, book 5

Ascension Saga, book 6

Faith: Ascension Saga - Volume 2

Ascension Saga, book 7

Ascension Saga, book 8

Ascension Saga, book 9

Destiny: Ascension Saga - Volume 3

Other Books

Their Conquered Bride

Wild Wolf Claiming: A Howl's Romance

HOLE DIR JETZT DEUTSCHE BÜCHER VON GRACE GOODWIN!

Du kannst sie bei folgenden Händlern kaufen:

Amazon.de
iBooks
Weltbild.de
Thalia.de
Bücher.de
eBook.de
Hugendubel.de
Mayersche.de
Buch.de
Bol.de
Osiander.de
Kobo
Google
Barnes & Noble

GRACE GOODWIN LINKS

Du kannst mit Grace Goodwin über ihre Website, ihrer Facebook-Seite, ihren Twitter-Account und ihr Goodreads-Profil mit den folgenden Links in Kontakt bleiben:

Web:
https://gracegoodwin.com

Facebook:
https://www.facebook.com/profile.php?
id=100011365683986

Twitter:
https://twitter.com/luvgracegoodwin

ÜBER DIE AUTORIN

Hier kannst Du Dich auf meiner Liste für deutsche VIP-Leser anmelden: **https://goo.gl/6Btjpy**

Möchtest Du Mitglied meines nicht ganz so geheimen Sci-Fi-Squads werden? Du erhältst exklusive Leseproben, Buchcover und erste Einblicke in meine neuesten Werke. In unserer geschlossenen Facebook-Gruppe teilen wir Bilder und interessante News (auf Englisch). Hier kannst Du Dich anmelden: http://bit.ly/SciFiSquad

Alle Bücher von Grace können als eigenständige Romane gelesen werden. Die Liebesgeschichten kommen ganz ohne Fremdgehen aus, denn Grace schreibt über Alpha-Männer und nicht Alpha-Arschlöcher. (Du verstehst sicher, was damit gemeint ist.) Aber Vorsicht! Ihre Helden sind heiße Typen und ihre Liebesszenen sind noch heißer. Du bist also gewarnt...

Über Grace:

Grace Goodwin ist eine internationale Bestsellerautorin von Science-Fiction und paranormalen Liebesromanen. Grace ist davon überzeugt, dass jede Frau, egal ob im Schlafzimmer oder anderswo wie eine Prinzessin behandelt werden sollte. Am liebsten schreibt sie Romane, in denen Männer ihre Partnerinnen zu verwöhnen wissen, sie umsorgen und beschützen. Grace hasst den Winter und liebt die Berge (ja, das ist problematisch) und sie wünscht sich, sie könnte ihre Geschichten einfach downloaden, anstatt sie zwanghaft niederzuschreiben. Grace lebt im Westen der USA und ist professionelle Autorin, eifrige Leserin und bekennender Koffein-Junkie.

https://gracegoodwin.com

Lightning Source UK Ltd.
Milton Keynes UK
UKHW010625270420
362382UK00001B/20